卓林高手

탁림고수(卓林高手)
정건섭 장편소설

초판 인쇄 | 2008년 7월 20일
초판 발행 | 2008년 7월 25일

지은이 | 정건섭
펴낸이 | 신현운
펴는곳 | 연인M&B
디자인 | 이희정
기 획 | 여인화
등 록 | 2000년 3월 7일 제2-3037호
주 소 | 143-874 서울특별시 광진구 자양동 680-25호(2층)
전 화 | (02)455-3987 팩스 | (02)3437-5975
홈주소 | www.yeoninmb.co.kr
이메일 | yeonin7@hanmail.net

값 10,000원

ⓒ 정건섭 2008 Printed in Korea

ISBN 978-89-6253-002-5 03810

탁림고수

卓林高手

정건섭 장편소설

지하철 6호선 열차가 마포 공덕역에서 멈춰 섰다.
문이 열리자 한 때의 사람들이 몰려나왔다.
그 사람들 틈으로 훤칠한 키의 사내가 보인다.
어깨가 딱 벌어져 있고 단단한 몸매를 가진 사내다.
회색빛 낡은 점퍼에 청바지 차림인데
어깨에는 흔히 볼 수 있는 값싼 운동 가방이 걸려 있다.

연인 M&B

　모든 생활 스포츠가 그렇듯 탁구도 대단한 중독성을 가지고 있다. 처음 라켓을 잡아 랠리가 가능해질 수준에 이르면 이미 중독화되었다고 보아도 될 정도다. 탁구 외에는 별로 생각나는 것이 없을 정도다. 1:1 마주서서 하는 운동이니만큼 감정적으로 대단히 예민한 운동이기도 하지만, 대신 그만큼 스릴 넘치는 운동이기도 하다.

　축구나 야구 같은 운동은 보며 즐기는 운동이지만, 탁구나 배드민턴 같은 운동은 직접 즐기는 운동이다.

　책상에 앉아 글 쓰는 것이 생활의 전부인 나에는 여가활동이 여간 중요하지 않다. 반드시 활동적인 취미생활이 필요하다. 여행도 해 보고 사진도 해 보았지만 오래 가지는 못했다. 그러다 탁구를 만났다. 본격적으로 탁구를 시작한 지 3년, 이제는 완전히 중독에 빠지게 되었다. 그러다 탁구 웹 사이트 '핑퐁조아'에 가입하여 지식도 넓히고 의견도 나누던 중 탁구를 소재로 한 소설이 써 보고 싶어졌다.

　그래서 시작한 것이 바로 이 '탁림고수'였다. 오래 전 모 스포츠 신문에서 스포츠 소설을 써 볼 의향을 타진해 왔을 때, 직접 해 본 운동 경험이 없어 포기한 일이 있었다. 직접 체험하지 않고는 쓸 용기가 없

었기 때문이다. 비록 아기걸음 떼는 3년차이지만 용기를 내어 연재를
시작했고 이를 예쁘게 장정하여 책을 내게 되었다.

　다른 스포츠와는 달리 탁구는 나이가 들어도 할 수 있다. 시합장에
가 보면 60대 이상의 '실버' 선수들을 흔히 만날 수 있다. 60대부터 많
게는 70대 후반까지 출전하는 생활 탁구인들이 많다. 모두 활기에 넘쳐
있는 모습니다. 운동이 부족하다고 안타까워하시는 분들, 다이어트에
목숨을 거시는 여성분들에게 지금 바로 탁구를 시작할 것을 권한다.

　'탁림고수'는 베이징올림픽에서 금메달을 따려는 젊은 선수들의 사
랑과 야망을 그린 국내 최초의 본격 탁구 소설이다. 스포츠 소설이라
딱딱할 것이라는 선입견을 버리고 첫 페이지를 연다면 여러분들은 환
상적인 재미에 빠져들 것이다.

　재미없는 세상이지만 탁구 소설을 읽는 재미에 한번 빠져 보시기 바
랍니다.

2008년 7월 1일

정건섭

卓林高手

| 부록 |

이상한 사나이

지하철 6호선 열차가 마포 공덕역에서 멈춰 섰다.
문이 열리자 한 떼의 사람들이 몰려나왔다.
그 사람들 틈으로 훤칠한 키의 사내가 보인다.
어깨가 딱 벌어져 있고 탄탄한 몸매를 가진 사내다.
회색빛 낡은 점퍼에 청바지 차림인데
어깨에는 흔히 볼 수 있는
값싼 운동 가방이 걸려 있다.

이상한 사나이

1

거리에는 크리스마스 캐럴이 경쾌하게 흐르고, 대형 건물과 교회에는 오색 등의 트리가 아름답게 명멸하고 있다. 연말의 들뜬 분위기 때문인지 추위 때문인지 사람들이 종종걸음으로 바삐 걷고 있는데, 옆구리에 포장한 선물 꾸러미를 든 사람들을 어렵지 않게 볼 수 있다.

획— 찬바람이 또 한번 몰아친다.

2005년 크리스마스를 며칠 남기지 않은 어느 날 저녁의 풍경이다.

지하철 6호선 열차가 마포 공덕역에서 멈춰 섰다. 문이 열리자 한 떼의 사람들이 몰려나왔다. 그 사람들 틈으로 훤칠한 키의 사내가 보인다. 어깨가 딱 벌어져 있고 탄탄한 몸매를 가진 사내다.

회색빛 낡은 점퍼에 청바지 차림인데 어깨에는 흔히 볼 수 있는 값싼 운동 가방이 걸려 있다.

코 밑과 턱에 수염이 덥수룩이 나 있어 영 나이를 가늠할 수 없다.

30대 초반으로 보이기도 하고 40대 후반으로도 보이는 그런 사내다.

연말을 즐기기 위해 화사하게 차려입은 늘씬한 아가씨들이 수다를 떨며 옆을 스쳐가지만 이 사내는 눈길 한번 주지 않는다. 그는 정면을 응시한 채 뚜벅뚜벅 걸어 지하철역을 빠져나왔다.

금세 눈이라도 퍼부을 듯 하늘은 회색 구름이 잔뜩 짓누르고 있다.

그렇게 걷던 사내가 가든호텔 건너편 한 빌딩 앞에서 걸음을 멈춰 세웠다.

흘깃, 빌딩을 바라보던 사내가 문을 열고 안으로 들어섰다. 엘리베이터도 타지 않고 계단을 성큼성큼 걸어 올라갔다.

3층 절반을 차지한 301호 문 앞에서 걸음을 멈춰 세웠다.

'윤화중탁구교실' 입구의 간판 글씨다.

사내가 문을 열었다. 약 200평 정도 넓이를 가진 탁구장인데 30여 명 탁구인들이 밝고 경쾌한 몸놀림으로 탁구를 치고 있다.

"이게 뭐야―"

"얏호! 엣지야 엣지― 한 점 벌었다."

어디서나 흔히 볼 수 있는 탁구장 풍경이 펼쳐지고 있다.

벽에는 김택수, 유승민, 오상은, 곽방방 등 스타들의 대형 사진이 걸려 있는데 그 틈에 국가대표 선발이 확실시 되는 화려한 스윙 폼의 미인 송미정 사진도 보인다.

사내는 움쩍도 하지 않은 채 서 있다.

그렇게 한 10여 분이 지나서야 한 사람이 그에게 다가왔다.

"혼자 오셨나요?"

"예!"

그의 대답은 짧고 투박했다.

"어느 정도나 치시는지…… 같이 칠 만한 사람을 소개해 드릴려구요."

이 탁구장 동호회 총무라고 자신을 소개했다.

같이 칠 만한 사람을 소개하겠다는 말이 들리자 사내의 눈이 잠시 불꽃처럼 타오르는 듯했다.

그런데 이 사내의 입에서 의외의 말이 나왔다.

"여기서 제일 고수가 누굽니까? 관장님 빼고요?"

"네?"

"제일 고수를 붙여주십시오."

가끔 이런 일이 있다. 알려지지 않은 고수이거나 동네 주먹탁구 치다가 자기 실력이 대단하다고 착각하여 탁구장으로 도전하는 얼빈 사람이 종종 나타난다. 이 사내도 그런 부류라고 총무는 확신했다.

"1부 고수도 있지만…… 그럼 먼저 저와 한 게임 하시죠. 저를 이기시면 최 고수를 소개해 드리죠."

총무는 2부 상위권이다. 내년에 1부로의 진입을 목표로 하고 있다. 그러니 자신만만히 도전을 하라는 것이다.

"총무님은 얼마나 치십니까?"

"2부 상위권입니다."

"그 실력으로는 안 됩니다."

사내가 차갑게 머리를 가로 저었다.

그렇다면 1부 이상 된다는 말이다. 그러나 이 사내의 말을 믿을 수 없다. 대한민국 땅덩어리에서 1부 이상의 실력자라면 자신이 얼굴을 알아야 한다. 국가대표급부터 실업팀 선수까지 모조리 꿰차고 있는데 이 얼굴은 오늘이 처음이다.

잠시 생각에 잠기던 총무가 누군가의 폼을 교정해 주고 있는 남자에게로 가 귀엣말로 이 사실을 알려주었다. 지난해 서울시대회 1부에서 우승한 알아주는 고수다. 이 고수가 사내에게 다가왔다.

"반갑습니다. 제가 한 게임 해 드리죠."

"5전 3승으로 하고 내기를 겁시다."

"내기요? …… 좋습니다. 무엇으로 걸까요?"

"제가 지면 연습 볼 열 박스를 기증하겠습니다. 하지만 제가 이기면 저기 저거 제가 떼어 가겠습니다."

그가 손으로 대형 스타 사진 한 장을 지정해 주었다. 바로 장래 유망한 신인스타 송미정의 사진이다.

의외의 조건이다.

이 사내의 출현은 곧바로 윤화중 관장에게 전달되었다. 80년대 한때를 풍미하던 국가대표 출신의 탁구인이다. 윤 관장도 이 흥미로운 시합을 보기 위해 다가오다가 이 희한한 조건을 듣게 되었다.

그가 나섰다.

"제가 여기 관장입니다. 선생님이 승리하시면 사진을 기꺼이 내 드리죠. 근데…… 개인 라켓은 가지고 계시겠죠?"

"물론입니다. 다만 유니폼이 없어 청바지 차림으로 시합을 해야겠네요. 양해해 주십시오."

이건 또 무슨 말인가? 천하의 1부 고수 장선홍에게 도전하며 청바지 차림이라니…… 주위에서 킬킬 대는 웃음소리가 들려왔다.

"탁구화는 가지고 계신가요?"

"270 신는데 누구 있으면 좀 빌려주시죠."

'뭐야…… 운동화도 없고 유니폼도 없이 도전하러 여기까지 오다니…… 정신 나간 친구 아냐?

하지만 점잖고 배려 깊은 관장이다. 그가 사무실로 들어가 버터플라이 운동화 한 켤레를 들고 나왔다.

이 사내는 마치 영화 〈소림 축구〉에 등장하는 거지 떼들의 운동화처럼 낡은 자신의 운동화를 벗고 이 탁구화를 신었다. 그리고 점퍼와 티셔츠를 벗었다. 회색빛 반소매 셔츠 차림이다. 그가 허리를 굽혀 청바지 바지 자락을 걷어 올렸다.

탁구 치던 사람들이 몰려들었고 그 속에서 다시 킬킬대는 여자 웃음소리가 들려왔다. 그러나 그 웃음소리는 이내 멈춰지고 말았다.

1부 고수 장선홍과 이 이상한 사내가 마침내 탁구대를 중심으로 마주 선 것이다.

"몸풀기는 없습니다. 바로 시합으로 들어가죠. 서비스는 먼저 넣으십시오."

사내는 자기 가방에서 꺼낸 흔히 볼 수 있는 펜 홀더 라켓을 잡았다.

이때였다. 사람들 사이에 어? 하는 단음의 괴성이 터져나왔다.

이 사내가 마치 덩실덩실 춤을 추는 듯한 스텝을 밟기 시작했기 때문었다. 이런 스텝은 난생 처음들이었다.

누군가가 나직이 말했다.

"어! 저거 태견 스텝 같은데?"

2

태견 스텝으로 장내가 잠시 술렁였으나 그 술렁임이 그리 오래 가는 못했다.

대결하는 두 사람의 맞인사와 심판에 대한 인사를 끝낸 후 두 사람이 마침내 결전의 서막을 연 것이다.

심판을 맡은 총무는 사실 기분이 나빴다. 저 건방진 청바지는 틀림없이 장선홍 고수의 그 유명한 하이토스 스카이 서브에 손도 대지 못할 것이다.

대한민국에서 우리의 호프 장선홍 만큼 공을 높이 띄우는 사람은 한국으로 귀화한 홍콩 출신의 곽방방뿐이다.

장 고수는 하늘 높이 공을 띄웠다가 마치 송골매가 먹이를 채기 위해 땅으로 내리꽂듯 꽂히는 공을 짧은 회전으로 넘기는데 손목의 힘이 어찌나 강한지 웬만한 1부는 손도 못 댄다.

강력하게 회전하는 공은 네트를 넘어가 짧게 떨어지기로 유명하다. 그래서 대개 리시브에서 공을 놓치고 만다. 운 좋게 받아넘긴다 해도 공이 튀어버려 강력한 3구 스매싱 한 방이면 끝난다.

정동조, 최정환, 이순민, 김연우, 김재삼, 김상범 등 한국이 자랑하는 쟁쟁한 생체 고수들만이 이 공을 받아낼 수 있다.

그런데 청바지 차림에 운동화마저 빌려 신은 저 촌뜨기가 그 하이토스를 받아넘긴다는 것은 오직 기적에 의지할 수밖에 없으리라!

'왕창 깨져라— 촌뜨기 같으니라고.'

자신의 도전을 거절한데 대한 분풀이의 저주다.

장 고수가 허공을 향해 손바닥 위의 공을 힘차게 던져 올렸다.

청바지 사내가 춤추듯 하던 태견 스텝을 멈추며 기분 나쁘게 빙긋 웃는다.

'저 정도의 심리전에는 안 넘어가지.'

태견 스텝이며 비웃는 듯한 웃음이 자신을 혼란시키기 위한 제스처라고 장 고수는 생각했다.

하늘로 튀어오른 공이 다시 가속의 힘을 내어 내리꽂히기 시작했다.

그 무렵, 그러니까 이 이상한 청바지 사내가 지하철에서 내릴 무렵,

최신 벤츠와 BMW 승용차 두 대가 인천공항 입국장 문 앞에 멈추어 섰다. 벤츠가 앞에 서자 BMW가 뒤따라 멈추어 섰고 사람들이 차에서 내려 벤츠의 문을 열었다.

뒷좌석에서 50대 중반의 잘 차려 입은 사람이 내렸다.

"시간이 얼마나 남았지?"

그가 초조한 듯 손목시계를 바라보며 말했다.

"네, 아직 30분 여유가 있습니다. 회장님!"

신흥재벌 신화그룹의 송 회장이다. 신화제약 설립자이기도 한데 '녹용천'이라는 드링크제를 출시하여 '박카스', '비타500'과 함께 삼두마차를 형성할 만큼 급신장했고 이를 바탕으로 여러 사업체를 벌여 재벌급 기업으로 키운 장본인이다.

그는 지금 중국에서 8개월 연수를 마치고 돌아오는 딸을 기다리고 있는 중이다.

그들은 공항내 스낵바로 몰려갔다.

"회장님…… 따님께서 실력이 무척 늘었을 겁니다."

"그래야지…… 앞으로 국내 일인자가 될 아이인데…… 앞으로 지금의 현정화 만큼 되어야 할 텐데……."

"물론이죠…… 아직은 나이도 있고 경험도 부족하지만 반드시 1, 2년 내에 에이스가 될 겁니다.

송 회장! 그는 딸의 간청을 이기지 못하고 그의 희망이던 법관 만들기의 꿈을 접었다. 그리고 무남독녀 외동딸의 희망대로 운동을 시키게 되었다.

그녀가 바로 미래 대한민국의 여자 탁구를 이끌어 갈 송미정이다.

주위에서는 농구팀 창설이나 아예 더 투자하여 축구팀이나 야구팀을 창설하자고 하였지만 송 회장은 탁구팀 창설과 함께 침체된 생활체육 탁구를 육성시킬 원대한 꿈을 가지고 있다.

그 자신 탁구에 열정을 가지고 있는 생활 탁구 4부의 실력자다. 모두가 딸의 영향이다.

그런데 그렇게 애지중지하는 딸의 사진을 놓고 지금 이 시간 마포에서 이상한 청바지 사나이와 1부 고수 장선홍 사이에 긴장감 도는 시합이 있으리라고는 상상도 못하고 있으리라. 모를 수밖에 없는 일이다.

"아버지—."

저쪽에서 미정이가 아버지를 부르며 달려오고 있고, 비서가 그 뒤를 따르고 있다. 밝은 목소리의 송미정이다.

송 회장이 반색을 하며 일어나 손을 흔들어 댔다.

그는 거금을 투자하여 장이닝을 배출한 탁구학교로 극비리 8개월 연수를 보냈던 것이다.

"많이 배웠냐?"

부끄럼도 잊은 채 그는 있는 힘을 다해 소리쳤다. 그리고 미정이를 향해 달려갔다.

이때였다. 어디서 나타났는지 7, 8명의 젊은이들이 나타나 송미정을 에워쌌다. 그중에는 두 명의 여자도 보였다.

송 회장이 놀라 우뚝 발걸음을 멈춰 세웠다.

"누……누구야! 저……사람들은?"

탁구대를 향해 내리꽂히는 공을 장 고수는 있는 힘을 다해 손목을 비틀어 회전시키며 넘겼다.

"탱!"

공은 금속성 소리를 내며 네트 위를 살짝 넘어갔다. 제대로 맞은 것이다. 찰나 같은 순간이지만 성공이라는 확신이 머리를 스쳤다. 정말이 정도의 위력이라면 다른 고수들도 속수무책일 것이다.

"와―."

관전하던 회원들 입에서 탄성이 쏟아져 나왔다.

'역시 장선홍' 이라는 뜻이 그 탄성의 의미일 것이다.

3

"꼴깍."

관전하는 모두가 마른침을 삼킨다. 그도 그럴 것이 난생 처음 보는 청바지 사내와 이 탁구장 에이스의 시합이다. 그런데다 이유는 알 수 없지만, 이 청바지 사내가 연습볼 10박스와 송미정 선수의 사진을 걸고 하는 희한한 시합이다.

하이토스의 위력적인 볼이 아슬아슬하게 네트를 넘어갔다.

순간, 이 사내는 흐느적이며 팔을 앞으로 내밀었다. 그러나 이 동작을 정확히 본 사람은 윤화중 관장뿐이다. 김기택과 김완, 이 두 불출세의 선수들에 밀려 빛을 보지 못했지만 당시 상비군으로 또 그들의 상대 파트너로 가히 손색없던 국가대표 에이스였던 그다. 그가 이 사내의 팔놀림을 놓칠 리 없다.

그것은 차라리 율동이라는 표현이 옳을 것이다. 마치 바람에 지는 낙엽의 하늘거림처럼, 지금 창밖에 떨어지기 시작하는 눈송이의 나풀거림처럼, 아니면 깊은 계곡의 이름 없이 졸졸 흐르는 물줄기의 물결처럼, 그렇게 부드럽고 유연한 동작이었다. 그의 손에 쥐어져 있는 펜홀더 라켓이 넘어오는 공을 살짝 건드렸다.

공이 네트에 걸렸다. 네트가 순간 파르르 떨더니 공을 상대방 탁구대 위에 떨어뜨렸다.

네트볼이 된 것이다.

"에이—."

관전하던 모두가 실망의 탄식을 내뱉었다. 관전하던 모두를 배신한 것처럼 네트볼이 되었으니 실망하지 않을 수 없는 일이다. 저 스카이 서브를 이 사내가 어떻게 받아내는가에 마음 졸이던 모두를 실망시킨 것이다.

그것은 장 고수도 마찬가지였다. 한 점 먹기는 했지만 이건 저 사내의 행운이라고 생각했다.

"뭐야 이거."

누군가 노골적으로 한마디 내뱉었다.

이 사내는 장 고수와 관전하는 모두에게 죄송하다는 뜻으로 허리를 굽혔다. 그러나 그가 마음까지 굽힌 것이 아니란 것도 윤 관장 만이 알고 있었다. 이건 운이 아니라 실력이었다는 눈빛이 그걸 증명했기 때문이다.

'음—.'

관장의 입에서 괴로운 신음 소리 가 들려왔다. 이런 유연하고 물결처럼 부드러운 구질을 그는 별로 본 일이 없으며 자신이 나선다고 해도 그를 이긴다는 보장이 없을 것 같았다.

단 1점이지만 이 게임은 이미 결판난 것이라고 믿었다.

장선홍은 정말 재수 없어 한 점 얻어먹은 것이지 그 이상은 아니라고 생각했다.

'어디 이번에는……'

그는 무회전의 강타 서비스를 준비하고 있었다.

이 서비스는 유두준 고수와 김연우 고수의 특기이지만 장 고수도 비밀리 이 서비스를 연습해 왔다.

　장 고수가 개발한 이 서비스가 조금 다른 것은 일직선으로 전광석화
처럼 튀어나간 공이 상대방 탁구대 중간에서 갑자기 기억자로 꺾어져
상대를 헛손질 하게 만드는 것이다.

　이 공의 리시브는 드라이브도 화도 컷트도 푸싱도 모두 무력하게 만
든다.

　"딱!"

　장 고수의 두 번째 서비스가 바람을 가르며 튀어나갔다.

　라켓을 들고 여전히 덩실덩실 엉덩이를 흔들던 그가 오는 공을 노려
보더니 화로 마주치려는 듯 힘껏 팔을 휘둘렀다.

　아차!

　공은 그의 라켓을 피해 구석 코너를 맞추고 허공으로 튀어버렸다.

　"우—아."

　함성이 터졌다. 네트볼이라는 지저분한 점수가 아니라 서비스 강타
로 얻은 점수다. 환성이 터지고 박수 소리가 탁구장을 울렸다.

　"장 선배님 파이팅!"

　"쥑인다."

　"끝내세요—."

　1:1의 점수가 되었다. 이 함성 속에서 윤 관장은 눈을 감으며 심호흡
을 했다. 이 이상한 청바지 사내가 고의적으로 타점을 흘려버렸다는
것을 눈치 챘기 때문이다.

　이 아우성도 어느새 사라지고 다시 긴장감이 돌았다. 이 사내의 첫
번째 서비스가 시작된 것이다.

　그가 허리를 굽히며 손바닥 위에 올려져 있는 공을 뚫어져라 바라보
고 있고, 장선홍은 숨을 고른 뒤 허리를 굽히며 라켓을 단단히 움켜잡

왔다.

'어디 네 서브 구경 좀 하자.'

그가 공을 허공으로 들어 올렸다. 그리 높지도 낮지도 않은 16센티 정도다.

장내가 다시 숨을 죽인다. 기침 소리 하나 들리지 않았다.

윤 관장도 이 서비스에 촉각을 곤두세우며 눈을 부릅떴다.

송 회장은 딸을 에워싸고 있는 젊은이들을 향해 달려갔다. 옆에 도착해서야 발걸음을 멈춰 세웠다.

그의 입에서 아주 만족스러운 미소가 떠올랐다.

"싸인 좀 해 주세요."

"어디 다녀오시는 길이예요?"

"사진 한번만 찍어주세요!"

"너무 예쁘세요 언니!"

공항에 나왔다가 우연히 미정이를 발견하고 덤벼든 팬들이었다.

이들이 송미정을 에워싸자 앉아 있던 다른 사람들도 덩달아 몰려들었다.

그녀는 이제 완전한 스타가 된 것이다. 실력도 실력이지만 그의 탤런트 뺨치는 미모가 더욱 호기심과 인기를 끈 것이다. 더구나 지난해 중국 최 고수 왕난과 대등한 경기를 치른 후 패배에도 불구하고 인기는 무섭게 치솟아 올랐다.

장나라처럼 귀여운데다 운동선수답지 않은 가냘픈 몸매가 팬들을 사로잡은 것이다.

송미정은 처음에는 일일이 사인을 해 주었지만 이제는 감당할 길이 없었다.

"아빠……."

그녀가 팔을 휘두르며 구원을 요청했고 그때서야 비서진들과 송 회장이 가세하여 팬들로부터 간신히 떼어놓았다. 그리고 도망치듯 승용차가 대기하는 곳으로 달려갔다.

팬들이 아직도 뜀박질을 하며 뒤를 따랐다.

가까스로 차에 올라탔다.

닫은 차창에 눈송이들이 달라붙기 시작했다. 하늘마저 송미정의 귀국을 한껏 축하하고 있었다.

적당한 높이의 허공으로 떠오른 공을 향해 청바지 사내가 라켓을 휘둘렀다.

4

장내 분위기가 다시 고조되고는 있었지만 장선홍의 첫구 때와는 전혀 다른 분위기다. 첫 서브가 네트볼이 되었고, 두 번째 서브는 받지 못했다. 이 게임을 지켜보는 모두는 이제 저 청바지의 진짜 실력이 어느 정도인지를 가늠할 기회라고 생각했던 것이다.

'이 서브로 판가름 나겠군…… 진짜 촌놈인지 아니면 알려지지 않은 고수인지…… 하지만 장 선배 서브를 놓치는 거 보면…… 엉터리 하수가 틀림없어.'

거의 모두가 같은 생각이다. 윤화중 관장 외에는…….

'부드러움, 유연함, 침착성. 이건 하루아침에 이뤄지는 게 아냐…… 장형이 질 가능성이 높아…… 내공이 깊거든?

그가 눈을 부릅뜬 이유다. 관장이 마른침을 삼켰다.

장선홍이 그의 라켓을 응시한다. 공의 방향과 타점을 찾기 위해서다. 짧은 회전 볼이 올지 아니면 역시 전광석화 같은 강속구가 날아올지 아니면 처음 보는 특이한 서브인지 예의 주시하고 있는 것이다.

공은 라켓과 탁구대에 부딪치며 네트를 건너왔다.

'어라?'

장선홍의 예측에 잠시 혼란이 왔다. 공이 천천히…… 아주 천천히, 마치 슬로우 비디오를 보듯 그렇게 천천히 흔들거리며 날아왔다. 그리고 처음처럼 네트를 살짝 넘어 뚝 떨어졌다. 이런 저속의 공은 그리 보기 쉬운 구질이 아니다.

예측이 틀려 혼란은 왔지만 그래도 천하의 장선홍이다. 그는 오른쪽 어깨를 깊숙이 집어넣고 막 탁구대 위로 떨어지려는 공을 잡아 라켓으로 힘껏 들어 올렸다. 공은 천정을 향해 솟구쳤다. 이것이 그의 장기 중 장기인 하이토스다.

공이 너무나 높이 올라 떨어지는 공을 받아치기에는 타점을 찾기가 너무 어렵다. 더구나 그냥 하늘로 치솟는 게 아니라 들어 올릴 때 회전을 주어 공은 허공에서 팽이처럼 돈다. 상대가 이를 받아친다 해도 공은 튕겨지기 마련이다. 바로 공포의 하이토스인 것이다.

청바지의 시선이 천정으로 올라갔다.

조명에 눈이 부시다. 공이 불빛에 반사되어 갑자기 시야에서 사라지는 것 같다. 그는 당황해하며 떨어지는 공을 가까스로 잡아 안전하게 넘겼다.

'자식 운이 좋았구만.'

모두의 생각이다.

그러나 그의 행운은 이것으로 끝이리라.

장선홍에게는 찬스가 온 것이다. 힘없이 넘어오는 공을 짧은 드라이브로 힘껏 갈겨댔다.

"탕!"

공이 또 한번 금속성 소리를 내며 상대방 탁구대를 강타했다. 탁구대를 강타한 공이 깊은 회전을 먹으며 코너로 날아갔다. 이 공이 튕겨지자마자 낮게 가라앉았다.

"와―."

또 한번 함성이 터졌다. 너무나 눈에 익은 모습니다. 한 점이 추가되는 시점이다.

그런데…….

그날 저녁, 석간신문을 받아든 중국의 체육인들, 특히 탁구계의 지도자들과 일급 선수들은 흥분을 참지 못하고 욕지거리를 퍼붓고 있었다.

"뭐 이런 건방진 애가 다 있어―."

"뭐, 뭐라고? ……참 나 어이가 없어 이 기사 쓴 기자가 누구야."

애매하게 기자에 화풀이하는 사람도 있다.

중국 탁구를 비하하는 한 한국인 탁구선수의 인터뷰 기사 때문이다.

"장이닝은 분명한 세계 최고의 선수다. 그녀는 한동안 여자 탁구계를 지배할 것이다. 나도 그것은 인정한다. 하지만 그녀의 세계 지배는 한시적이다. 말하자면 시한부 탁구 삶을 살고 있는 것이다. 그는 2008년 베이징올림픽에서 탁구의 삶에 종지부를 찍을 것이다. 그를 저격하여 쓰러뜨릴 사람은 바로 나다.

그녀에게는 아직 발견되지 않은 약점이 있다. 그 약점은 그녀에게 치명적인 상처를 줄 것이다. 그리고 그것으로 그녀는 쓸쓸히 탁구 무대에서 사라질 것이다. 나는 베이징올림픽에서 목에 금메달을 걸 것이 며 장이닝은 머리 숙이고 눈물을 흘릴 것이다. 올림픽 탁구 개인전에 서 중국은 오성기 대신 태극기를 올리는 비극적인 모습을 보게 될 것이 다. 장이닝의 키는 더 작아질 것이다."

중국인 전체와 장이닝에 대한 거의 모욕적인 발언이다.

기사 옆에는 정말 아름답기 짝이 없는 한국인 탁구선수의 밝게 웃는 얼굴이 대문짝만 하게 실려 있었다. 바로 송미정의 사진이다.

사진 아래는 역시 송미정을 비하하는 소개 글이 실려 있었다.

─아직 한국 대표선수로도 발탁되지 못한 한국의 신예 송미정.

그러나 한결같이 찬탄을 금하지 못하는 의견이 있었으니 그건 그녀 의 미모에 대한 부러움이었다.

─얼굴 하나는 죽여주는군. 하지만 탁구가 얼굴로 하나? 칫!

당돌하기 짝이 없는 발언이다. 가히 중국 대륙을 뒤집을 발언이다. 그런데 이 기사를 보며 빙긋이 웃는 사람이 있다. 기사를 읽고 난 뒤 그녀는 아무 일도 없었다는 듯 운동 가방을 메고 자신의 승용차가 있 는 차고로 걸어가고 있다. 너무나 태연한 얼굴이다.

바로 장이닝 당사자였다.

그녀가 막 차에 오르려 할 때 중국 최고의 TV인 CCTV 체육담당 기 자가 TV카메라 기자와 함께 나타났다.

장이닝의 코멘트를 받고자 찾아온 것이다.

5

장선홍은 짧은 드라이브로 힘없이 넘어오는 공을 갈겨댔고, 이 공은 탁구대 모서리에 맞으며 낮게 가라앉았다. 순간 그는 쾌재를 불렀다. 위기 때 터뜨리는 한 방이다. 이제 2:1이 되는 순간의 짜릿한 기분을 느낄 때다.

'좋았어ㅡ.'

이런 통쾌함 때문에 탁구 치는 맛을 잊지 못한다. 엄홍길 등산인이 에베레스트를 정복할 때도 이런 기분이었으리라. 그런데…….

이 청바지 사내가 갑자기 시야에서 사라졌다. 그리고 이어서 '쿠당' 하는 둔탁한 소리가 들려왔다.

짧은 드라이브 강타를 맞은 공이 탁구대 모서리에 맞으며 가라앉자 이를 리시브하려던 청바지가 그만 뒤로 넘어진 것이다.

"하하하ㅡ."

"푸푸푸."

탁구장이 웃음바다가 되었다. 저 풋내기 하수가 이젠 넘어지기까지 한 것이다.

제일 크게 웃은 사람은 심판을 보던 총무였다.

"하하하ㅡ."

'어쩐지 이상하다 했지. 3부도 못되는 주제에…….'

기분이 좋아졌다.

'차식! 나하고 붙었어야 했는데…… 아작을 내게…….'

그런데 그가 넘어지며 가까스로 공을 받아냈고, 이 공이 허공에 붕 뜨더니 장선홍편 탁구대 우측을 살짝 스치며 떨어졌다.

엣지가 난 것이다.

"어? 엣지 아냐?"

"뭐야 이거……"

"에이…… 점수 참 지저분하게 내고 있군……."

모두가 원망과 불만의 목소리다. 스코어는 2:1이지만 클린 점수는 장선홍 강타 서비스뿐이다.

청바지는 한 점은 네트볼, 또 한 점은 엣지다.

장선홍도 실망이 이만저만이 아니다. 청바지의 행운으로 2점을 빼앗겼기 때문이다.

'허— 이거…… 오늘 뭐 안 되는 군…….'

재수가 없다고 밖에는 달리 설명할 여지가 없는 상황이다.

청바지의 두 번째 서비스가 시작되었다.

윤화중 관장도 이때만은 웃을 수밖에 없었다. 내용 면에서는 단연 장선홍이 앞서지만 스코어는 2:1.

물론 이 사내가 만만치 않은 고수란 건 파악했지만, 장선홍에게는 운도 따라주지 않는다고 믿었다.

이때, 회원 하나가 관장을 찾아와 귀엣말로 속삭였다.

"저, 관장님. 응암동 황 관장님 전환데요."

"뭐? 황 선배?"

은평구에서만 20년간 탁구장을 운영하는 탁구계가 알아주는 황연섭 선배다. 그가 걸어온 전화를 받지 않을 수 없다. 그리고 이 게임은 박빙이 되겠지만 청바지가 이길 확률이 크다.

그는 관전을 미루고 사무실로 들어가 수화기를 집었다.

"선배님 오랜만입니다…… 별일 없으시죠."

"별일? ……있었지 그래서 전화한 거야."

"별일이라뇨……."

"거기 이상한 아이 하나 안 찾아갔어? 청바지 입은 꾀지지한 애 말야?"

"네? 선배님이 그걸 어떻게……."

"송미정 사진 달라고 하지? ……그래 지금 그 친구 뭐하고 있어?"

"사진 걸고 선홍이하고 시합 중인데요…… 근데 선배님이 어떻게…… 그걸."

"야야, 시합 끝내라고 해…… 선홍이는 쨉도 안 돼. 핸디 5개는 잡아 줘야 겨우 게임이 될까?"

"뭐라고요? 핸디를 5개나요? ……장선홍 핸디는 나도 4개밖에 안 잡아주는데……."

'도대체 어떻게 된 거야. 황 선배는 뭘 알고 있는 거야!'

이때 밖에서 또 복장 터지는 웃음소리가 터져나왔다.

"장이닝 선수의 말을 직접 들어 보겠습니다."

CCTV 체육부 기자가 마이크를 장이닝에게 넘겨주었다.

장이닝이 TV 카메라를 향해 특유의 무표정한 얼굴로 입을 열기 시작했다.

"저도 신문 받아 보았습니다. 뭐 별로 할 말은 없습니다. 하지만 저를 겨냥해서 한 말이니. 저도 한마디는 하겠습니다. ……중국 축구선수가 한국에서 박지성을 향해 '2008 베이징올림픽에서 중국 축구대표팀이 한국 대표팀을 5:0으로 이기겠다. 박지성 실력은 수준 이하다.'라고 발표하면 한국인들이 흥분할까요? ……중국 야구가 한국의 박찬호에게 '박찬호는 야구를 모르는 병아리 선수다! 라고 발표한다면 박찬호 씨가 겁먹고 벌벌 떨까요? ……흥분할 일이 아닙니다. 이건 그냥 어린아이의 해프닝입니다. 병아리 선수의 허풍 떠는 말에 이 장이닝이

벌벌 떨기라도 하란 말씀입니까?"

그렇게 멘트하던 그녀의 얼굴이 갑자기 심각하게 굳어졌다.

"어쨌든 이건 도전입니다. 한국의 송미정 씨가 운이 좋아 한국대표가 되어 베이징에 오고, 더 운 좋게 나와 결승에서 붙게 된다면 이 장이닝이나 송미정 둘 중 하나는 은퇴하게 될 것입니다. 금메달을 걸고 하는 말입니다. 아마도 송미정은 은퇴를 준비하며 쓰라리고 값진 인생경험을 얻게 될 것입니다. 올림픽 탁구장에는 우리 오성기가 나부끼게 될 겁니다."

기자가 다시 마이크를 잡았다.

"국민 여러분, 그리고 우리 중국 탁구를 사랑하는 여러분. 기쁜 소식 하나를 더 알려 드리겠습니다. 왕난이 내년 5월 서울에서 송미정과 한판 붙자는 도전을 발표하였습니다. 2006년 5월 서울은 한국의 송미정의 패배 소식을 여러분에게 전하게 되리라 믿습니다."

장이닝의 멘트에 이어 충격적인 왕난의 공개 도전이 발표되었다.

중국은 환호성으로 전국이 뒤덮이고 있었다.

같은 날 밤, 인천공항을 떠난 벤츠에는 딸에 대한 만족으로 기분이 들떠 있는 송 회장과 중국에서 극비 훈련을 마친 뒤 장이닝에 대한 폭탄선언을 하고 돌아온 송미정이 서울을 향해 달리고 있었다.

차창 밖의 눈송이가 이제는 사납게 달라붙고 있었다.

그녀는 지금 알 수 없는 쓸쓸한 감정에 젖고 있었다. 그리고 혼자만이 알아들을 수 있는 조용한 목소리로 독백을 하고 있었다.

'도대체 오빠는 지금 어디 있는 거야?

의문은 의문을 낳고

"제게 필요한 건 송미정 사진뿐입니다.
충주서 올라온 이유도 그 사진 때문입니다.
오늘 구해서 충주로 다시 내려갈 겁니다."
"송미정 사진이 필요한 이유라도 있나?"
"그건 묻지 마십시오."
뭔가 알 수 없는 절실함이 있어 보였다.
그렇다면 이 청바지 친구도
탁구와 관계 있는 사람으로 보아도 무관하리라.

의문은 의문을 낳고

1

황 관장으로부터 걸려온 전화가 이 청바지 사내에 대한 의문을 어느 정도 풀어주리라 기대했다.

그러나 그것은 허망한 기대에 불과했다.

"선배님, 청바지 저 친구 아는 사이예요?"

"알기는…… 나도 오늘 처음 본 녀석인데……."

"그럼 어떻게 여기 온 걸 아시며 또 장형이 다섯 개 핸디를 잡아야 한다고 하시는 건 또 뭡니까?"

"그러니 내 말 들어 봐……."

그가 응암동 황 관장 '그린탁구장'을 찾아온 것은 3시간 전이라고 했다. 그는 탁구장으로 들어오자마자 관장을 찾더니 무조건 송미정 사진을 구해 달라는 것이었다.

"오늘 충주서 올라왔습니다. 송미정 사진을 얻으려구요. '월간탁구'에 구할 수 있겠느냐고 전화했더니 그 사진은 한정 100장만 배포했고 소유하고 있는 게 더 없다는 겁니다. 황 관장님이 계신 이 탁구장이 서울서 가장 역사가 깊다고 그리 가 보라 해서 찾아온 겁니다. 무조건 구해 주십시오!'

"물론 방법이 없는 건 아니지만…… 왜 꼭 송미정 사진인지…… 곽 방방 사진도 있고 이은실 사진도 있는데……."

"제게 필요한 건 송미정 사진뿐입니다. 충주서 올라온 이유도 그 사진 때문입니다. 오늘 구해서 충주로 다시 내려갈 겁니다."

"송미정 사진이 필요한 이유라도 있나?"

"그건 묻지 마십시오."

뭔가 알 수 없는 절실함이 있어 보였다. 그렇다면 이 청바지 친구도 탁구와 관계 있는 사람으로 보아도 무관하리라.

"탁구는 칠 줄 아나?"

"물론입니다."

"내가 장난기가 발동했지…… 자네 개업기념으로 준 송 선수 사진이 기억에 떠올랐거든. 그래서 나와 게임해서 이기면 구할 방법을 알려주겠다고 했지. 그랬더니 관장과는 시합하지 않겠다는 거야."

그것은 여기서도 같이 보여준 행동이다.

"그래서 선배님."

"그럼 우리 회원과 붙어 보라 했지. 그리고 2부 한 명을 붙여줬어. 청바지 차림에 다 떨어진 운동화로 5전 3승 중 세 판을 내리이기더군. 그것도 완승으로…… 어라? 장난이 아니네? 생각하고 갓 1부로 올라온 회원이 있었는데……."

이때 밖에서 '와!' 하는 함성이 들려왔다. 장선홍이 점수를 딴 모양이었다.

"그래서 그 후배를 붙였지…… 근데 이 1부 후배 녀석도 왕창 깨졌어. 11:7, 11:5, 11:8…… 설렁설렁 희한한 폼으로 힘도 들이지 않더군…… 꼭 장난치는 거 같았어. 정말 희한한 놈이야…… 근데 마침 효진이가 들어오더군(한효진: XIOM에서 제작한 유승민 홋 뭐 CD에서 유승민의 파트너 역을 한 실제인물) 마침 잘 됐다 싶어 효진이를 붙여 줬지…….."

"효진이와 붙어요? ……효진이 이길 사람은 국가대표 애들 말고는 없을 텐데……."

"물론이지 하지만 효진이도 혼났어. 7전 4승에서 4:2 승…… 하지만 내용 면에서는 비등비등했어. 게임이 끝나고 효진이도 머리를 흔들더군…… 난, 더 이상 할 말이 없어 그리 가라고 한 거야…… 가서 관장님과 사진 걸고 한 게임 해 보라고…… 이기든 지든 자네 실력을 보면 사진을 서슴없이 내줄 거라고…… 그래 어찌 되었나?"

"관장님하고는 게임 안 하겠다 하던데요?"

"그럴 테지. 만약 관장이 제자들 앞에서 지는 거 보면 망신이거든. 나도 효진이한테는 이기지 못하는데, 만일 청바지와 붙었다면…… 나도 이긴다는 보장이 없었어."

"흠…… 알겠습니다."

"근데 말이야…… 시간을 계산해 보니 그 녀석 점심도 못먹고 저녁도 굶었을 거야. 버스터미널에서 온 시간, 여기서 게임한 시간을 계산해 보면 말이야…… 게임 중단시키고 밥이나 먹여. 사진도 주고…… 대신 그 녀석 신분이나 알아봐. 운동은 어디서 하는지, 탁구는 어디서 배웠는지, 얼굴에 수염이 가득해서 도저히 못 알아보겠어…… 시골서 운동한 놈은 절대 아냐. 그건 장담하지. 탁구를 알고 있는 아이야."

통화는 그렇게 끝났다.

점심도 저녁도 굶어가며…… 그 많은 게임을 하며 송미정 사진에 집착하는 그를 윤화중 관장은 도저히 이해하지 못했다.

밖에서 또 함성이 들렸다.

두 세트가 끝났는데 스코어는 1:1이었다. 장선홍도 정말 파이팅한 게임이었다.

생활체육 1부와…… 점심도 저녁도 굶고 수없이 게임하고 온 이 청바지 시합은 비등할 수밖에 없다.

게다가 장선홍도 오늘은 유난히 힘을 내 파이팅한 것이다.

3세트가 이미 시작되었기 때문에 시합을 중단시킬 수는 없었다. 3세트가 끝나면 게임을 중단시키리라…… 현재 스코어는 3:1 청바지가 앞서고 있었는데 지쳐 보이는 기색이 분명했다.

지금까지 과정을 생각한다면 믿을 수 없는 철인 같은 체력이다. 효진이와 여섯 판을 쳤다면 더욱 그렇다.

'도대체 뭐하는 녀석이며, 탁구는 어디서 배웠으며, 송미정 사진에 목숨을 거는 이유는 왜인 거야?

서비스를 넣기 위해 손바닥 위에 공을 올려 넣는 그를 의문에 찬 시선으로 바라보았다.

차창을 하염없이 바라보던 미정이에게 송 회장이 먼저 말을 걸었다.

"미정아…… 하여튼 생일 축하한다. 엄마가 눈이 빠지게 기다리고 있겠구나!"

"고마워 아빠…… 엄마가 가든호텔에서 기다리고 있다며?"

이날은 송미정의 생일이다. 생일에 맞춰 귀국한 것이고, 엄마는 생일 파티에 초대한 몇몇 손님과 마포 가든호텔 레스토랑에서 송 회장과 딸 미정이를 기다리고 있는 것이다.

기뻐야 할 미정이가 쓸쓸한 마음을 추스리지 못하는 것은 이유 없이 사라진 오빠 때문이다. 그렇게 보살펴 주던 대학 선배…… 왕난과의 친선시합 때 목이 터져라 응원해 주던 그 오빠…… 박빙의 게임에서 지자 먼저 눈물 흘렸던 그 오빠…… 불행한 일로 탁구를 접고 사라져 버린 그 자상하던 오빠!

'내 생일인데 지금 어디 있는 거야? 오빠!'

미정이의 눈엔 눈물까지 글썽이고 있었다.

승용차는 서울에 거의 다 왔고 솜덩이 같은 함박눈은 아우성처럼 퍼붓기 시작했다.

2

제3세트, 3:1 상황!

손바닥에 공을 올려놓고 띄우려던 청바지가 잠시 동작을 멈추더니 송미정의 사진을 바라본다.

오늘 밤, 이 게임에서 승리하고 가져갈 사진이다. 사진을 바라보던 시선이 다시 탁구공으로 옮겨간다.

다시 발이 경중경중 춤을 추는 듯한 스텝으로 옮겨간다.

윤화중 관장이 그의 발을 바라보았다.

이것이 이동 서비스라는 것이다. 이 이동 서비스를 처음 사용한 사람이 누군지는 모르지만 우리나라에서 전 국가대표 중에 이동 서비스를 넣던 사람이 있다.

바로 불출세의 영웅 김완(金浣 :현 여수시청 감독) 고수다. 한국선수로는 처음 중국선수를 깬 강타자다. 그가 서비스를 넣을 때는 다른 사람과 달리 경중경중 뛰다가 넣는데 이 서비스가 어찌나 강한지 서비스 포인트로 얻은 점수만도 한두 점이 아니다. 그 후 이동 서비스를 넣는 사람을 보는 것은 오늘이 처음이다.

윤 관장 머리가 갸우뚱해졌다…… 혹 김완과? ……하지만 그를 본 일이 없다.

"잠깐!"

윤 관장이 게임을 멈춰 세웠다.

"작전 타임입니다."

그리고 장선홍에게 다가갔다. 그는 귀엣말로 속삭였다.

"청바지는 지금 지쳐 있어. 끈질기게 물고 늘어지란 말이야. 이번에는 틀림없이 강타로 넣을 거야, 빨리 끝내고 싶으니까…… 그러니 첫 서비스는 거꾸로 장형이 부드럽게 받아…… 이번 시합은 이 3세트가 끝이야. 죽을힘을 다해서 물고 늘어져. 알았지?"

"예! 알겠습니다."

장선홍이 결의를 다진다.

이때였다. 회원 하나가 송미정의 사진을 내리는 모습이 보였다. 청바지도 장선홍도 의외라는 표정이다.

"아직 시합이 안 끝났는데……."

청바지가 윤 관장을 바라보며 말했다.

그러자 이번에는 윤 관장이 청바지를 향해 말했다.

"왜, 이길 자신이 없는 겁니까? ……게임이나 진행하십시오."

"좋습니다."

윤 관장은 이 청바지 사내가 이기든 지든 사진을 내줄 생각이었다. 저 사진 한 장 때문에 지방에서 올라와 밥을 굶어가며 시합하고 있는 것이다. 이유야 알 수 없지만 이 사내에게는 송미정 사진이 사진 이상의 의미를 가지고 있는 게 분명하기 때문이다.

청바지는 조급해졌다. 무엇보다도 배가 고파 견딜 수가 없었던 것이다. 빨리 끝내고 사진을 들고 나가 해장국이라도 한 그릇 때려야 살 것만 같았다.

'빨리 끝내자!'

청바지는 지금까지와는 달리 하 회전의 짧고 강한 서비스를 집어넣었다. 부드럽고 유연한 동작에서 강력한 서비스로 전환시킨 것이다.

윤 관장의 전략이 맞아떨어졌다. 장선홍은 팔을 내밀어 부드럽게 리시브하였다. 공이 네트를 살짝 넘어갔다. 청바지는 '아차' 싶었다. 부드러운 서비스로 오인한 상대가 다시 로빙볼로 응수하리라 믿었기 때문이다. 그래서 하이토스를 대비하고 있었는데 의외로 공이 부드럽게 네트를 넘어온 것이다.

그는 갑자기 몸을 앞으로 당겨 간신히 공을 넘겼다.

장선홍은 이 공을 노리고 있었다. 회전도 강타도 아닌 볼을 잡아 하늘로 다시 솟구쳐 올렸다. 공은 눈부신 조명등을 향해 치솟다가 힘차게 떨어졌다.

마침내 청바지는 헛손질을 하고 말았다. 네트 가까이 떨어진 공이 갑자기 탁구대 밖으로 튀어나간 것이다.

3:2가 되었다.

청바지로서는 조급함이 불러온 실수였고, 장선홍으로서는 윤 관장의 작전지시가 맞아떨어진 것이다.

"와—아!"

장내가 또 한번 함성에 매몰되고 있었다.

청바지가 머리를 끄덕이더니 공을 다시 손바닥 위에 올려놓았다. 두 번 실수하지는 않으리라.

눈빛이 불타듯 타오르기 시작했다.

'……흠, 이 친구 시력에 문제가 있군.'

윤 관장은 그의 실력을 간파하고 있었다. 그게 문제였다.

세계 최고를 자랑하는 성능의 벤츠는 쏟아지는 눈송이를 헤집고 마침내 가든호텔 앞에 도착했다.

운전기사가 쏜살같이 내려와 차 문을 열려 했지만 송 회장은 자신이 먼저 문을 열고 내렸다. 권위의식이 없는 그의 흔히 볼 수 있는 모습이다. 뒤를 따라 송미정도 내렸다.

"시간이 좀 걸릴 테니 식사하고 기다리고 있게."

그가 운전기사에게 돈을 집어주었다.

"눈이 쏟아지는데 수고했어!"

"아 아닙니다, 회장님."

기사가 허리를 숙일 때는 이미 송 회장과 딸 송미정은 호텔 로비로 들어선 뒤였다.

이때가 바로 청바지와 장선홍이 한참 시합을 하고 있을 무렵이다.

레스토랑으로 들어선 미정이의 눈이 휘둥그레졌다. 생일 축하의 대형 데코레이션이 있고 20명 가까운 초대 손님들이 박수를 치며 환영하는 것이다.

엄마가 달려와 포옹해 주었다.

"그간 고생 많았자?"

"고마워 엄마……."

포옹을 끝내고 마련된 자리에 앉았다. 낯선 얼굴도 보였다. 물론 낯익은 탁구인이 대부분이다.

송미정은 먼저 탁구계 신화 정현숙 선생님과 이번 중국 유학을 주선해 준 안재형, 자오즈민 두 분에게 달려가 정중한 인사를 나누었다.

송 회장의 간단한 인사가 먼저 있었다. 이 자리를 마련한 이유를 설명하고 있었다.

"우리나라 탁구는 지금까지 중국의 그늘에서 벗어나지 못하고 있습니다. 저는 이를 타개할 방법의 하나로 탁구계에 발전기금도 10억 정도 기부할 생각입니다. 또 탁구 인프라 구축을 위해 생활체육 탁구도 육성시킬 생각입니다. 여러분의 좋은 의견을 오늘 듣고자 합니다. 이를 위해 대한탁구협회와도 긴밀한 공조체계를 세울 것입니다."

이때였다. 밖에서 대기하던 비서 하나가 달려와 귀엣말로 속삭였다.

"회장님, 본사에서 긴급 연락이 왔습니다. 인터넷 뉴스에 따님에 관한 뉴스가 났는데 중국 탁구계가 발칵 뒤집혔답니다."

"중국 탁구계가 발칵 뒤집혀? ……왜!"

장이닝의 발언과 내년 5월 왕난의 공개 도전 이야기다. 그것이 인터넷을 통하여 전 세계에 알려진 것이다.

송 회장의 눈이 화등잔만해졌다. 그리고 놀라운 얼굴로 미정이를 바라보았다.

"장이닝에게 도전한 게 사실이냐?"

사태를 알아차린 송미정이 자리에서 일어났다.

3

송미정이 굳은 얼굴로 자리에서 일어났다.

"먼저 제 생일을 축하해 주시기 위해 참석해 주신 여러 어른들께 감사의 인사를 먼저 드립니다. 저는 안재형, 자오즈민 두 선생님의 주선으로 중국에서 극비의 훈련을 마치고 오늘 돌아왔습니다. 저는 귀국하기 전 중국 언론과 인터뷰를 하면서 장이닝에게 폭탄선언을 하고 돌아왔습니다. ―2008 베이징올림픽 결승전에서 만나자. 지는 사람은 은퇴하자! 장이닝에게도 약점은 있고 그녀는 올림픽 이후 나 때문에 은퇴하게 될 것이라 했습니다. 사실 저는 중국에서 훈련하며 중국이 두려웠습니다. 장이닝이 얼마나 무서운가도 잘 압니다. 저는 그 공포를 이기기 위해 고함을 지른 겁니다. 그리고 제 자신에게 약속했습니다. 장이닝을 잡는 것은 제 운명이라고요. 내일 저는 기자 회견을 통해 제 결의를 다 밝힐 겁니다. 이제 중국을 극복할 시점에 왔다고 보며 특히 오랜 동안 꺾지 못했던 중국을 한번 멋지게 꺾을 겁니다―. 이 발언에 중국이 뒤집힌 모양입니다. 왕난이 내년 5월 제게 비공식 게임을 하자며 도전장을 냈습니다. 기꺼이 받아 드릴 겁니다. 한번 지기는 했지만 이번에는 반드시 승리할 겁니다."

귀국인사가 끝나자 장내가 쥐죽은 듯 조용해졌다.

섣부른 발언이 아니었나 하는 걱정들을 한 것이다. 그런데 이 분위기를 깬 것이 바로 자오즈민이었다.

그녀가 조용히 박수를 친 것이다. 그러자 안재형 감독이 힘차게 박수를 쳤고 이어져 터질 듯한 박수가 터져나왔다.

"맞아 여자팀도 중국 한번 깨 보자고! 금메달 뺏어 오자고! 장이닝도 왕난도 겁낼 거 없어!"

"겁부터 먹으니 지는 거야…… 잘 했어!'

우리 대한민국 여자탁구는 오랜 동안 중국을 깨지 못했다. 이에리
사, 정현숙, 현정화, 홍차옥 이래 시원하게 중국을 갠 사람이 없다. 이
제 중국통 자오즈민이 있고 귀화를 한 홍콩계의 곽방방이 있다. 그리
고 대학 1학년 시절 왕난과 대등한 경기를 한 대전 호스돈 여고 출신의
송미정이 있다.

90년 베이징아시안게임에서 한국은 남녀 모두 중국을 깼다. 적지의
심장부에서…… 18년이 지나는 2008년 베이징올림픽에서 다시 그 전
통을 이어가야 한다. 지긋이 입술을 깨무는 송미정의 결의에 찬 도전
이 그 꿈을 이뤄낼 것이다.

3:2, 청바지와 장선홍은 팽팽한 게임을 벌이고 있다.

청바지의 두 번째 서비스가 시작되었다.

청바지는 사실 좀 괴로웠다. 지금 정상이 아니었다. 오전 11시 경 아
침 식사를 충주 터미널에서 대충 때우고 서울행 버스에 몸을 실은 후
입에 넣은 것이 없었다.

응암동 '그린탁구장'의 황연섭 관장이 준 커피 한잔이 고작이다. 그
리고 격렬한 시합이 계속 이어지고 있다. 정상 컨디션이라면 몇 점 핸
디를 잡아줘도 별 문제는 없을 것이다.

지친 상태에서 굶은 데다 격렬한 게임…… 게다가 최근 시력이 나빠
지고 있는데 일반 탁구장과 달리 이곳은 천장이 높고 조명이 너무나
밝아 게임하는데 지장이 많다. 엎친 데 덮친다고 상대는 계속 하이토
스 로빙볼이다.

윤화중 관장의 예리한 지적이 사실이었다. 그는 시력에 문제가 있었
던 것이다.

'지면 사진을 가져갈 수 없다. 관장이 그냥 준다 해도 져서는 가져갈 수 없다.'

그가 이를 악무는 이유다. 목숨 같은 사진을 탁구에 져서 놓칠 수는 없는 일이다.

허리와 무릎을 잔뜩 굽히고 공을 낮게 들어 올렸다. 손바닥을 떠난 공이 올라가면서부터 회전을 먹었다. 이 공을 짧게 회전시키며 대각선이 아닌 직선으로 강하게 넘겼다.

이동 서비스도 아니고 대각선 서비스도 아닌 강력한 직선 서비스다.

장선홍이 가까스로 받아넸지만 공은 역회전하며 네트에 꽃히고 말았다. 이런 불의의 일격을 잘 사용하는 선수가 바로 생체의 고수 김연우다.

4 : 2, 균형이 깨졌다.

서비스가 장선홍에게 넘어왔다. 윤화중 관장이 다시 장선홍에게 다가갔다. 그리고 귀에 대고 속삭였다.

"계속 로빙볼로 먹여! 방법은 그거밖에 없어…… 지면 죽는 줄 알아. 효진이가 힘들게 이긴 강자란 말야…… 이럴 때 이겨 보지 못하면 죽어도 못이겨!"

장선홍이 머리를 끄덕였다.

공을 던져 힘이 없는 약한 볼을 아주 낮게 넘겼다. 넘어오기만 하면 다시 하늘로 솟구치게 걷어 올릴 것이다.

"얍!"

있는 힘을 다해 소리치며 넘기지만 공은 별 변화 없이 살짝 네트를 넘어갔다.

아무리 같이 쳐 봐도 이 청바지 친구는 생체 출신이 아니라 선수 출신 같았다.

송미정의 인사와 박수가 끝나고 식사가 시작되었다. 최고의 요리로 생일을 즐기고 있었다.

커피 타임이 되자 송 회장이 자리에서 일어났다.

"허허허, 이거 일이 거꾸로 되었습니다. 죄송합니다…… 중국서의 일이 그만 제정신을 빼 놔서…… 이쪽 탁구계 스타 분들이야 다들 아시겠지만 낯선 몇 분이 계실 겁니다. ……바로 생활체육 탁구 발전을 위해 일하실 분들입니다. ……자신들이 소개하시죠. 저쪽의 심 교수님부터……."

카기 좀 작아 보이는 다부지게 생긴 40대 초반 남자가 일어섰다.

"심근하라고 합니다. 생활체육학을 전공하는 교수입니다. 생체(생활체육) 탁구 1부입니다."

박수 소리가 다시 요란하게 터졌다.

"저는 탁구 용품을 전문으로 연구하는 홍성혁입니다. 세계적인 한국 탁구용품을 개발하는 게 제 꿈입니다. 많은 성원 바랍니다."

"저는 생활체육 탁구 1부 선수며 지도자로 일하고 있는 김연우라고 합니다."

"저는 여자 1부이며 탁구 시합 진행 전문가인 남궁은희라고 합니다. 여러분 만나서 영광입니다. 정확한 오픈 서비스를 보급하고 있는 오써모라는 단체에서 일하고 있습니다."

박수 소리가 또 터졌다.

송 회장이 이들에게 막대한 연구비를 투자하여 생체 발전에 기여할 연구를 위탁했다고 했다. 자리가 한결 흥겨워졌다.

공이 아주 낮게 그리고 힘없이 네트를 건너왔다.

'흠! 로빙볼을 시도하려는군…….'

번개 같은 판단이 서자 청바지는 허리를 불쑥 세우더니 팔을 쑥 내밀어 올라오는 공을 네트 오른쪽 끝으로 힘껏 감아 때렸다. 번개 같은 동작이며 화려하기 짝이 없는 동작이다. 그리고 미처 상대 공을 판단할 겨를도 없었다.

장선홍은 넘어지며 받아내려 했지만 공은 이미 리시브하기엔 불가항력의 코너로 날아간 뒤였다.

'이번 공은 어쩔 수 없었어.'

이번에는 장 선홍이 엉덩방아를 찧고 말았다.

"와—."

다시 감탄사가 쏟아져 나오더니 이어서 박수 소리가 터져나왔다.

윤화중 관장이 머리를 크게 끄덕였다. 제대로만 훈련하고 영양 섭취만 제대로 한다면 앞으로 한효진과 맞붙어도 백중세를 이룰 것으로 보였다.

'흠, 저 청바지 녀석 정체를 알아봐야겠어. 보통 녀석이 아냐!'

어느새 5:2가 되었다.

이번에는 장선홍이 입술을 지긋이 깨물었다. 이런 고수는 만나 본 지 오래인 것 같았다.

'도대체 어디서 굴러먹던 작자야.'

눈초리가 무서워지는 장선홍이다.

4

따지고 보면 누가 이겨도 자랑스럽지 못하고, 또 누가 진다 해도 부끄러울 것이 없는 혈전이다.

청바지 사내는 이미 두 끼를 굶은 상태에서 격렬한 게임을 벌이며 여기까지 왔고, 장선홍은 아마 출신이다. 그리고 청바지는 프로급 선수다.

내기를 걸었다지만 동기를 알 수 없는 순수한 내기 시합이다. 하지만 시합은 시합이다. 탁구 시합이란 게 원래 그런 거다. 아버지와 아들이 시합을 한다 해도 양보가 있을 수 없는 게 탁구 시합이다.

청바지는 송미정의 사진을 위해 사투를 벌이고 있고, 장선홍은 아마 출신 1부의 자존심과 '윤화중탁구교실'의 명예를 걸고 하는 시합이다.

윤화중 관장은 이 시합을 보며 뭔가를 골똘히 생각하고 있었다.

송미정과 청바지의 '관계' 때문이다. 그리고 부산 출신의 생활체육 탁구인이며 '핑퐁조아'에서 활동하는 얼굴에 수염이 더부룩한 '치면 날라가'처럼, 아니 그보다 더 많은 수염을 기른 도저히 나이를 종잡을 수 없는 청바지가 왜 송미정의 사진에 집착하는가에 대한 의문이다.

'이 청바지 녀석은 송미정과 어떤 관계이며, 왜 사진을 가져가려고 하는가?

'이 청바지 녀석은 어디서 왔으며 또 어디서 탁구를 배웠으며, 왜 지금은 라켓을 접고 있는 것일까?

이 친구가 운동을 계속해 왔다면 탁구화, 유니폼 정도는 언제나 가방에 있어야 하기 때문이다.

그 정도는 생활체육 탁구인들도 늘 준비하고 다니기 때문이다.

의문은 꼬리에 꼬리를 이어가고 있었다.

다 떨어진 운동화의 주인공과 대 재벌의 딸 송미정과는 도저히 어울리지 않는 신분의 차이가 있다. 이 차이를 메워줄 단서는 어디에도 없었다.

"와!"

다시 함성이 터졌다. 장선홍의 로빙볼이 멋지게 성공했고 이제 5:3의 스코어로 좁혀졌기 때문이다.

'근데 청바지 저 녀석은 시력에 정말 문제가 있어!'

그가 탁구를 접은 이유가 시력 때문은 아닐까? ……사실 이 친구와 정식으로 한판 붙고 싶은 사람은 바로 윤 관장 자신이다.

'정상 컨디션일 때 한판 하고 싶군…… 한두 점 정도 핸디 잡아주면 딱 좋을 거야.'

'후배들 보는 앞에서 패한다면 이건 체면이 아니지…….'

장선홍이 후배들을 흘깃 바라보았다. 모두 승리를 안타깝게 기다리는 표정이다.

짧게 짧게 한 점씩을 보태던 이들의 게임에 갑자기 랠리가 길어졌다. 지친 기색이 역력한 청바지에게 장선홍이 끈질기게 물고 늘어진 것이다.

'저 친군 지금 지쳐 있어. 힘을 조금만 더 빼 놓으면 스스로 무너질 거야!'

공이 강타로 넘어오면 가볍게 받아내고, 한 방 갈길 찬스에서도 때리지 않고 받아넘겼다. 랠리 시간이 길어지면 길어질수록 이 청바지는 더욱 초조해져 성급히 덤빌 것이다. 실수는 언제나 조급할 때 일어나는 법이다.

그러다 찬스가 나면 공을 하늘로 솟구쳐 올린다. 청바지가 하이볼에 약하다는 것을 장선홍도 간파한 지 오래 되었다.

이 전략이 맞아 떨어져 5:2의 스코어는 어느새 5:5, 다시 균형을 맞춰 가고 있었다.

장선홍도 청바지도 땀에 흠뻑 젖어 있다.

청바지는 사실 몸에 체력이 한푼 어치도 남아 있지 않았다. 체력이 남아 있다면 그게 거짓말이다. 다른 사람 같았다면 벌써 포기했을 것이다.

다리가 후들거렸지만 참고 인내할 수 있는 원동력은 송미정의 사진에 대한 집착과 평소 닦은 체력 훈련 덕이다.

'참 질기군.'

서로를 노려보는 얼굴에는 서로에 대한 두려움으로 가득 차 있었다.

식사가 끝나고 디저트 시간이다.

커피를 들던 정현숙 선생이 송미정을 바라보며 물었다. 정말 친동생처럼 보살펴 주는 대선배다. 송미정이 재벌의 딸이어서가 아니다. 그녀의 탁월한 탁구 재능 때문이다. 이런 기대 넘치는 후배를 만나는 것은 선배로서는 참으로 행복한 일이다.

"내년 1월에 단양에서 국가대표 선발전이 있는데 이번엔 참가해야지?"

갑자기 송미정의 얼굴이 굳어졌다.

"……전……이번에는…… 참가하지……못할 거 같아요!"

"대표 선발전을 포기한다고? ……왜."

갑작스러운 태도에 모두가 의아해했다. 송미정의 실력은 인정한다. 하지만 아직 협회 측의 추천으로 대표가 되기에는 객관적인 실력평가가 부족했던 것이다.

"……저……운동 시작하기 전에…… 꼭 찾아야 할 사람이 있어요."

"찾아야 할 사람?"

이번에는 송 회장 얼굴이 굳어졌다.

"뭐라고? ……그럼 그 녀석을 말하는 거냐? ……운동이나 해. 내년 1월 선발전에는 참가해야 돼."

"아빠. 그 오빠 찾기 전에는 운동 못해요…… 또 한두 달이면 반드시 찾을 수 있고요."

모인 사람들이 어리둥절한 표정으로 송미정과 송 회장을 바라보았다.

"대표 선발전보다 더 중요한 게 그 녀석 찾는 일이냐?"

송 회장이 짜증을 낸다. 탁구인들 앞에서 절대 그런 모습을 보여줄 송 회장이 아니다.

"네…… 오빠가 있어야…… 내년 5월 왕난 도전도 치를 수 있어요. 대표 선발전은 왕난 전 이후로 미룰 겁니다. 왕난을 깨야 장이닝도 깰 수 있고요…… 그래야 올림픽 금메달도 딸 수 있어요."

"허허허—."

송 회장은 웃고 있었지만 실망스런 표정이 역력했다.

'거……참…… 이 일을 어쩐담?'

그렇게 생각에 잠기던 그가 혼자 머리를 끄덕였다.

'이 지지배 머리에서 그 녀석을 아예 지워버리게 해야지……'

"잠깐!"

5:5, 팽팽한 접전이 막 시작될 무렵 윤 관장이 탁구대 앞으로 나섰다. 그가 시합을 중단시킨 것이다.

시합은 이정도로 충분하다고 판단한 윤 관장이다.

관전하던 모두가 의아한 얼굴로 관장을 바라보았다.

승부사 기질이 있는데다 자기 제자들이 지는 것을 죽어도 못 보는 성격이다.

한번은 같은 부수의 방문자에게 총무가 패한 일이 있었다. 그날 총무는 윤화중 관장과 함께 밤을 새우다시피 했다. 패한 원인과 상대의 전략을 일일이 지적하며 복습을 했고 기어이 그 후 멋진 복수전을 한 뒤에야 마음이 풀린 관장의 성격이다.

그런 윤 관장이 팽팽하게 접전을 벌이고 있는 장선홍과 청바지의 시합을 중지시켰으니 의아하지 않을 수 없는 일이다.

누구보다 불만인 것은 장선홍이다.

이 프로급 청바지를 이길 절호의 찬스를 놓친다는 건 억울해서 밤잠을 이루지 못할 일 아닌가.

눈앞의 승리를 놓칠 수는 없는 일이다.

윤 관장의 지시에 반발해 보는 것도 처음인 것 같다.

"관장님, 3세트에서 끝내자고 하시지 않았습니까? 누가 이기든 6점밖에 안 남았는데……."

조금 전만 해도 상대가 지쳤으니 물고 늘어지라던 관장 아닌가?

그건 청바지도 마찬가지다.

도전을 한 것은 자신이다. 물론 송미정 사진은 지금 목숨같이 소중하다. 그러나 탁구인이라면 당당하게 승리하여 가져가고 싶다. 이렇게 끝내고 가져간다면 송미정 사진에게도 떳떳하지 못할 것이다. 부끄러운 승리는 싫다.

물론 지금은 허기에 지치고 시합에 지쳐 있는 상태다. 더구나 상대는 자신의 약점인 약해진 시력으로 게임하기에는 아주 힘든 로빙볼이 주특기다. 하지만 절대 질 수는 없다. 그건 자존심이 허락하지 않으며 그래도 한국 주니어 대표팀으로 선발된 경력을 가지고 있는 자신이 아닌가.

연이은 불행만 아니어도 지금은 유승민이나 오상은 못지않은 실력으로 세계를 누볐어야 할 자신이다.

"저…… 죄송하지만 게임은 끝장을 보고 싶습니다. 중단시키는 이유는 모르겠지만요."

'미정이 사진을 건 시합이다. 무승부로 가져갈 수는 없지. 시합은 바로 끝낼 수 있어.'

"압니다. 충분히 이해합니다. 하지만 나도 그럴 이유가 있습니다. 이유는 모르지만 당신은 송미정 사진에 모든 것을 걸고 있습니다. 나는 당신이 지는 것을 볼 수 없습니다. 당신은 너무 지쳐 있습니다. 정상이 아닙니다. 당신의 건강을 위해서입니다. 또 장선홍, 나도 네가 지는 것을 보고 싶지 않아. 네가 진다면 난, 며칠 견디기 힘든 날을 보내게 돼. 네가 이긴다는 보장이 없어. 그러니 날 위해서라도 여기서 끝내자고. 대신 후에 서로 정상적인 상태에서 다시 게임 한판 하는 것으로 양해하자구!"

하지만 두 사람은 손에서 라켓을 놓을 생각조차 하지 않고 있다.

윤 관장이 다시 설득에 나섰다.

"누가 이겨도 자랑스러운 시합이 못됩니다. 선홍이는 몰라! 이분은 지금 점심부터 굶어 왔고 효진이하고 대접전을 벌이고 여기까지 온 거야. 이 상태에서 이긴들 무슨 자랑거리가 되겠어. 또 손님 우리 장선홍은 아마 출신입니다. 프로급이 분명한데 아마 출신 이겼다고 누가 당신을 존경하겠습니까? 다음 모든 상태가 정상일 때 핸디 정식으로 잡고 다시 한번 승부합시다. 자자, 그만 끝내자고—."

윤 관장이 웃으며 장선홍의 라켓을 손에서 빼앗아 들었다.

평소 관장의 배려심을 잘 아는지라 장선홍은 고집을 꺾었다. 그리고 청바지를 향해 머리를 숙였다.

"오늘 너무 좋은 경험 얻었습니다. 감사합니다."

그러자 청바지도 다가와 손을 내밀어 악수를 청했다.

"아마 1부라지만 대단한 실력입니다. 파이팅도 대단했고요……."

둘 모두 땀에 흠뻑 젖었지만 멋진 시합에 후회는 없었다.

"자, 땀 좀 식히시고…… 손님, 저하고 잠시 갈 데가 있는데 시간 좀 내주시겠습니까?"

윤화중 관장이 타월을 넘겨주며 말했다.

"시간을……요? 오늘 지방에 내려가야 하는데……."

"지금 폭설이 내려 못 가실 겁니다. 서울서 주무시고 내일 가세요…… 오늘 제가 모두 책임지겠습니다."

청바지가 창밖을 바라보았다.

눈덩이가 아우성처럼 쏟아지고 있었다. 그 눈송이들 속에 미정이의 얼굴이 떠오르고 있었다.

'미정아 생일은 잘 보내고 있냐?'

"그러니까…… 정말 한심한 실정이지요…… 그래도 국내 아마 최강전인데…… 우승 상금이 고작 남자 70만 원, 여자 30만 원입니다…… 너무 초라합니다…… 관중도 선수 식구들뿐이고요…… 이런 거부터 고쳐야 합니다…… 일반관중으로 시합장이 꽉 차야 하고 상금도 최소한 남녀 공히 5백만 원은 돼야 합니다. 부끄러운 현상입니다…… 이래서야 생활체육이 발전하겠느냐고요."

환담시간이다. 송미정 생일 파티가 생활체육 성토장으로 변했고 심근하 교수가 한심하다는 듯 한마디 꼬집었다.

"네? 아마 최강전 우승 상금이 70만 원이라고요?"

"그래도 주최하는 입장에서는 부담이 가는 액수입니다. 그나마 상품 협찬으로 잔치를 하는데…… 관중 입장료도 없지요…… TV 중계도 없지요…… 뭘로 충당하겠습니까?"

"흠―."

송 회장이 괴로운 심음을 뱉었다.

이게 사실이라면 부끄럽기 짝이 없는 일이다. 70만 원, 30만 원이라니…… 더구나 전국 최강을 가리는 시합에서…….

미정이의 돌발적인 발언에 침울하던 송 회장이 이번에는 생체 탁구의 현상에 놀라고 있었다.

'소위 말하는 재벌급 최고 간부들 술값도 한자리에 기백만 원이 넘는다…… 최강전에 상금이 그 정도라니…… 아무래도 탁구를 위해 돈을 좀 써야겠군…… 그래도 축구나 야구에 비하면 새 발의 피밖에 안 돼.'

"그런 문제점들을 위해 좀 더 연구해 주십시오. 제가 도울 일이 있다면 최선을 다하겠습니다."

"그 문제 외에도 프로급 시합 발전을 위해 세미프로 창설도 한 방법이라고 생각합니다. 농구나 배구처럼 발전시킬 여지가 충분하거든요?"

이번엔 남궁은희가 나섰다.

이 문제는 그녀의 오랜 숙원 중 하나다.

프로 씨름도 한때 대성공을 거두었다. 탁구가 안 될 이치가 없다. 열심히 노력만 한다면 대중흥기를 맞을 수도 있다. 여기에는 강력한 후원자가 절대 필요하다. 그리고 송 회장은 가장 훌륭한 적임자가 될 것이다.

"단 하나밖에 없는 월간탁구도 탁구 중흥이 이뤄지면 크게 성장할 거구요."

탁구계의 문제점은 하나 둘이 아니다.

국가대표 운영 문제며 생체 탁구의 발전…… 탁구문화의 일원인 유일한 잡지 월간탁구의 영세성 탈피…….

"심 교수님의 연구가 기대됩니다. 전 도울 일이 생기면 적극 돕겠습니다."

대화가 오고갔지만 지금 송미정의 가슴에는 이 대화보다 오빠 얼굴로 가득했다.

'도대체 어디 있는 거야…… 내 생일인데…… 내 생일 잊은 건 아니지…… 오빠?'

밖의 눈송이만큼이나 그리움이 쌓이고 있었다.

'착한 오빠─.'

"건방진 계집아이 아냐?"

같은 시간 베이징 한 카페에 왕난과 장이닝이 앉아 차를 마시며 흥분하고 있었다.

'감히 나한테 도전장을 내다니…… 그 애송이가.'

기분 나쁜 일이다. 장이닝은 그래서 송미정과 한판 붙어 본 일이 있는 왕난과 만난 것이다.

추억 속으로

"제가 삶의 방향타를 잃고 방황하기 시작했습니다.
지방 어디로 가야 할지.
정말 탁구는 약속대로 영원히 치지 못하게 되는 건 아닌지……."
청바지의 말은 계속 이어지고 있었다.
가슴속의 격정이 흘러갔는지 눈물은 더 이상 보이지 않았다.

추억 속으로

1

왕난과 장이닝은 지금 세계를 석권하고 있는 여성 탁구계의 살아 있는 전설이다. 또 이들은 중국 내의 라이벌이기도 하다. 물론 오늘 현재, 탁구계를 점령하고 있는 강자는 장이닝이다.

이들 둘이 만났다. 송미정 때문이다.

중국 탁구는 아주 중요한 고비에서 한국에게 치명타를 맞아왔다. 베이징아시안게임에서 한국에게 당했고, 서울올림픽에서 또 한국에게 당했다. 그러나 가장 분한 것은 아테네올림픽에서 왕하오가 유승민에게 당한 뼈아픈 패배였다.

그렇기 때문에 아무리 최강자라 하더라도 한국 탁구를 무시하는 사람은 없다. 그러기에 송미정 사건은 사정이 다르지 않다. 송미정은 아직 세계 무대에 그리 알려지지는 않았다. 그렇다고 해서 방심할 수는 없는 일이다. 한국은 중국의 영원한 라이벌이기 때문이다.

"어떤 아이지?"

세계 랭킹 겨우 32위, 왕난이 초청받아 송미정과 한판 붙은 경험이 있어 궁금한 장이닝이다.

"그때 시합은 비공식 초청경기였지. 송미정이 세계주니어대회에서 3위를 한 후 실력을 향상시키기 위해 나를 불렀던 거야. 당시 대전료는 비공식 게임으로는 상상할 수도 없을 만큼 많았거든…… 스매싱이 강하고 위기 대처 능력이 뛰어나다는 인상이었어. 물론 허점도 많지…… 하지만 지금은 많이 향상되었을 거야…… 그렇다 해도 날 이기지는 못할 테고…… 내년 5월에 한국 심장부에서 한국의 기대주며 건방진 송을 망신주겠어. 기를 꺾어 중국에 대한 두려움을 주겠다는 내 계산이거든."

"한국에 아는 사람을 통해 송미정에 대한 정보를 입수해야겠어. 송미정은 내가 은퇴시킬 거야."

장이닝은 표면적으로는 이 사건을 무시하는 태도였지만 내심 불쾌하기 짝이 없었다.

그런 그녀가 왕난에게 불쑥 어이없는 제의를 해 왔다.

"내년 5월 송미정과의 시합 때 져줄 수 있겠어?"

"뭐라고? ……져 달라고? 왜!"

왕난이 깜짝 놀라 장이닝을 바라보았다.

"자만에 빠뜨리게…… 진짜 복수는 베이징올림픽 게임장에서 하자는 거야…… 아주 박살을 내서 다시는 라켓을 잡지도 못하게 할 생각이야."

이건 음모는 아니다. 전략이다. 또 송미정의 약점을 찾는 일이기도 하다. 왕난이 깨지면 송미정은 기고만장할 것이다. 하지만 그것은 독배의 축제가 될 것이다.

올림픽 때는 대진표야 어차피 개최국이 원하면 원하는 대로 될 것이다. 송미정을 한껏 올려놓았다가 결정적일 때 무참히 짓밟겠다는 계산이다.

왕난은 한동안 생각에 골몰하고 있었다.

윤화중 관장은 탁구장을 장선홍에게 맡기고 청바지와 함께 폭설이 쏟아지는 거리로 나섰다.

지금 가장 급한 것은 이 정체를 알 수 없는 사내의 배를 채워주는 일이다. 장선홍도 자리를 함께해야겠지만 이 청바지 정체를 알아내기 위해서는 둘만의 시간이 필요했다.

빌딩을 나선 이들은 마포대로를 건너 가든호텔 쪽으로 방향을 틀었다. 호텔 뒤에는 음식점들이 즐비하다. 호텔 벽을 끼고 걸었다.

바로 그 안에서는 송미정의 생일 파티가 열리고 있지만, 그걸 안다는 것은 송미정이나 청바지 모두 불가능한 일이다.

"뭘 좋아하죠?"

"뭐든 잘 먹습니다."

윤 관장은 방이 별도로 있는 삼계탕 집으로 들어갔다. 주문을 한 후 본격적인 질문에 들어갔다.

"탁구 실력이 선수급이던데 어디서 운동했지요?"

"……."

그는 한동안 침묵을 지키더니 마침내 입을 열었다. 그리고 엉뚱한 대답을 했다.

"송미정 사진을 주셔서 감사합니다."

"그거야 약속된 일이고요…… 운동을 어디서 했는지 궁금해서요."

"……인천 인하대학 대표였습니다."

"인천…… 인하대? 송미정은 인천 출신 아닙니까? ……서로 아는 사

이였습니까?'

청바지가 당황스러운 듯 머리를 가로저었다.

인천 출신인 송미정은 탁구를 위해 대전 호수돈여고로 진학해 갔다.

"아…아닙니다. 그냥…송미정 팬이라서…….'

'거짓말이야…… 이 청바지는 뭔가 송미정과 관계가 있어.'

"아…그렇……습니까? 대단한 팬인가 봐요."

"아…예…… 좋아하죠…… 전엔 현정화 팬이었습니다만…….'

'후후후…… 서두를 거 없어…… 천천히 입을 열게 해야지…… 인하대 출신이라면 신분은 금세 밝혀져…… 거짓말만 아니라면.'

"미안하지만…… 이름은?"

"옛날부터 남들이 그냥 청바지라고 불렀죠…… 청바지 한 벌로 일년을 버티는 놈이라서요. ㅎㅎㅎ."

그가 처음으로 웃음을 보여주었다.

"지금 충주에 계시지요?"

그러자 그가 화들짝 놀라 윤 관장을 바라보았다.

"그걸 어떻게…….'

청바지는 황연섭 관장에게 했던 말을 기억하지 못한데다 둘이 연락했다는 사실은 더욱 알지 못하고 있었다.

"태견 스텝 밟는 거 보고 혹시나 해서요."

"예…잘 보셨네요…… 거기서 무술도 하고…… 도(道)를 닦기도 합니다."

'흠, 도대체 이 녀석은 정체가 뭐야…… 무술을 한다고? 그럼 탁구는!'

"탁구는 어디서 치죠?"

이때 음식이 날려져 왔고 대화는 여기서 멈추어졌다.

송미정 생일 파티는 탁구에 대한 열띤 토론장으로 변했고 이 토론을 모두가 즐기고 있었다.

"그러니까 탁구계 전체가 변해야 한다는 겁니다. 현 집행부부터."

"생활체육 탁구가 발전하기 위해서는……."

그러나 송미정의 머리는 갑자기 사라져 버린 오빠 생각으로 가득 차 있었다.

말 한마디 남기지 않고…… 그녀가 오빠의 자취방을 찾아갔을 때는 텅 빈 방에 신문 조각만 어지럽게 흩어져 있었다. 그것이 마지막이었다. 절대 그럴 오빠가 아니기 때문에 어린 미정이의 충격은 더욱 컸었다.

지금 이 중요한 시기에 오빠 없이는 견뎌 나가기 어려울 것이다.

중국 탁구가 자신을 절대 그냥 두지 않을 것이며 그들의 거센 도전을 헤쳐가기 위해서는 오빠가 반드시 필요하기 때문이다. 그냥 뒤에서 있어주기만 해도 아무도 겁나지 않을 것 같다.

'찾아야지…… 그냥은 아무것도 못하겠어.'

오빠가 사라질 무렵 자신의 생각은 너무나 짧고 어렸다는 것을 깨달았다.

가난이라는 게 얼마나 견디기 어려운 고통이라는 것을 재벌 딸인 미정이는 미처 깨닫지 못했던 것이다.

'도대체 내가 왜 그렇게 생각이 없었을까?

마침내 눈에 눈물까지 고여가는 미정이다.

'지금 어디 있는 거야. 내 생일날인데?'

사라진 오빠에 대한 그리움으로 송미정의 감정은 잠시 우울해 있었다. 더구나 성탄을 사흘 앞두고 있고 오늘은 자신의 생일이다.

왜, 말 한마디 없이…… 어디로 사라진 것일까? 왜 소식 한 통 없을까? 자상하게 보살펴 주고, 힘든 거 마다하지 않고 연습 상대해 주던 오빠…… 이 축복 같은 눈이 쏟아지는 날 지금 어디서 무엇을 하고 있을까?

지금까지 오빠를 사랑하고 있었던가? 가슴 저 깊은 곳에서 솟구쳐 오르는 그리움의 실체가 오빠에 대한 사랑이었던가? 남자의 든든한 등짝처럼 그렇게 든든하게 믿고 운동하던 지난날에 대한 그리움…….

그녀의 눈에는 마침내 이슬 같은 눈물이 맺혀가고 있었다.

"어! 이제 오냐?"

아버지의 기쁨에 넘친 목소리만 아니었다면 미정이는 오랜 동안 숙인 머리를 들어 올리지 못했을 것이다.

그녀는 깜짝 놀라 머리를 들어 입구를 바라보았다. 한 청년이 장미꽃 한 다발을 들고 함박웃음을 지어 보이며 손을 흔든다.

'제길.'

그 녀석이다. 아버지가 부른 게 분명하다. 참석했던 모두의 시선이 그에게 쏠린다.

귀공자 같은 사내다. 한눈에 보아도 명품이 분명한 외투로 몸을 감싸고 있는데 얼굴은 희고 고왔다. 제법 키도 크고 얼굴은 남자답지 않게 곱상하다.

그가 급하게 마련한 송 회장 옆자리에 앉았다. 미정이 엄마도 반가운 모양이다.

"왜 이리 늦었냐? 오래 기다렸는데……."

"눈이 쏟아져서요…… 죄송합니다."

그가 장미를 미정이에게 넘겨주었다.

"생일 축하합니다."

"감사합니다."

대답은 하고 장미를 받기는 했지만 전혀 감동어린 말투는 아니다. 그녀는 장미를 발밑으로 내려놓았다.

"저…… 이 젊은 친구를 소개합니다."

송 회장이 갑자기 출현한 청년을 소개하기 시작했다.

송 회장의 설명은 장황했다.

"이 젊은이는 미국 예일대 출신이고 경제가 전공입니다. 지금은 삼성에 스카우트되어 일하고 있지만 언젠가는 제가 데려올 인재입니다. 미정이 친구이기도 하고요."

"아―."

일제히 탄성을 터뜨렸다. 그렇다면 결혼할 사이라는 것이다.

'제길 친구 좋아하네…… 빌어먹을 놈 여긴 왜 찾아와…….'

미정이의 입이 비죽거린다.

'저런 녀석은 내 체질이 아냐.'

저 녀석의 아버지는 국회의원이며 청와대 재경부장관 측과 인맥이 두텁다. 아버지가 신세를 많이 지고 있는 사람의 막내아들이다. 송 회장과 어머니는 내심 사윗감이라 생각하고 있는 모양인데 미정이 마음은 영 아니다.

'턱도 없지―.'

그럴 수밖에 없다.

오빠는 길에서 같이 떡볶이도 사먹고 붕어빵도 사먹고 포장마차에서 막걸리 한 대접을 맛있게 들이키고 미정이 입에 강제로 꼼장어 구이를 집어 먹인다. 그리고 재미있다는 듯 꾸밈없이 킬킬 대며 웃는다. 그런 오빠와는 체질적으로 다른 인간이다.

식사도 호텔 레스토랑 아니면 못 먹는 줄 알고, 옷도 명품 아닌 걸 입으면 기절하는 줄 안다. 몇 백만 원짜리 손목시계를 차고 다닌다.

'옘병할…… 핸드폰 시계면 됐지 명품시계 시간은 따로 도냐? 빌어먹을 넘.'

펜 홀더 전형인 오빠가 소유한 최고가 명품은 김택수 20만 원짜리 라켓이 전부다. 그것도 오빠에게 자신이 선물한 것이다.

이 녀석은 150만 원 하는 양복을 입고 다니고 오빠는 남대문표 청바지 하나면 땡이다.

신분으로 따지고 보면 하늘과 땅 차이지만…… 하지만 이 녀석은 평생 라켓 한번 잡아 본 일이 없다. 오빠는 국가대표로도 손색없는 실력 아닌가?

'옘병할…… 탁구 쳐서 나 이기면 시집 가 주지―.'

속에서 계속 욕지거리가 터져나왔다.

'탁구도 모르는 놈이 인간이야? 감히 날 넘보다니…… 예일대학엔 탁구부도 없냐?

인사를 받은 청년이 자리에서 일어났다.

"안녕하세요, 강신호 박사입니다. 미정이 친구고요. 앞으로 잘 부탁합니다. 미정이도 부탁하고요."

'어머? 저 색휘가 미쳤나? 날 부탁한다고? 진짜 우끼는 넘이네?

이 고비를 어떻게 넘긴담? 난감하기 이를 데 없는 미정이다.

"저…… 강 박사님…… 미스 남 하고는 잘 돼 가나요?"

"예? 미스 남…… 누구…… 말하는 거죠?"

알게 뭐냐? 나오는 대로 말하는 거지.

"입장 곤란하면 대답하지 않아도 돼요."

와인을 따라 자오즈민 앞으로 갔다. 그리고 귀엣말로 속삭였다.

"선생님 중국에서 정말 많은 거 배웠어요. 베이징올림픽에서 반드시 금메달 딸 겁니다. 그리고 저 녀석은 나하고 아무 관계 없어요…… 내 체질이 아니거든요…… 나도 선생님처럼 탁구 하는 남자와 만날 겁니다."

"ㅎㅎㅎ 알았어. 잘 생각했어…… 나도 저런 남자 체질은 아니거든…… 내가 나중에 해명해 줄게."

청바지는 삼계탕 한 그릇을 게 눈 감추듯 해치웠다.

윤화중 관장은 공짜로 주는 자판기에서 커피를 뽑아왔다. 심문은 이제부터다.

"사진 한 장 때문에 밥도 굶고 내기 탁구를 했다면 송미정 사진은 사진 이상의 의미가 있다고 봅니다. 사생활을 묻는 건 결례인 줄 알지만 송미정은 나도 잘 알고 있고 또 요즘 탁구계의 신데렐라라 묻는 겁니다. 제가 뭔가 도움 될 일이라도 있으면 돕겠습니다. 난, 당신 같은 실력을 가진 숨은 사람을 원하거든요. 지금은 탁구장을 운영하고 있지만 국가대표 감독도 하고 싶고 실업팀에 가서 지도자 생활도 하고 싶고요. 당신은 대단한 실력을 가지고 있습니다. 좋은 환경에서 다시 탁구에만 열중하겠다면 돕겠습니다. 내게 모든 걸 밝혀주시면 고맙겠습니다."

"……."

한동안 침묵을 지키고 있던 그가 갑자기 허리를 숙이며 새삼스럽게 절을 올린다.

"제가 왜 윤 감독님을 모르겠습니까? 제 어릴 적 우상이셨는데……."

한참 후 머리를 들어 올렸다. 그의 눈에는 눈물이 홍건했다.

"탁구와 미정이는 제 생명이나 마찬가지입니다."

'그럴 테지…… 그건 이미 눈치 챈 사실이니까. 근데 내가 우상이었다고?'

"지난 과거를 묻지만 말아주십시오…… 혹 미정이를 만나게 되더라도 사진 얘기나 제 얘기는 말아주십시오…… 전, 탁구계로 돌아올 수 없는 사람입니다."

"?"

"그러니 오늘 일은 잊어주시면 감사하겠습니다."

"시력이 나빠진 거 같은데…… 치료는 받아 보셨나요?"

"눈치 챘으리라 믿었습니다. 그럴 여유가 없어서요…… 하지만 괜찮아질 겁니다."

윤 관장이 계속 머리를 끄덕였다. 경험 많고 경륜 깊은 윤 관장이다.

"정말 탁구는 안 하실 겁니까?"

"안 하는 게 아니고 못하는 겁니다."

"네?"

놀란 윤 관장이 그를 바라보았다. 도대체 무슨 일이 있었던 거야.

3

'탁구를 안 하는 것이 아니라 못하는 겁니다.' 라는 말끝에 그는 너털웃음을 웃었다.

그 웃음은 마치 세상을 달관하여 사바세상을 비웃는 듯한 웃음 같기도 하고, 삶에서 패한 패자의 허탈한 웃음 같기도 했다. 그리고 그 웃음은 이상하게도 윤 관장의 가슴에 아리한 아픔으로 몰려왔다.

무엇이 그로 하여금 저 시니컬한 웃음을 만들게 했을까? 무엇이 저 사내의 공허한 웃음을 만들게 했을까? 잊혀진 과거를 들춰내는 몹쓸 짓을 하는 건 아닌가?

사내가 소주 한잔을 털어 넣었다.

그의 시선이 작은 창밖으로 보이는 눈송이를 향한다.

"인간의 비극은 뜻하지 않은 곳에서 뜻하지 않게 찾아오기도 하지요. 내겐 그런 비극이 찾아오지 않으리라 생각하지만 누구나 장담할 수 없는 일인 거 같습디다. 그리고 나에게 찾아왔지요."

"……."

"그건 재앙이었습니다. 내가 한참 운동에 물이 오를 무렵 아버지가 쓰러진 겁니다."

병명을 확인하는 데만 두 달 이상이 걸렸다. 몸의 근육이 마비되는 루게릭이라는 희귀병이라고 했다. 가난한 살림에 벅찬 비용을 필요로 했다. 원체 가난해서 운동하며 아르바이트하며 고생 고생하며 학교엘 다녔지만 끝내 졸업을 할 수 없었다. 있는 대로 돈을 쏟아부었지만 그건 병원비에는 턱없이 부족한 돈이었다.

딱히 누구에게 부탁할 만한 사람도 없었다.

자신이 핏줄처럼 생각하고 돌봐주는 미정이가 재벌 딸이란 건 알지만 차라리 가족 모두가 죽는 게 낫지 어린 미정이에게 돈을 부탁할 수는 없었다.

초라한 집을 팔고 월세로 돌렸지만 그것도 금세 바닥이 났다.

"아! 정말 답답했습니다. 전국체전 탁구대회에서 우승도 해 봤고 장래 국가대표감이라고 기대도 받았습니다. 하지만 운명은 기어이 제 손에서 라켓을 빼앗아 가버리더군요. 어머니마저 병간호와 돈에 대한 걱정 때문에 쓰러질 지경이 되었습니다. 죽고 싶었지만 쓰러진 아버지와 어머니를 두고 혼자 세상을 버릴 수는 없었습니다."

사면초가란 말이 바로 그것이었다.

그는 자신에게 닥친 운명을 헤쳐 나갈 아무런 방법이 없었다. 죽음 밖에는…… 그런 절박한 운명이 하필 왜 자신에게 찾아왔는지도 그는 알 수 없었다.

그래도 얼굴에 내색 한번 한 일이 없다. 언제나 밝은 얼굴로 알바하고 운동을 했다.

미정이는 무척 따랐다. 현정화를 이어갈 대들보가 틀림없는 데다 송 회장의 전폭적인 지지 아래 날로 성장해 갔다. 그녀는 언제나 파트너로 자신을 선택했다.

마치 자매처럼 운동하며 붙어 다녔다. 그래서 더욱 말할 수 없었다. 고통은 이제 혼자 몫이 되어버린 것이다.

자신이 주전인 인천 인하대학이 전국을 제패하고 미정이가 세계주니어대회에서 혁혁한 성적을 올린 그런 중요한 시점이었다.

이제 운동을 포기해야만 했다. 병원비는커녕 당장 생활비마저 걱정해야 할 형편이 된 것이다.

라켓을 놓고 여기 저기 떠돌며 죽어라 일해 돈을 벌어야 했다.

"그때 학교에서 알게 된 절친한 선배 한 분이 절 찾아왔지요. 생활탁구하고 부천에서 식당을 하는 제 사정을 아는 유일한 선배였습니다. 그가 거액을 들고 날 찾아온 겁니다."

"자네에게 이런 말 하기는 정말 죽기보다 싫지만…… 일단 이 돈을 받은 뒤에 말하기로 하지."

무려 1억에 가까운 돈이었다.

"도대체 이 엄청난 거액이 어디서 난 겁니까?"

"그것도 묻지 말게…… 그런 약속 하에 받은 돈이니까."

"설마…… 미정이가…… 미정이에게 말씀하셨다면 전, 죽어도 이 돈 안 받습니다."

"내 선배로서 맹세하지…… 미정이는 아직 아무것도 몰라. 이 돈은 거기서 나온 게 아냐."

한국 실정상 유망주이긴 하지만 자신에게 1억씩 내밀며 스카우트할 기업은 없다. 또 아직 그럴 단계에 이르지도 못했다. 누가 이 거액을 내밀 것인가?

"누구 돈인지는 알아야죠……."

"자네가 지금 그런 거 따질 땐가? 안 그래?"

그렇다. 강도짓이라도 하고 싶은 심정이다.

"그래도 조건은 있을 거 아닙니까?"

"있지, 그래서 나도 힘든 거야……."

"말씀하십시오. 미정이 돈만 아니라면 무슨 조건이든 받겠습니다."

"……."

선배는 한동안 입을 열지 못했다. 차마 입을 열 수가 없었다. 그렇게 앉아 있던 선배가 무겁게 입을 열었다. 그리고 손을 잡아주었다.

"결정은 자네가 하게······ 난, 단지······ 중간에서······ 그 입장에서 말하는 거뿐이니까······ 또 자네 보기가 너무 안타깝고······."

"말씀하세요······ 지금 이 형편에 뭘 따지겠습니까?"

"······자네 운동 그만하고 지방으로 떠나가는 조건이네. 그러면 이 돈은 갚지 않아도 돼. 빌려주는 게 아니라 그냥 주는 돈이니까······."

"네? 운동을 그만두라고요? 누굽니까······ 이 돈의 주인은······ 또 하필 왜 운동을 그만두라는 겁니까?"

"그건 나도 모르겠네······ 이 돈의 주인이 왜 그런 제안을 했는지!"

"혹······ 미정이 아버님? 그럴 분은 아닐 텐데······."

미정이 귀여워하는 것에 걱정은 하지만 그 문제는 터놓고 말한 사실이 있다. 동생처럼 생각하고 워낙 자질이 뛰어나 진심으로 아끼는 후배 이상은 아니라고······ 그리고 송 회장도 더 이상은 간여하지 않았다.

"아니라니까! 미정이 집안에서 나온 돈은 절대 아냐······ 그건 자신 있게 대답하겠네······ 나도 뭐라고 말하기 힘드네······ 운동을 포기하랄 수도······ 돈을 받지 말라고 할 수도 없으니 말이야."

선배는 눈을 끔벅이며 담배만 피워댔다.

참으로 알 수 없는 일이다. 누구일까······ 이런 거액을 선뜻 내놓는 자가······ 또 그는 왜 자신이 운동을 포기할 것을 원하는 것일까? 왜 돈을 내놓으며 자신에게는 나타나지 않는 것일까?

앞으로 운동을 계속하면 이보다 더 많은 돈을 벌 수 있겠지만 지금은 발등의 불이 더 급한 시점이다. 그러니 생각은 나중에 하자······ 일단 돈을 받자······ 운동을 그만두고 라켓을 놓고 시골로 내려가 생각하자······.

"만일 지방으로 내려가기만 한다면······ 돈을 더 내놓겠다는 말도 있었네. 살아갈 만큼의 생활비를 주겠다는 거야. 단 약속은 지켜야 하네."

"전, 돈을 받지 않을 수 없었습니다. 그때 제일 먼저 떠오른 얼굴이 미정이었습니다. 전, 죽고 싶었죠…… 미정이와 헤어지는 것도 제게는 견디기 힘든 일이었으니까요. 하지만 제겐 가족이 더 중요했습니다. 모든 걸 포기하고 돈을 받았지만 몇 달 지나지 않아 아버지는 기어이 운명하시고 말았습니다. 아버지도 잃고 탁구도 못하게 되고 미정이도 볼 수 없게 되고…… 허허허."

다시 너털웃음을 웃는 그의 눈에는 눈물이 흥건히 고여 있었다.

"오늘이 미정이 생일입니다."

박수 소리가 소란스럽게 들려왔다.

자오즈민의 격려의 말 때문이다.

"우리 송미정 양은 한국 여자탁구계의 큰 기둥이 될 것이 분명합니다. 저는 베이징올림픽에서 반드시 금메달을 목에 걸 것이라고 확신합니다…… 장이닝에 대한 도전은 훌륭했습니다…… 그런 배수의 진을 쳤다면 이제 이기기 위한 피나는 훈련만 남은 것입니다. 여자탁구도 중국을 한번 깨주기 바랍니다."

박수 소리는 강신호의 것이 가장 크게 들리는 것 같았다. 그는 있는 힘을 다해 박수를 쳐댔다.

그러나 송미정은 숙인 머리를 들어 올리지 않고 있었다.

'찾고 말 거야…… 대한민국을 이잡듯 뒤져서라도 찾고 말 거야…… 오빠도 찾고 금메달도 따 오고…… 오빠는 절대 탁구를 버리지 못해…… 전국 탁구장만 뒤지면 오빠는 나타나…… 찾을 수 있어! 오빠에게 금메달을 걸어줄 거야.'

"얘 미정아, 무슨 답례 말이라도 있어야 않겠니?"

미정이의 속마음을 알 턱이 없는 송 회장의 말이다.

미정이가 손으로 눈물을 닦은 후 일어섰다.

강신호가 또 손바닥이 터져라 박수를 쳐댔고, 송미정은 눈을 흘겨 그를 바라보았다.

4

"제가 삶의 방향타를 잃고 방황하기 시작했습니다. 지방 어디로 가야 할지. 정말 탁구는 약속대로 영원히 치지 못하게 되는 건 아닌지……."

청바지의 말은 계속 이어지고 있었다. 가슴속의 격정이 흘러갔는지 눈물은 더 이상 보이지 않았다.

약속을 파기하고 다시 라켓을 잡고 싶었지만 그러자면 돈을 돌려줘야 한다. 하지만 그럴 돈이 없다.

이미 병원비로 상당 부분 지출된 데다가 또 쇠약해진 어머니를 모셔야 했기 때문이다. 동생이 있지만 동생 역시 형편이 넉넉하지는 못했다.

그래도 동생은 어머니는 자신이 모실 테니 마음을 달래라 하여 부양비를 얹어주었다. 선배가 건네준 돈의 상당 부분이 이렇게 소모되었다.

선배가 다시 찾아온 것은 이 무렵이다.

"정말 나도 가슴이 아파 견딜 수 없네. 그래 앞으로 어떻게 할 작정인가."

"아무것도 생각할 수가 없습니다. 휴대폰을 없애 미정이 하고도 연락을 끊어버렸습니다…… 어제 북한산에 올라갔습니다. 거기서 미정이가 준 라켓 하나만 남기고 유니폼, 운동복, 탁구화, 모두 불태워버렸습니다. 정말 많이 울었습니다…… 제게 돈을 준 분이 누굽니까? 후에라도 돈이 마련되면 반드시 갚을 겁니다. 그리고 왜 운동을 하지 말라는 조건을 붙였는지 알아볼 겁니다."

"지금은 그런 생각은 하지 말게. 자네 건강이 어떤지 알기나 하나?"

선배가 여윈 볼살을 어루만져 주었다.

"무슨 수가 나겠지…… 설마 영원히 탁구와 헤어지기야 하겠나."

잠시 침묵을 지키던 그가 다시 입을 열었다.

"당분간 내가 주선하는 시골로 가 있게나. 지금은 마음의 휴식이 더 필요한 때라 알아보았네. 그러니 거기서 휴양을 취하도록 하게 내 서울서 여러 가지 방법을 모색해 볼 테니. 그러나 미정이는 잊게. 그게 미정이를 위한 일이기도 하니까?"

"……."

그러나 이건 대답하지 못했다.

"시골이란 데가 어디죠?"

"충주야. 내 고향이라 잘 알지. 수안보 온천에서 한 10킬로 떨어진 산골 동네에 기인(奇人) 한 분이 있어. 무공(武功)을 하시는 분이지. 태견부터 합기도 정통 무도 태권도 모두 합치면 30단도 넘는 분이야. 거기서 무예를 익혀 후에 도장이라도 차리면 생활은 안정될 거야."

"무술을요?"

탁구가 아니라도 다시 운동할 수 있다는 말에 귀가 번쩍 뜨였다.

"음— 한학도 하시고 무예도 뛰어나신 분이지. 충주가 태견의 본고장인 이유이기도 하고."

"네! 가겠습니다. 절, 소개해 주십시오."

"이미 말씀 드려 놓았네. 운동신경이 발달하고 건강한 젊은이라면 얼마든지 받아 드리겠다고…… 자네가 거처할 집도 알아봤으니 나하고 떠나도록 하자구."

"감사합니다. 선배님 은혜를 뭐로 다 갚겠습니까? 반드시 재기하겠습니다."

"스승님을 잘 만나게 된 게 행운이네…… 함자가 호는 동로 성함은 장진성님이셔. 흔히 그냥 동로 기인이라고 부르지. 그렇다고 홍길동이 무술 배우듯 그렇게는 안 하실 분이니 너무 걱정 말게…… 그리고 잘 배우게."

청바지를 비롯한 옷 몇 가지와 미정이가 선물해 준 라켓 하나를 가방에 챙겨 서울을 떠나게 되었다.

미정이에게는 말 한마디 못했고 서울을 떠나며 얼굴 한번 보지 못했다. 그러나 잊지는 않기로 했다. 이것으로 인생이 모두 끝났다고는 생각하지 않기 때문이다. 라켓을 남겨둔 이유이기도 하다.

라켓마저 태워버린다면 그건 탁구와 미정이를 영원히 버리는 것이기 때문이다.

다음날 그 선배와 충주를 향해 출발하였다.

동로 장진성 도인이 계신다는 충주를 향해ㅡ.

"저는 행복합니다. 아빠의 전폭적인 지원과 선생님 여러분들의 따뜻한 보살핌 속에서 운동을 할 수 있다는 건 제게만 찾아온 행운이라고 생각합니다."

송미정의 답례 인사가 시작되었다. 하지만 그녀는 자신이 무슨 말을 하는지 또렷이 알 수 없었다.

그녀의 가슴은 이 즐거운 생일 청바지 오빠가 함께하지 못했다는 아픔으로 가득 차 있었고 참으로 짧은 순간이지만 지난날 오빠를 찾아

헤매이던 기억이 영상처럼 흘러가고 있었다.

　탁구의 명문 호수돈여고에서 송미정은 명성을 떨쳤다.

　주니어세계대회에서 3위를 차지했고 전국여고선수권대회에서 당당히 우승하였다. 그리고 훈련을 맡아주었던 오빠의 학교 인하대학에 자연스럽게 스카우트되어 대학선수권대회를 준비하던 중 오빠가 사라진 것이다.

　인하대로 결정나던 순간 미정이는 무엇보다 오빠와 함께 계속 운동할 수 있다는데 대한 기쁨으로 넘치고 있었다. 오빠 역시 대학 선수로는 최강 멤버 중 하나였다. 둘이 같이 우승하고…… 둘이 같이 국가대표로 선발되고…… 그리고 같이 올림픽에서 금메달 따고…… 그러면 오빠한테 시집가 버려야지…… 평생 운동하며 같이 보낼 수 있다면 이보다 더 큰 행운이 어디 있겠는가?

　그런데 이 중요한 시기에 갑자기 증발해 버린 것이다.

　학교는 이제 곧 졸업인데 졸업도 하지 않고 휴학계를 냈고 운동하기 위해 얻었던 자취방을 찾아갔을 때는 빈 방에 헌 신문지만 나뒹굴고 있었다.

　미친듯 찾아다녔다.

　학교에서도 운동부에서도 오빠에 대해 정확히 아는 사람은 없었다. 다만 갑작스런 일로 허둥댔고 뭔가 돈 때문에 고통받았다는 말만 들려올 뿐이었다.

　오빠가 가장 따르던 선배가 있어 찾아갔지만 자신도 잘 알지 못한다는 말 뿐이었다.

　자신을 저주한 것은 이때가 난생 처음이었다.

　오빠가 돈 때문에 고통을 받다니…… 아버지가 자신에게 배당해 준

주식이 얼마인데…… 내가 왜 오빠의 가난에 대해 한번도 생각을 해 보지 못했지?

자존심 강한 오빠가 내게 돈 이야기를 꺼내지 않은 것은 당연하지 않은가…… 그럼 내가 알아서 했어야지…… 도대체 나는 언제 철이 드는 거야?

오빠 찾는 것을 일단 포기하고 다시 선수권대회를 준비했지만 운동이 되지 않았다. 오빠 대신 훈련 파트너를 구했지만 적응이 안 되고 의욕이 사라졌다. 결국 주변 모든 이들의 기대를 실망시키고 말았다. 겨우 4위를 한 것이다.

그렇게 힘겹게 10개월을 다시 보낸 후 미정이는 중대 결심을 하게 되었다. 탁구를 못하면 오빠가 실망할 것이라는 생각이었다. 어디서든 자신을 지켜볼 것이라는 기대감 때문이었다.

그래서 시도한 것이 중국으로 연수를 떠나는 것이었다. 가서 훈련하며 마음을 추스르고 올림픽에 대비하자는 것이었다.

그렇게 중국으로 연수를 떠나면서도 사람을 구해 오빠를 찾아보도록 조치해 놓았었다. 그러나 아무도 찾아내지 못했다.

오빠 없는 이번 생일이 미정이에게는 가장 슬픈 생일이 된 것이다.

"전, 반드시 베이징올림픽에서 금메달을 딸 것입니다."

답례 인사를 끝으로 생일 파티는 끝이 났다. 그러나 아무도 쉽게 돌아가지 못했다. 눈발이 좀 수그러들면 떠날 작정이었다.

선배와 함께 충주를 향해 떠나던 날은 들녘이 황금 물빛으로 물든 늦가을 어느 날이었다.

공기는 맑고 투명했으며 나무는 단풍이 들기 시작하여 붉게 채색되어 있었다. 여행하기 참으로 알맞은 날씨였지만 청바지도 선배도 입을 여는 사람이 없었다.

그렇게 무거운 여행이다.

인생의 꽃이라 할 나이에 뜻하지 않은 비극적 운명을 만나 운동도 할 수 없고, 눈에 넣어도 아프지 않을 미정이도 만나지 못한 채 낯선 산속으로 몸을 은신해야 하는 자신의 운명이 너무나 슬펐던 것이다.

무릎 위의 운동 가방을 손가락으로 매만져 보았다. 미정이가 자신의 생일을 자축한다며 구해 준 김택수 라켓이다. 이 라켓으로 국가대표가 되어 선물에 보답하겠다던 그 라켓이다.

운동을 못하는 한이 있더라도 이 라켓마저 버릴 수는 없어 가져온 것이다.

'미정아, 미정아 나를 용서해라. 반드시 떳떳이 네 앞에 나타날 날이 있을 것이다.'

하지만 그날이 언제가 될 것인가? 그것이 가능한 일인가?

다시 눈물이 솟구치려 하지만 그는 눈물을 보이지는 않았다. 다시는 슬퍼하지도 눈물을 보이지도 않으리라 다짐했다. 다시 슬퍼한다면 그건 미정이를 더 아프게 할 것이라 생각했기 때문이다.

공격이 마음대로 안 된다며, 리시브가 안 되어 공이 튀어나간다며, 어린애처럼 펑펑 울던 미정이. 전국여고선수권에서 우승하고 가슴에 안겨 울던 미정이. 그 어리던 미정이가 이제 성숙한 대학생이 되어 세계 제패를 꿈꾸고 있고, 자신도 국가대표가 되는 것은 문제가 아니었다. 너무나 행복했던 시간을 운동과 우정으로 보낼 수 있었던 지난날들…… 마치 차창 밖의 풍경이 스쳐가듯 추억은 그의 뇌리를 하염없이 스쳐가고 있었다.

"이제 거의 다 왔네……."

선배가 입을 열어 그의 상념은 깨졌다.

"아—네. 선배님 정말 감사합니다."

"그런 말 하지 말랬잖아, 용기를 잃지마. 사람 일이란 한 치 앞도 내다볼 수 없는 거니까…… 자네에게 이런 상상할 수도 없는 일이 생겼듯 또 언제 기쁜 날이 올지 모르는 거니까."

"명심하겠습니다."

선배의 승용차는 충주 시내를 비켜가 수안보를 향해 달렸고, 한참을 더 달려 50여 호 가구가 모여 사는 한 마을에서 멈추어 섰다.

휴대폰으로 연락을 받았는지 건장한 50대 초의 남자가 반갑게 맞아주었다. 말로만 들었던 동로 스승이다.

"흠…… 자네가 주인공이로군…… 허허허."

그가 너털웃음을 웃으며 가슴으로 안아주었다.

기인(奇人)이라 하여 턱 수염이 길고 한복을 입은 그런 사람인 줄 알았는데 보기에도 수더분한 그런 평범한 인상이었다.

가족은 부인 한 명뿐이었다. 아들 둘이 있는데 하나는 서울서 공부하고 있고 또 하나는 스페인에서 태권도 사범으로 일하고 있다고 했다. 베이징올림픽 때는 자신의 제자들과 함께 중국으로 온다고 한다.

그러나 식구는 많았다. 수련생이 다섯 명이 있는데 모두 태견을 전문으로 배우고 있다고 한다.

또 일주일에 두 번 충주 수련원에서 지도하기도 한다고 했다.

생활하는 집이 있고 수련생이 쓰는 집이 있다. 조금 떨어진 곳에 100평 정도 되는 수련원이 있는데 각종 운동기구들이 즐비했다.

"운동기구는 많지만 사실 다 쓰잘 데 없는 거여…… 진짜 운동기구는 저게 진짜지…… 허허허."

그가 저쪽 월악산을 손으로 가리켰다.

"자연이 제일이야…… 나무, 바위, 폭포. 이런 게 다 운동기구지……자네도 곧 익숙해져야 할 텐데……."

수련원을 한 바퀴 돌아보고 차를 마신 선배는 서울을 향해 떠났다.

"견뎌, 견디다 보면 반드시 좋은 일이 생길 거야…… 자, 그럼."

"동로 스승님은 한없이 자상하고 따듯하셨습니다. 운동에는 엄격하기 그지없지만 평소에는 마치 아버지 같았습니다. 제 사정을 잘 알고 계셨기 때문에 더 많은 신경을 써주셨습니다. 저도 다른 운동보다 태견을 주로 배우고 있지만 탁구를 잊을 수 없었습니다. 그럴 때는 옥류정이라는 폭포 바위 위로 올라가 허공에 대고 한 시간이고 두 시간이고 라켓을 휘두르며 감각을 잃지 않으려 발버둥쳤습니다. 충주로 나가면 탁구장이 있긴 합니다만 지금은 참고 있습니다."

"흠―."

"하지만 얻는 건 참으로 많습니다. 힘의 절제, 힘에 대한 깨달음, 힘의 법칙, 그리고 부드러워지는 근육뿐만 아니라 동로 스승님으로부터듣는 삶의 이치, 인생의 깨달음 등 많은 것을 배우고 있습니다. 그러나…… 탁구만은 절대 놓지 못하겠습니다. 이게 가장 괴롭습니다."

청바지의 이 말이 윤화중 관장의 마음을 아프게 누르고 있었다……오죽하겠는가?

'좋다. 이 친구를 살리자. 일단 충주로 탁구대와 공을 보내고 내가

일주일에 한두 번 내려가 같이 운동하자…… 나도 배울 게 많을 것이다.'

"자, 자 살다 보면 좋은 날도 있을 거요…… 한잔 더 합시다."

그가 청바지에게 다시 소주잔을 채워주었다.

윤 관장도 오늘은 맘껏 취하고 싶었다.

생일 파티를 끝내고 커피숍으로 자리를 옮긴 이들은 삼삼오오 짝을 지어 한담을 하고 있었다.

송 회장은 탁구계의 마당발이며 대선배인 정현숙 감독과 뭔가 깊은 얘기를 나누고 있었다.

"정 감독님 협력을 많이 받을 일이 있습니다. 제가 직접 탁구팀을 창단하고 싶어서요."

"네…… 저도 예측은 하고 있었습니다. 여자팀은 제가 알아보겠지만 남자팀 구성이나 감독, 코치 등은 제가 추천하는 분과 상의해 보세요…… 김완, 김택수 시절 날리던 분인데 지금은 탁구장 하며 후배양성만 하고 있지요…… 명성은 김완이나 김택수에 떨어지지만 운영이나 지도하는 데는 절대 그들 못지않은 지도자입니다."

"그래요? 그런 분이 있어요?"

"네. 윤화중 관장이라고…… 사실 탁구장만 하기에는 아까운 분이죠. 제가 자신 있게 추천할 만합니다. 아, 참. 잠깐만요……."

그가 휴대폰을 꺼내 잠시 대화를 나누었다.

"ㅎㅎㅎ 참 재미있네요…… 윤 관장 탁구장이 바로 호텔 맞은편 이 앞에 있거든요? 전화했더니 손님과 나갔다네요…… 언제 편하게 인사시켜 드릴게요. 믿을 만한 사람입니다."

"다음에 시간 내서 진지하게 상의합시다."

이때 비서가 찾아왔다. 10분 후에 출발하겠다는 것이다.

그 시간에도 송미정은 강신호와 티격태격하고 있었다.

"아니 그래도 정성껏 준비한 장미인데 그냥 놓고 나오기입니까? 허허허, 참."

"깜빡 잊은 거지 일부러 놓고 나왔겠어요?"

'젠장 내가 그대에게 관심이 있어야 꽃에도 관심이 가지……'

"운동에 바빠 데이트할 시간도 안 주었잖아요."

"데이트요? 운동하는 게 어떤 건 줄 몰라서 그래요…… 정말 시간 없어요."

'그래도 소용없어 회장님이 널 운동하는 사람에게 주겠냐? 그 큰 기업체를 누구한테 주려고…… ㅎㅎㅎ. 아무리 앙탈 부려도 넌, 내꺼야…… 베이징올림픽 끝나면 나하고 결혼하게 돼 있어.'

강신호는 느긋했다.

미정이는 외동딸이다. 송 회장이 일궈놓은 사업체를 물려줄 사람이 없다. 결국 사위 손으로 가게 되어 있는데 송 회장은 자신에게 잔뜩 기대를 걸고 있다. 꿩 먹고 알 먹고란 말은 이때 쓰는 말이다.

밖의 눈이 한결 수그러들었다.

6

청바지와 윤 관장은 식당을 나와 눈발이 그친 거리로 나섰다.

소주 세 병을 마셨는데 기분이 알딸딸해 왔다. 가든호텔 옆길을 통해 신촌으로 갈 작정이다. 거기서 2차 한잔 더 하고 이 불행한 사내를 시설 좋은 모텔로 보낼 것이다. 내일은 미정이 사진과 장선홍과 시합할 때 신었던 탁구화와 낡아 빠진 러버를 바꿔줘서 충주로 보낼 것이다.

이 아까운 사내를 놓치지 않으리라 작정했다. 어떻게든 탁구계로 컴백하기만 한다면 큰 대들보가 될 것이라 판단했기 때문이다.

윤 관장이 청바지의 어깨를 감싸안았다.

"자네와 나는 아홉 살 차이가 나니 내 이제 아우라 부르겠네."

"정말입니까? 제가 형님이라 불러도 되겠습니까?"

"물론이지 손에 라켓 들고 사는 사람은 다 한 핏줄 아닌가? 허허허, 자넨 이제 내 아우야."

"감사합니다, 행님!"

두 사람은 어깨동무를 한 채 눈을 밟으며 호텔 벽면의 좁은 길을 걷기 시작했다.

생일 파티를 끝낸 사람들이 하나 둘 흩어졌다.

송 회장은 운전기사가 열어주는 벤츠 뒷좌석에 아내와 함께 앉았고, 미정이는 앞자리에 앉았다. 강신호가 송 회장에게 허리를 굽히며 인사했다.

"자네…… 집에 좀 자주 놀러 오게…… 바쁘더라도 말이야."

"알겠습니다. 아버님!"

'머시라…… 아버님? 이넘이 미친 거 아냐? 아버님이라니.'

"어른께 인사도 전해 드리고……."

"네, 알겠습니다. 저…… 미정 씨 언제 시간이 나면 연락주세요. 제가 저녁 살게요."

그가 머리를 돌려 미정이를 향해 말을 걸었다.

'저녁? 좋지 어디 맛 좀 봐라…….'

"정말이세요? 그럼 크리스마스이브 때 만나요. 밥은 제가 살게요."

'어라?'

놀란 사람은 강신호 만이 아니다. 아버지도 엄마도 놀라 미정이를 바라보았다. 마음을 바꾼 게 분명하다. 아마 오늘 가지고 온 장미가 감동을 준 모양이라고 생각했다.

"그래 잘했다. 크리스마스이브 날 같이 시간 보내라."

미정이는 입을 실쭉이며 창을 닫았다. 어슴푸레 비치는 차창 너머로 두 사람이 걸어오는 모습이 보였다. 두 사내가 어깨동무를 하고 걸어오는데 참으로 정겨워 보였다. 멀기는 하지만 한 사내는 턱과 코밑에 수염이 가득 해 보였다.

그러나 그 영상은 이내 사라지고 말았다. 신호등이 켜져 차가 출발했기 때문이다. 벤츠는 미정이를 위해 짓고 있는 작은 체육관이 있고 그 옆에 저택이 있는 개포동을 향해 방향을 틀었다.

미정이는 어깨동무하며 걷던 두 사내 모습이 머리에서 지워지지 않고 있었다.

오빠와 이 눈 내린 서울거리를 그렇게 걷는다면 참 즐겁고 행복할 것이다. 소탈하고 욕심없고 실력 있고…… 그리고 무슨 일이든 열정적이던 오빠…… 죄라고는 오직 주머니가 가난하다는 것 뿐인데…… 그건 자신에게 차고 넘치지 않은가?

아버지가 떼어준 약간의 주식에서 금년에만도 수억의 이익금이 나왔다. 자신의 재산이 얼마인지는 아버지와 개인 관리인만이 안다. 그런데 오빠가 돈 때문에 고통받고 사라지다니…… 내가 멍청이지…… 내가…….

"휴!"

자신도 모르게 입에서 깊은 한숨이 나왔다.

'빨리 찾아야 하는데…… 오빠 지금 도대체 어디 있는 거야.'

아우디 핸들을 잡은 강신호의 기분은 날아갈 것만 같았다. 겉으로는 쌀쌀해 보이지만 이제 마음을 굳혔다고 판단했다. 크리스마스이브 데이트를 미정이가 먼저 신청한 것이 그 증거다. 그는 쾌재를 부르며 한남동 자택으로 차를 몰았다.

'그 녀석 떼어놓기를 잘했지…….'

청바지를 말하는 것이다.

미정이를 처음 만난 것은 미국에서 박사학위를 받고 귀국한 직후였다. 강신호 역시 귀중한 자원이다. 서울대 재학 중 미국으로 건너가 수재만이 획득한다는 박사학위를 거뜬히 따내고 삼성에 스카우트 제의를 받은 그다. 더구나 집안까지 좋아 주위에서 군침을 흘리는 사윗감이다.

그런 그가 아버지 강경운을 따라 저녁 식사모임에 갔다가 송 회장과 그의 딸을 소개받은 것이다. 그러니까 그 자리는 미정이와 자신 두 사람을 인사시켜 주는 자리인 셈이었다.

그는 송미정이 운동한다는 것이 믿겨 지지가 않았다.

섬세한 아름다움과 운동으로 다져진 탄탄한 몸매, 희고 맑은 피부…… 어느 연예인이 이만큼 아름다울까?

왜 하필 거칠고 힘들다는 운동을 할까? 참으로 알 수 없는 일이다. 더구나 재벌의 외동딸 아닌가?

"어떻게 탁구를 하세요? 운동이 얼마나 힘든 건데……."

"탁구요? 탁구를 알면 그런 말 못하지요. 얼마나 매력적인 운동인지…… 강 박사님도 생활체육으로라도 탁구 한번 해 보세요. 진작 시작하지 않은 것을 두고두고 후회하게 될 테니…….”

'흥, 나보고 탁구를 치라고? 애들도 아니고!'

아무리 재벌 딸이라 해도 미정이의 미모만 아니었다면 금세 잊어버렸을 것이다. 운동하는 여자와 결혼할 이유가 있을 리 없다.

하지만 그 후 강신호는 미정이를 잊을 수 없게 되었다. 얼굴이 눈에서 사라지지 않았다. 한마디로 뿅— 가버린 것이다.

그 매력을 자신도 이해할 수 없었다.

그는 시간을 내어 아무도 모르게 인하대를 찾아갔다. 그녀가 훈련하는 모습이 너무나 궁금했다.

청바지를 본 것은 이때가 처음이었다. 그 사내 역시 운동으로 다져진 다부진 몸매에 얼굴도 남자답게 생긴 매력적인 호걸풍의 훤칠한 키의 사내였다. 그런데…….

그가 첫 목격한 장면이 그를 기절초풍하게 만들었다.

화려하지만 상의는 러닝셔츠보다 얇았고 바지는 젊은 여자애들이나 입을 그렇게 짧은 반바지를 입고 있었다. 거의 반은 벗고 있는 상태다. 거기에 그를 가장 놀라게 한 것은 그들의 행동이었다.

건듯하면 사내가 미정이 뒤로 와서 끌어안는 듯한 자세로 팔놀림을 교정해 주는데 이건 멀리서 보면 애무에 가까운 행동으로 보였다.

'아니 저 녀석이…… 누구를 함부로.'

차마 눈뜨고 볼 수 없었다. 불쾌해서 견딜 수 없었다. 그들은 너무나 다정해 보였다. 깔깔거리며 웃기도 하고 조막손으로 사내를 두드리기도 한다. 흠, 저 녀석이 누군지 알아봐야 하겠군.

화가 난 그는 사람을 고용하여 사내 뒤를 알아보게 하였다.

보고를 받은 것은 며칠 뒤였다. 20여 장의 사진까지 가져왔다.

보고는 간단했다.

"한마디로 거지새끼입니다. 하지만 운동은 국가대표급입니다."

'그럴 테지…… 가난뱅이에 운동 하나 잘해서 미정일 꼬시는 게 분명해!'

서울 변두리 허름한 집에 부모가 살고 있고 이 사내는 부천 쪽방에서 자취를 하고 있다고 했다.

"알아보았는데 아직 둘 관계가 선후배 이상은 아닌 것 같습니다. 하지만 유달리 가까운 것도 사실이고요."

"흠!"

그렇다면 둘 사이를 갈라놓아야 한다. 그래야 안심할 수 있다. 그는 그 사내가 미정이를 뒤에서 끌어안고 팔 움직이게 하는 모습을 지울 수 없었다.

탁구 레슨 모습을 평생 처음 보았으니 충격적인 것만은 사실이다. 탁구인에게야 흔한 일이지만 그렇게 교정을 해 주지 않아 불만인 것을…….

7

강신호에게 들어온 두 번째 정보는 청바지에게 치명적인 사건이 되었다.

가난한 살림에 그의 아버지가 불치의 병이 걸렸고 그는 돈 때문에 허둥대고 있다는 것이다.

'흠, 드디어 미정이에게 정체를 드러낼 시점이군.'

미정이에게 돈을 얻어 쓴다면 이를 빌미로 둘을 떼어놓을 작정이다. 송 회장에게 보고만 하면 끝이다. 이 학생은 미정이를 좋아하는 것이 아니라 돈이 목적이었다고…….

하지만, 이번 사건으로 오히려 두려움을 갖게 된 것은 강신호였다. 이 청바지 친구는 끝내 돈을 요구하지 않았기 때문이다. 허름한 집을 팔았고 입원비 충당을 위해 노동판으로라도 뛰어들 자세였다.

'내가 오판을 했군…… 무서운 친구야…… 미정이가 좋아하는 이유가 있었어…… 누구라도 그렇게 견디지는 못할 텐데…….'

그렇다. 그건 강신호의 오판이었다. 차라리 죽음을 택하는 것이 낫지 미정이에게 돈을 부탁할 청바지가 아니지 않은가?

그는 최후의 수단을 동원하였다. 그것이 청바지가 가까이 지내는 선배를 찾아 돈을 주는 것이다.

이번 전략은 적중하였지만 그 대신 그는 청바지 이 친구에게 완전히 압도당하고 말았다. 그의 자존심과 미정이에 대한 사랑을 확신한 것이다. 그래서 손에서 라켓을 빼앗고 시골로 내려 보낸 것이다.

이제는 안심이지만 청바지에 대한 평가는 다시 내려지게 되었다.

'괜찮은 사람'이라는 새로운 판단이 그것이다.

돈을 이용하여 떼어놓기는 했지만…….

하지만 사랑을 쟁취하기 위해서는 그도 그 방법밖에는 없었다. 사랑을 양보할 바보는 없는 일이다. 그리고 그건 송 회장이나 미정이에게도 도움이 될 일이다. 탁구가 직업인 그가 송 회장의 기업을 이어가지는 못한다.

'잘된 거야…… 미정이가 마음만 고처먹으면 돼.'

이번 크리스마스 선물로 그는 큼직한 다이아 반지를 준비하리라 마음먹고 있었다.

어깨동무를 하고 비틀걸음으로 노래까지 부르며 두 사람은 신촌으로 향했고, 한 포장마차에서 다시 자리를 잡았다. 소주를 마시며 대화는 다시 이어져 갔다.

"이보게 아우…… 그 선배는 어디서 뭐하는 분인가…… 그분도 탁구선수인가?"

"아닙니다. 행님! 대학교 선배인데 부천역 앞에서 '원조 순대국집'이라는 작은 식당을 하고 있습니다. 생활 탁구를 즐기는 선배입니다. 3부입니다. 성길용이라고…… 충주 분으로 고등학교까지 거기서 다니다 부천으로 온 분이죠…… 교회도 다니고 아주 성실한 분이죠…… 제가 선수 출신이란 것을 자랑스럽게 생각하고 있고요…… 제가 부천에서 자취할 때 자취방도 얻어주었고…… 제 탁구용품도 많이 사주신 선배입니다."

'흠, 그렇다면 그 사람을 만나봐야겠군…… 누구 돈인지는 몰라도 사랑이 돈에 휘둘려서는 절대 안 되지…… 사랑에 대한 선택은 무조건 송미정에게 권리가 있어…… 송미정이 돈을 갚아주고 이 청바지를 자유롭게 한다면 그건 당당한 일이야…… 미정이도 이 친구도 부끄러울 게 하나 없어…… 다시 열심히 운동해서 국가대표라도 된다면 떳떳하지 않은가…… 그리고 왜 조건이 그런 개떡 같은 조건인지도 알아봐야 하고…….'

부천역 앞, 원조 순대국집 주인 성길용만 찾으면 모든 미스테리는 한꺼번에 풀어질 것이다. 그리고 미정이를 만나 사실을 털어놓고 상의할 것이다.

"자, 한잔 더 받게……."

"행님…… 국가대표 시절 제게는 행님이 꿈이었지요…… 저도 반드시 재기해서 행님 뒤를 이어가겠습니다. 행님 앞에서 맹세하겠습니다."

말은 그렇게 하지만 그의 눈동자는 한없이 쓸쓸해 보였다. 돈으로부터 해방될 방법이 없는 청바지 아닌가?

"음, 그래야지…… 반드시 기회는 올 거야. 자, 한잔 더 하자구……
다시 운동해서 대표 선발전에도 나가고…… 그래서 미정이하고 같이
태극마크 가슴에 다는 거야."

쉬—익! 다시 바람이 포장마차를 흔들어 댔다.

송 회장 가족 일행이 집에 도착했다.

미정이는 집으로 들어서자 마자 자신의 방으로 달려갔다. 오늘 같은
생일날 오빠 사진이라도 빨리 봐야 하기 때문이다.

벌컥 문을 열었다.

"?"

그녀의 눈이 휘둥그레졌다. 책상 앞 벽면에는 아무것도 없었다. 텅
비어 있는 벽을 바라보던 그녀가 소리를 지르며 아래층으로 달려 내려
갔다.

"엄마, 엄마—."

여행 가방을 정리하던 엄마가 놀라 머리를 돌려 미정이를 바라보았
다. 마치 유령이라도 본 사람처럼 경악에 찬 얼굴이다.

"왜 그리 호들갑이냐?"

"엄마, 내 책상에 있던 오빠 사진 누가 치웠어……."

그때서야 비로소 사태를 알아차리는 엄마다.

"아……그거? 그거…… 좀…… 어수선해 보여서…… 내가 치웠다."

얼마 전 강서방(강신호)이 놀러왔을 때 치워버린 그 오빠라는 작자
의 사진이다.

"왜 엄마가 내 걸 맘대로 치워…… 그 사진 어떻게 했어요!"

미정이의 눈이 벌써부터 글썽인다.

"내가…… 없애버렸는데……."

"없애버려요? 앙앙―."

사진을 없애버렸다는 말에 미정이는 그만 울음을 폭발시켜 버렸다.

"찾아내 엄마가 찾아내― 엉 엉."

낌새를 눈치 챈 송 회장은 방문을 닫고 쥐죽은 듯 숨어버렸다.

그가 두려워하는 사람이 몇 있다. 대통령과 국세청 사람과 미정이다. 그중 외동딸 미정이를 제일 무서워한다. 딸이 이 집안의 법이고 주인이다.

'난리가 났구먼…… 그래서 함부로 치우지 말라고 했건만…… 에라 모르겠다, 그건 에미 책임이니…….'

그는 실내등을 꺼버리고 냅다 침대 이불을 뒤집어썼다. 아무래도 오늘은 미정이와 청바지 사진으로 난리치는 날인 것 같다.

쉬―익! 찬바람과 송미정의 악을 쓰며 우는 소리가 송 회장의 저택을 흔들어 놓았다.

마침내 길고 긴 하룻밤이 흘러가고 있었다.

청바지가 마포 공덕역에 모습을 나타낸 지 다섯 시간이 흘러간 시점이다.

열정과 향기

견디기 힘든 가정환경 중에서도
그는 평시와 다름없이 밝게 운동하며 늘 유머를 즐겨왔다.
송미정이 그의 고통을 느끼지 못하는 이유가 그것이며
그것이 말하지 않아도 느끼게 되는 인간적인 향기이다.
그리고 열정이다.

열정과 향기

1

청바지!

도대체 그에게 무엇이 있기에 송미정은 그에게 모든 마음을 바치는 것일까? 성길용 선배는 무엇 때문에 그에게 사랑을 쏟는 것일까? 동로 장진성 스승은 왜 그를 자식처럼 보살펴 주는가? 경제적 능력이 없어 선배 순대국집을 드나들며 아르바이트까지 하며 운동하는 그에게 도대체 무엇이 있어 그를 만나는 사람마다 매료되는 것일까? 심지어 처음 만난 윤화중 관장까지……

탁구를 잘 치기 때문일까? 그가 국가대표급이라서? 아니다. 그게 아니다. 그에게서는 보통 사람에게서는 맡아 보기 힘든 향기가 나기 때문이다.

사람에게서 나는 향기는 종교와도 관계 없고 학력과도 무관하다. 그냥 그렇게 향기를 내기 때문이다. 그렇다면 그 향기의 정체는 무엇일까?

그는 삶 자체가 매우 열정적이다. 그리고 소탈하며, 사람의 도리를 안다. 송미정이 재벌의 무남독녀 외동딸임에도 불구하고 그 절박한 순간에도 손을 내밀지 못하는 순수함과, 알바하면서 보여준 그의 진지한 생활태도 때문이다. 그리고 소박하고 소탈한 성품이 그것이다.

송미정이 왜 그의 가난함의 고통을 알아차리지 못했을까?

자신의 자책처럼 아직 어려서? 그래서 생각이 짧아서? 아니다. 그것이 아니다. 청바지 오빠에게 고통스러운 일이 있다는 것을 눈치 채지 못할 만큼 그가 밝았기 때문이다. 고통을 내면의 힘으로 이겨 나가기 때문에 미정이가 채 눈치 채지 못한 것이다.

견디기 힘든 가정환경 중에서도 그는 평시와 다름없이 밝게 운동하며 늘 유머를 즐겨왔다. 송미정이 그의 고통을 느끼지 못하는 이유가 그것이며 그것이 말하지 않아도 느끼게 되는 인간적인 향기이다.

그리고 열정이다.

사랑하는 후배이며 한 여성인 송미정 생일을 자축하기 위해 충주에서 올라와 굶어가며 시합하여 사진 한 장 구하려는 그런 열정이다. 한 사람을 사랑하는 모습이 그렇게 진지하고도 열정적이다. 바로 그런 향기가 청바지에게는 있다. 그리고 사람들이 그 향기를 바로 느끼기 때문이다.

그 느낌은 후각이 발달한 사람이 느끼는 것이 아니라 가슴이 조금이라도 따뜻한 사람만이 느끼는 것이다. 그래서 사랑받고 사랑하게 되는 것이다.

그리하여 그를 만나는 사람은 그와 함께 동화하여 늘 행복감을 느낀다. 그가 늘 삶을 행복하게 생각하기 때문에 옆으로 그 향기가 번져지는 이유다. 그래서 함께 향기가 나는 것이다.

청바지와 벅찬 게임을 한 장선홍도 그랬다.

그가 관장과 함께 나간 뒤에야 그가 얼마나 자신에게 배려했는지를 느낄 수 있었다. 힘은 힘이 있는 사람끼리 알아보는 법이다. 청바지는 설혹 굶고 왔다 하더라도 도저히 자신의 적수가 아니었다. 시합을 맞춰준 것이다. 그리고 그가 어느 탁구장이든 관장과 시합을 하지 않는 것도 관장에 대한 예우이며 배려 때문이다. 웬만한 관장이라면 청바지를 이기지 못할 것이다.

관장의 제자들 앞에서 이길 필요가 없는 일이다. 유승민이나 오상은, 주세혁, 효진이 같은 명성의 스타가 아닌 다음에야 관장을 이기는 것은 사실 예의가 아니다.

시합이 끝나고 관장이 청바지와 나간 후 후배들이 몰려와 시합 소감을 물었을 때 그는 서슴없이 말했다.

"아주 훌륭한 선수다. 실력뿐만 아니라 인간적인 면에서도 매우 훌륭한 사람이다."

그도 향기를 느낀 것이다.

만일 청바지 오빠가 실력을 믿고 교만했다던가, 자신을 이용가치로 생각하는 낌새가 있었다면 송미정은 일찍 그와 헤어졌을 것이다. 그런데 헤어지기는커녕 그에게 매료되어 버린 것이다.

그것 또한 송미정의 매력이다.

경제대국 대한민국의 100대 기업 안에 드는 재벌의 외동딸이 만사 제쳐놓고 자신이 좋아하는 힘든 운동의 길을 선택한 것부터 남다르려니와 청바지 오빠가 떡볶이 좋아하고 소주 좋아하는 그 소탈함을 좋아하는 자신의 소박함이 그녀의 향기다.

아쉬움 하나 없을 그녀가 청바지 오빠를 사랑할 만한 소탈함과 소박함…… 사람을 볼 줄 아는 혜안이 그녀의 매력이다. 결코 어린 재벌 딸이 아니다.

청바지를 불행으로부터 구제하려 하는 윤 관장 역시 마찬가지다. 그의 사람 됨됨이의 향기가 청바지를 구하고저 하는 힘인 것이다.

충주를 향해 달려가는 버스 차창을 바라보며 청바지는 깊은 사색에 잠기고 있었다.

그는 자신의 손에 들려 있는 윤 관장의 선물을 만지고 또 만졌다. 탁구화 한 켤레, 새 러버를 붙인 자신의 라켓, 탁구복 상하 한 벌과 엑시옴 수건 한 장…… 그리고 지난밤 그가 베풀어 주었던 호의…… 하나하나가 모두 눈물나는 감동이었다.

구의동 시외버스터미널에서 그가 들려준 말이 귓가에 끊임없이 맴돌고 있었다.

"죽어도 라켓을 놓지 마라. 삶이란 그리 단순한 것이 아니다…… 언제 너에게 또다시 운동할 기회가 올지 모르지 않느냐? 늘 준비하고 있어라…… 준비하고 있는 자에게만 기회가 온다…… 기회는 한번 놓치면 영영 돌아오지 않는 법이다."

동로 스승의 말도 떠오른다.

"태견에서 집중력과 유연성을 배워라. 그걸 탁구에 응용하라…… 응용방법은 네 몫이다. 탁구를 포기하지 말아라. 너는 탁구선수지 태견선수가 아니다…… 미정이도 포기하지 말아라…… 사랑은 쟁취하는 것이다…… 탁구와 미정이를 정복하라. 그것이 사내의 길이다…… 단 네가 먼저 네 자신을 정복시켜라. 그래야 모든 것을 얻을 수 있다."

그렇다…… 운명이 내게 아직 모든 것을 다 빼앗지는 못했다. 더 빼앗기기 전에 내 힘으로 다시 되찾을 것이다.

차창 밖의 눈부시게 빛나는 눈 쌓인 야산을 바라보며 그는 주먹을 움켜쥐었다.

"저,혹시…… 여기가 성길용 씨 식당 맞나요?"

윤 관장이 원조 순대국집 문을 열고 들어서며 젊은 한 사내에게 말을 걸었다.

부천 선배라는 사람을 찾아온 것이다.

2

오후 3시, 번잡한 점심시간이 지났는데도 순대국집은 제법 많은 손님으로 북적이고 있었다.

성길용은 자신을 찾아온 낯선 손님을 빈자리로 안내했다. 전혀 기억에 없는 사람이다.

"절, 찾아오신 용건이…….."

40대 중반으로 보이는 사람이다.

그가 주머니에서 명함을 꺼내주었다.

"서울서 탁구장 하는 사람입니다. 꼭 좀 뵈어야 할 일이 있어서요."

"탁구장 하십니까? 아이구…… 웬일로 여기까지…….."

명함을 받아든 성길용이 반색을 한다. 생활 탁구 3부가 서울 탁구장 관장을 만났으니 어찌 반갑지 않으랴…… 식사를 하겠느냐 물었지만 커피나 한잔 하겠단다.

윤 관장은 호기심 어린 눈으로 성길용을 바라보았다. 이 친구가 청바지를 충주로 보낸 선배 아닌가?

거두절미하고 청바지에 대한 얘기부터 꺼냈다.

"광진이 아시죠…… 청바지 말입니다."

"네? 광진이를…….."

"예…최광진…… 어제 저녁부터 같이 있었습니다. 선배께서 많은 도움을 주셨다고요."

"그렇기는 한데…… 관장님은 광진이를 어떻게……"

커피를 마시며 윤 관장은 본론을 꺼내 들었다.

"광진이는 훌륭한 탁구인입니다. 그는 절대 탁구를 포기해서는 안 됩니다."

"……"

"제게 말씀해 주십시오. 누가 돈을 주었는지…… 그 돈을 갚아줘야 비로소 광진이는 자유를 얻습니다."

"그건 말씀 드릴 수 없습니다. 돈을 준 사람과의 약속이니까요."

"그렇겠죠…… 하지만…… 그 돈이 순수하지는 않다고 봅니다. 광진이 손에서 라켓을 빼앗았으니까요…… 그런 약속은 지키지 않아도 된다고 봅니다."

윤화중 관장은 성길용을 집요하게 설득시키고 있었다. 비밀은 비밀이라며 말하지 않으려는 성길용도 옳고, 순수하지 못한 약속은 지키지 않아도 된다는 윤 관장도 절대 틀린 말은 아니다.

그 실랑이는 한 시간이 넘게 이어지고 있었다.

"광진이는 다시 라켓을 잡아야 합니다…… 청바지 명성을 회복해야 합니다."

"하지만 돈을 갚을 방법이 없지 않습니까?"

"그건 제가 알아서 하겠습니다. 누가 광진이를 도와주었습니까?"

광진이가 진퇴양난에 빠졌을 때 찾아온 사람도 오늘처럼 황당했다.

삼성 기획조정실 강신호라는 명함을 내밀며 광진이에게 경제적인 도움을 주겠다고 했다. 어떻게 나를 알았느냐고 물었지만 그런 건 묻지 말라고 했다. 그리고 거금을 내놓았다. 물론 누구에게나 비밀로 해 달라고 부탁했다. 광진이도 누구 돈인지 알려고 노력했지만 입을 열지 않은 성길용이다.

그러나 윤 관장의 말을 듣고 보니 돈이 순수하지는 않다는 것을 깨 닫게 되었다.

'흠, 맞는 말이야…… 돈을 되돌려 줄 수 있다면 굳이 비밀을 지킬 필요는 없어…… 광진이가 다시 라켓을 잡을 수만 있다면 무슨 상관이 있겠는가?'

그는 방에 들어가 강신호의 명함을 꺼내 넘겨주었고, 윤화중 관장은 회심의 미소를 지어 보였다.

'이제 광진이는 살아났어…….'

불행에 빠진 재능있는 한 탁구인을 구출하려는 윤 관장이나, 지금까 지 보살펴 준 선배의 노력은 가히 눈물겨운 일이다. 지금은 험한 세상 이다. 누가 남의 일에 발 벗고 나서겠는가? 그건 향기 없고 가슴이 따 듯하지 않은 사람은 절대 불가능한 일이다. 그리고 이 모두가 탁구에 대한 사랑인지도 모른다.

탁구가 맺어준 인연이며 탁구에 대한 열정이 일으킨 사랑이다.

윤 관장도 성길용 선배도 서로에게 감사하게 생각하며 둘은 헤어 졌다.

"시간 내서 마포 한번 꼭 놀러 오십시오."

손을 잡는 두 사람은 행복에 취해 있었다.

같은 날 아침.

송 회장 집은 언론사 체육부 기자들의 인터뷰 요청 전화가 빗발치듯 몰려왔다.

"저…… 일간스포츠 체육부 윤경구 기자입니다. 송미정 씨 인터뷰를 해야겠는데요, 몇 시로 잡을까요?"

"월간탁구 한인수입니다. 송미정 씨 부탁합니다."

KBS, MBC, SBS를 비롯한 YTN 뉴스에 스포츠 전문지는 물론 조선일보, 동아일보 기자까지 난리를 치고 있었다.

베이징 발 속보 때문인데 바로 송미정의 장이닝에 대한 도전 보도 때문이다.

송미정은 기자들을 피하고 싶은 생각이 전혀 없었다.

청바지 오빠 사진 때문에 난리쳤던 그녀는 아침 7시에 일어나 집에 마련된 탁구대에서 머신으로 공을 갈겨대고 있었는데 9시가 되자 전화가 몰려온 것이다.

오후 3시 집에서 인터뷰를 약속했다. 누구보다 절친한 월간탁구 한인수 기자에게는 한 시간 먼저 와 달라고 했다. 개인적으로 할 말이 있기 때문이다.

오빠를 찾는데 도움을 받으려는 생각이다.

아무리 사라졌다고는 하지만 청바지 오빠가 탁구장을 벗어나지는 못할 것이다. 그리고 한인수 기자는 전국 탁구장과 연결이 되어 있다. 다른 기자와는 다른 입장이 아닌가?

한 기자가 찾아온 것은 정확히 오후 2시였다.

정성스럽게 준비한 점심식사를 대접하며 대화를 나누기 시작했다.

오빠와 찍은 사진 한 장 남은 것을 건네주며 전국 탁구장에 연락하여 나타나는 즉시 연락이 되도록 부탁했다. 오빠와의 관계를 아는 유일한 기자이기 때문이다.

"정말 답답해 죽겠어요. 서울에 있든 지방에 있든 반드시 탁구장에서 탁구는 하고 있을 겁니다. 아니면 학교에서 코치 일을 하고 있을지도 모르고요…… 그쪽 자료를 가지고 계시니 꼭 좀 알아봐 주세요."

"물론이죠. 알아보겠습니다…… 제가 신세진 빚도 갚아야죠……."

아버지 그룹에서 광고를 해 준 신세를 말하는 것이다.

그러는 사이 3시가 되었다. 그러니까 윤 관장이 성길용을 만난 바로 그 시간이다.

카메라 기자와 취재기자를 송 회장 개인 회의실로 안내했다. 중요한 사업 얘기는 대개 집의 이 회의실을 이용하기 때문에 제법 넓어 회견장으로는 안성맞춤이다.

기자들의 질문이 쏟아졌다.

"중국에서 극비 훈련을 하고 귀국하신 걸로 아는데요……."

"장이닝에 대한 도전은 사실인가요?"

"내년 5월 왕난의 공식 도전은 받아 드리실 거죠?"

"정말 장이닝을 깰 자신은 있습니까?"

"아직 국가대표로 선발된 거도 아니지 않은가요?"

이럴 때 송미정은 대단히 차분해진다. 그녀는 분명하고 단호한 어조로 질문 하나 하나를 대답하기 시작했다.

"예, 중국에 가서 극비 훈련 마치고 어제 귀국했습니다. 그 결과는 왕난의 도전 때 보시게 될 겁니다. 장이닝에 대한 베이징올림픽 때의 도전은 사실입니다. 누가 지든 지는 자가 은퇴하게 될 겁니다. 단 결승에서 만나는 조건이며 전, 분명히 개인전에서 그녀와 만나게 될 겁니다…… 베이징올림픽 탁구 시합장에 반드시 태극기를 올릴 겁니다."

"만약 장이닝에게 패한다면……."

"약속대로 은퇴합니다. 절대 라켓을 잡지 않을 겁니다."

"애인은 있으신가요?"

"예, 2008년에 올림픽 금메달 따고 세계선수권 우승하면 결혼할 겁니다. 결혼할 사람은 있습니다. 그 후 지도자 길로 나설 겁니다."

"누군지 밝히실 수 있나요?"

"아직은 밝힐 수 없습니다."

"연예인 못지 않은 대중적 인기인인데……."

인터뷰는 한 시간 가까이 이어지고 있었다. 그녀는 탁구인 뿐만 아니라 기자 말대로 연예인 못지않은 인기인이기 때문이다.

송미정은 이 인터뷰를 청바지 오빠가 보기를 간절히 기대하고 있었다. 그리고 결혼할 남자가 강신호가 아닌 오빠임을 알아주기 바랬다.

3

성길용과 헤어져 서울로 돌아오는 윤화중의 머리는 복잡하게 움직이고 있었다.

처음으로 밝혀진 강신호라는 인물 때문이다. 대삼성그룹의 기획조정실 근무자라면 대단한 실력가임에 틀림없다. 그런데 그가 왜 청바지에게 거금을 주었을까? 왜 탁구를 치지 못하게 하였을까? 그것이 알고 싶었다. 그의 추리는 계속 이어진다.

'송 회장은 대기업인이다. 삼성 역시 세계적인 기업이다. 강신호는 송 회장과 잘 아는 사이일지도 모른다. 성길용의 설명에 의하면 그는 겨우 30세도 되어 보이지 않는 새파란 젊은이라고 했다. 외모도 근사하다고 했다. 그렇다면…….'

그때서야 마치 어둠 속에서 불이 켜진 듯 번쩍이는 생각이 떠올랐다.

'혹 미정이의 약혼자이거나 아니면 미정이를 사랑하는 사람? ……

둘 관계는 두 잡안끼리 얽힌 관계? ……청바지와 미정이의 관계를 생각한다면 둘을 갈라놓을 만한 충분한 이유가 된다…… 상류사회는 우리네 삶과 전혀 다르다…… 1억 정도는 그야말로 껌값이며 광진이에게는 목숨이 걸린 돈이다. 재벌의 딸을 얻기 위해 1억쯤 쓰는 것은 손쉬운 일 아닌가?

생각이 여기까지 미치자 그는 갑자기 화가 나고 흥분이 되어 견딜 수 없었다.

'추잡한 놈…… 어려 울 때 도와준 건 고맙지만 사랑을 돈으로 사려 하다니…… 사랑은 순수한 거야…… 사랑에는 향기가 나야지, 돈 냄새가 나서는 안 되는 거란 말이야…….'

그 생각이 사실인지 아닌지는 모르지만 더 이상 생각할 필요도 없다는 확신이 섰다.

'내 광진이와 미정이 관계를 회복시키지 못하면 인간이 아니다.'

그런데! 송미정은 이 사실을 알고 있을까? 송미정이 청바지 오빠를 떼어내기 위해 강신호를 이용한 것은 아닐까? 가난한 오빠에게 송미정이 실증난 건 아닐까? 강신호의 등장으로 마음이 바뀌었을지도 모른다.

그 역시 확인된 바 없다. 이것도 알아보아야 할 일이다.

윤 관장의 머리가 복잡해진 이유는 이런 문제들 때문이었다.

오늘 탁구장은 여자 회원들에게 맡겨놓았다. 이현주와 김애경이 탁구장을 지켜줄 것이며 오늘은 마침 토요일이라 회원 레슨이 없는 날이다.

그는 당장이라도 강신호에게 전화를 걸어 만나고 싶었지만 참을 수밖에 없었다. 지금은 강신호보다도 송미정 마음을 알아보는 게 더 급했다.

만일 송미정의 마음이 바뀌었다면, 불행하지만 청바지는 다시 송미정과의 관계회복은 불가능하다. 그렇다면 이는 정말 슬픈 일이다.

그런데 이때 마치 기적 같은 일이 벌어졌다. 한 통의 휴대폰 전화가 걸려왔는데 바로 대선배 정현숙이 걸어온 전화였다.

"나, 정현숙이야."

"아니 누님 웬일이세요?"

"어제 저녁에 어디 갔었어…… 급하게 찾았는데!"

"아―네, 후배가 찾아와서 한잔 했지요……."

"아따 그놈의 술좀 끊어버려라…… 그건 그렇고…… 지금 통화 가능해?"

경인고속도로를 벗어났고 거리는 좀 북적였지만 이 정도는 괜찮은 편이다.

"예…… 말씀하세요……."

"너, 송미정 이름 알지?"

"예? 송미정? 이름은 알죠…… 선배님 이후 최고로 각광받는 아이 아닙니까?"

소름이 돋을 정도로 놀란 윤화중이다. 하필 이 시간에 엉뚱한 정 선배가 송미정을 말하다니…….

차를 길가에 세웠다. 운전하며 받을 전화가 아니기 때문이다.

"그 아버지가 신화그룹 회장이거든……."

"예, 그렇죠!"

"실업 탁구팀을 창설할 계획이더라. 그래서 총감독으로 널, 추천했지!"

"예?"

그가 깜짝 놀라 소리쳤다.

"놀라기는…… 아마 송 회장이 머지않아 보자고 할 거야…… 한번 해내 봐…… 최고 팀으로 만들어 보란 말야……."

"아—알겠습니다."

손이 떨려 운전을 할 수 없었다. 이런 운명도 있다니…… 이런 일이야 소설 속에서나 일어날 일 아닌가?

그는 세워놓은 차의 핸들을 잡지 못했다. 불행한 청바지를 위한 열정이 낳아준 기적이었다.

하늘은 스스로 돕는 자를 돕는다더니 이건 하늘이 돕는 게 분명해 보였다.

송 회장이 실업팀을 창설한다면 송미정은 당연 에이스가 될 것이다. 둘 관계가 서로를 원하는 사이라면 최광진도 이 팀의 에이스가 될 수 있다. 하지만 송미정이 원하지 않는다면 추천할 수는 없는 일이다.

지금 가장 중요한 일은 청바지와 송미정의 관계다.

"흠…… 어쨌든 하늘이 돕는 거야…… 세상에…… 이런 일이 벌어지다니……."

그의 머리에 갑자기 이종순이 떠올랐다. 현역 시절 여자 상비군이던 에이스다. 지금은 결혼하여 평택에 살며 쉬고 있지만 그 실력이 어디 가겠는가? 삼고초려해서라도 우선 마포 탁구장 코치로 앉히고 시간을 벌어 광진이 문제부터 해결하자…… 송 회장이 팀을 창설하면 이종순은 여자 코치를 맡을 것이다.

그렇게 넋을 잃고 앉아 있던 그가 다시 핸들을 잡았다.

"참 요사스런 일이군……."

청바지 최광진은 사기 백배하여 충주에 도착했다.

윤화중 대선배 선생님을 만난 것은 자신의 운명이라 생각했다. 다시 운동하라는 충고가 가장 큰 용기를 주었다…… 그 누구도 네게서 라켓을 빼앗을 권리는 없다. 아무 걱정 말고 충주서라도 우선 탁구를 계속해라…… 그래야 네가 살아날 수 있다…… 어찌 가슴 북받치는 격려가 아닌가…… 이런 격려를 받는다는 것은 외로운 그로서는 하늘이 살려주려는 동아밧줄 아닌가?

정류장에서 내린 그는 수안보로 가지 않고 곧바로 탁구장을 찾아가기로 했다. 어제 모처럼 몸을 풀었지만 수안보로 가기 전에 한 게임 더하고 싶었다.

"광진아, 서울 잘 갔다 왔냐?"

깜짝 놀라 바라보니 동로 스승이다. 휴대폰 전화로 도착 시간을 묻더니 차를 몰고 마중 나온 것이다.

"아니…… 스승님 뭐하러 나오셨어요?"

"오늘 태껸 강습 없는 날이잖아…… 그래서 나왔다."

고마워서 눈물이 날 지경이다. 서울에서는 처음 만난 윤 관장에게 분에 넘치는 대접을 받았고, 스승님은 직접 차를 몰고 마중까지 나왔다. 이건 굉장한 일이다. 마음에 용기를 갖는다는 것은 지금까지 받아온 상처에 큰 치료제이기 때문이다.

"가자……."

"저…… 스승님, 저…… 시내서 탁구 한 게임 하면 안 될까요?"

"탁구를 치겠다고?"

그가 반색을 하며 광진이를 바라보았다.

"안 되다니…… 어디 네 진짜 실력 좀 보자…… 근데 네 파트너가 충주에 있을까?"

　스승 동로는 청바지를 아들처럼 생각해 왔다.

　누구보다 먼저 일어나 도장을 청소하고 자신에게 맞지도 않는 태견을 열심히 수련해 왔다. 불만도 없고 불평도 없지만 그 속마음을 왜 모르랴. 초등학교 시절부터 라켓을 잡고 운동을 했다니 얼마나 탁구가 치고 싶었겠는가?

　견디지 못할 때는 월악산 산중턱으로 올라가 허공을 가르며 라켓을 휘두르는데, 그런 모습을 볼 때마다 동로 스승은 안타까워 견딜 수 없었다. 지난 가을, 동로 스승은 한 가지 훈련법을 가르쳐 주었다. 떨어지는 낙엽을 공으로 생각하고 받아쳐 보라고 했다.

　탁구는 잘 모르지만 운동 훈련은 대개 비슷하리라 생각한 것이다. 이 훈련이 바로 유연성과 부드러움 그리고 공을 기다릴 줄 알게 하는 인내를 키워줄 것이 분명하다고 믿은 것이다.

　마치 눈이 쏟아지듯 쏟아지는 낙엽을 향해 청바지는 라켓을 휘두르며 많은 것을 깨우쳤다. 바람 부는 날은 바람에 날리는 낙엽을 그렇게 쳐댔다. 공을 끝까지 보라던 코치의 가르침. 손놀림이 바람처럼 빨라야 한다는 가르침을 쏟아지는 낙엽으로 대신하여 훈련했다.

　태견의 유연한 발놀림도 응용해 보았다. 이동 서비스 연습이 그것이다. 가을 한철을 그렇게 훈련하며 보냈고, 동로 스승은 묵묵히 지켜보기만 했다.

　'타고난 탁구선수야.'

　동로 스승도 청바지 광진이 때문에 탁구에 관심을 갖기 시작했다. 광진이의 설명대로 컴퓨터에서 '핑퐁조아'를 찾아 시합 장면도 보았고 탁구 훈련에 필요한 설명도 읽으며 탁구에 대한 지식을 쌓아갔다.

'한번 해 볼 만한 운동이군.'

그는 충주에서 싸구려 라켓 하나를 구해 광진이에게서 스윙 폼을 배우기 시작했다. 원체 운동신경이 발달한 그는 실제 체험은 못했지만 스윙폼은 여러 가지 충분히 익혔고 스매싱 훈련은 태껸 훈련이 없는 날을 택해 하루 1천 번 이상 휘둘렀다. 머지않아 탁구대를 구입해서 광진이에게 본격적으로 탁구를 배워 볼 생각이다.

그러던 어느 날, 광진이가 갑자기 서울을 다녀오겠다는 것이다. 이유는 묻지 않았다. 그런데 서울을 다녀온 그가 갑자기 탁구를 한 게임 하고 싶다는 것이다.

재기의 기회가 될 것이며 자신의 호기심도 충족시켜 줄 제안이니 어찌 반갑지 않겠는가? 오랜 기간 실전 경험을 하지 못해서 그렇지, 계속 훈련했다면 누구에게도 깨지지 않을 것이다.

두 사람은 차를 몰고 충주에서 가장 시설이 좋은 '중원탁구장'을 찾아갔다. 이웃 도시 제천에 있는 세명대학 체육학과에서 탁구를 전공한 친구가 관장으로 있는 탁구장이다.

청바지는 차에서 내리기 전에 동로 스승에게 둘둘 말은 송미정 사진을 꺼내 보여주었다.

"스승님…… 송미정 사진입니다."

"뭐…… 송미정 사진?"

"흠, 그렇다면 이 사진을 구하러 서울에 간 거로구나."

"호, 대단한 미인인데? 광진이가 빠질 만하군…… 그래 놓치지마. 사내란 사랑하는 사람과 결혼해야 행복한 거야…… 아무리 어려운 일을 당해도 끝장은 있는 법이고…… 절대 포기하지마. 탁구도 송미정도…… 알았지?"

바로 윤화중 선배가 들려준 그 말이다.

"명심하겠습니다."

"그럼 올라가자."

두 사람은 충주 연수동에 있는 5층 건물의 3층 탁구장을 향해 걸어 올라갔다.

오후 시간이라 그런지 탁구장은 한산했다. 레슨받는 주부 몇 명이 있고 방학 동안 탁구를 배우러 찾아온 어린 학생도 몇 있었다.

청바지는 윤 관장이 선물한 탁구복과 탁구화를 조심스럽게 꺼냈다. 가슴이 격정으로 북받쳐 올라왔다.

'행님, 정말 감사합니다. 반드시 재기해서 성공하는 모습을 보여 드리겠습니다.'

충주시청 광장에 키가 훌쩍 큰 한 사내가 차를 몰고 나타났다. 그는 차를 주차장에 파킹시키고 시청 건물로 들어섰다. 그는 안내하는 사람에게 물어 시의회 의장실로 들어갔다. 이미 연락이 되어 있어서인지 나이 지긋한 의장이 나와 반갑게 맞아주었다.

"멀리서 오셨군요…… 제 방으로 가시죠."

의장실로 들어선 후에야 정식으로 인사를 나누었다.

"저, 조이풍(趙二豊)이라고 합니다 사람들은 조리풍이라고도 하고 핑퐁을 엔조이한다고 조이풍이라고도 하죠…… 허허허."

그가 명함을 꺼내주었다.

"아, 예 말씀 들어서 잘 알고 있습니다. 생활 탁구에 많은 일을 하신다고요…… 곧 충주탁구연합회장이 올 겁니다. 서원장 씨라고 충주고등학교 시절 선수를 했던 분입니다. 지금은 지역신문을 운영하고 있고요……."

"아…… 그렇습니까?"

조이풍이 충주에 온 것은 자신이 운영하는 탁구 포털사이트 '핑퐁조아' 전국오프 모임을 충주에서 열기 위함이다. 약 100여 명이 모여 충주체육관에서 시합을 할 작정이다. 지리적으로 한국 중심인데다, 탁구를 이웃 단양에 빼앗긴 아쉬움을 생활 탁구로 대체해 보자는 충주 측의 생각이 맞아떨어진 것이다.

이미 전국라지볼대회를 충주에서 개최한 바 있어 쉽게 성사된 것이다.

세계무술대회가 충주에서 열릴 만큼 스포츠에 남다른 열정을 가지고 있는 도시다.

"오늘 사무적인 협의가 끝나면 가까이 있는 '중원탁구장'으로 옮겨한 게임 하고 가시죠…… 상대가 있을지 모르겠지만……."

"저야 생활 탁구 1부 정도밖에 안 됩니다."

"여기서야 1부도 귀한 지역이니까요…… 두어 분 초청했습니다. 또 멀리서 오셨으니 충주 명승지인 수안보 온천에서 온천욕도 하시고요…… 웬만하시면 내일 올라가세요."

기분은 좋다. 생활 탁구에 이렇게 신경 써주는 충주가 고맙고 또 고맙다. 여기에도 아는 탁구인이 있다.

연세 때문에 최근 라켓은 놓았지만 '이민순' 여사가 그분이다. 충주 터줏대감 중 한 분이다.

이때, 충주생활탁구연합회장이 도착했고 시합 날짜를 2006년 2월 1일로 정했다. 내일 모레가 크리스마스니 두 달 남짓 남은 셈이다.

사무적인 일을 마친 후 이들 일행은 충주에서 가장 시설이 좋다는 '중원탁구장'을 향해 자리를 옮겼다.

일명 조리풍은 탁구 가방을 어깨에 메고 계단을 밟아 올라갔다. 모든 것이 순조롭게 진행되어 기분이 썩 좋았다. 오늘은 누구와 탁구를 쳐도 이길 것 같은 기분이다.

마침내 3층 탁구장에 도착하여 문을 열었다.

관장이 두 남자와 이야기를 나누고 있었다.

"어?"

시의회 의장이 동로 스승을 보더니 놀라 소리쳤다.

"아니…… 사범님께서 탁구장엔 웬일로…… 이젠 탁구까지 하시려구요?"

"의장님은 여기 어쩐 일로…… 의장님이야말로 탁구까지 하시려는 겁니까?"

"허허허……."

웃으면서 두 사람이 손을 잡았다.

조리풍이 인사를 먼저 받고 수염이 덥수룩한 사내를 소개받았다.

"전에 탁구선수였던 최광진이라고 합니다…… 지금 제 밑에 와 있죠."

'최광진?'

조리풍으로서는 낯선 이름이다.

"이쪽은 '핑퐁조아' 의 조이풍 씨고요."

"아, 조리풍님! 전, '핑퐁조아' 잘 알고 있습니다. 자주 드나들었죠. 요즘은 뜸했습니다만…… 치면날라가님이랑 연재물 쓰시는 정건섭 선생님 모두 안녕하시죠?"

"아, 그러십니까? 정말 반갑습니다. 근데 운동은 어디서 하셨는지……."

"인하대에서 운동하다 사정이 있어 잠시 충주에 내려와 있습니다."

"그러시군요……."

"잘 됐네요…… 오늘 저와 한 게임 하시고 충주에서 주무시고 가세

요…… 온천도 하시고요…….'

의장이 이 말을 듣고 나섰다.

"그건 제가 책임질 테니 두 분이 게임이나 하십시오. 저희들은 관전이나 할 테니…….'

"우리 협회장님도 운동하시고요…….'

"저 같은 늙다리는 빠질랍니다…… 모처럼 좋은 구경거리 생겼네요…… 두 분이 붙어 보세요…… 허허허…….'

청바지와 조리풍은 어느새 운동복을 갈아입기 시작했다.

5

충주 탁구인들과 청바지의 스승이 지켜보는 가운데 조이풍과의 시합이 시작되었다.

여자는 사랑으로 살아간다는 말이 있다. 마찬가지로 남자는 용기와 사기로 살아가는지도 모른다. 지금 청바지가 그렇다.

어제 송미정 생일을 맞아 자축하는 뜻에서 사진이라도 얻겠다며 서울로 올라갈 때의 청바지가 아니다. 윤화중 대선배를 만난 이후 그는 삶에 대한 용기와 자신감을 회복했다. 단지 말 몇 마디와 따뜻한 대접뿐이었는데도…… 그만큼 청바지는 외롭게 살아왔고 힘겨운 생활을 해 온 것이다.

송미정과의 선후배로서 또 남녀 사이로 사랑에 빠져 그 힘겨운 삶을 견딜 수 있었던 이후 처음 갖는 자신감이다.

그것은 자신의 실력을 극대화하는데 큰 도움이 되었다. 어제, 한효진이나 장선홍과 시합할 때와는 전혀 다른 사람이 되어 있었다.

물론, 장선홍이나 조이풍도 국내에서는 내노라하는 아마추어 고수지만 아무래도 아마추어와 프로 간에는 허물래야 허물 수 없는 벽이 있게 마련이다.

"선수 출신이라면 핸디 몇 개 잡아야 하는 거 아닙니까?"

라켓을 든 조이풍이 먼저 말을 꺼냈다. 어제 장선홍과 맞장 뜬 걸 생각한다면 핸디 3개 정도가 알맞을 것이다. 하지만 지금은 사기도 올라 있고, 어제 탁구장에서 여럿과 시합을 하며 충분히 몸을 푼 상태다. 지금 효진이와 시합을 한다면 박빙의 게임을 할 수 있으리라…… 그렇다면…….

"다섯 개 잡아 드리죠……."

"다섯 개요?"

조이풍이 머리를 갸우뚱거리며 청바지를 바라보았다. 아무리 선수 출신이지만 과연 5개로?

"예, 좋습니다. 하지만 이번 세트 끝나면 핸디 조정해 주시는 겁니다?"

"허허허, 예 그러지요……."

아마추어 세계에서는 청바지보다 조이풍이 훨씬 유명하다. 전국 최강전 톱10에 있는 그다. 그리고 이 게임을 관전하는 사람들은 청바지에 대한 정보가 거의 전무하다. 동로 스승 외에는 그럴 수밖에 없는 일이다.

드디어 시합이 시작되었다.

공을 주고받기 시작한 뒤에야 조이풍은 이 낯선 청바지의 사내가 얼마나 현란한 몸의 움직임과 보기 힘든 구질을 가졌는지를 깨닫게 되었다. 때로는 강력하게 또 때로는 부드럽고 유연하게…… 그러다가 전광석화 같은 스매싱을 때릴 때는 공조차 보이지 않았다.

게다가 조이풍으로서는 처음 경험하는 이동 서비스가 그를 괴롭게 하였다. 리시브를 할 때의 타점을 찾을 수가 없었다.

'어떻게 이런 사람이 국가대표에 발탁되지 않았지?'

머리를 절레절레 흔들었다. 죽을힘을 다해 공을 받아내지만 마치 벽 앞에 서 있는 기분이었다.

'흠, 이 친구도 실력은 만만치 않군…… 장선홍과 맞수쯤 되겠는데?'

관전하는 사람들은 두 사람의 진짜 실력을 가늠할 수 없었다. 너무나 현란하게 움직이는 데다 무슨 기술을 쓰는지 도무지 알 길이 없기 때문이다.

점수가 날 때마다 박수는 요란하게 쳐대지만 그 점수가 어떻게 어떤 기술로 얻어낸 것인지 알아낼 재간이 없다.

동로 장진성 스승은 감탄을 금치 못하고 있었다.

'정말 아까운 아이야…… 어떻게든 재기에 성공해야 하는데…….'

충주 시의회 의장도 시장을 데려오지 못한 게 한이었다. 이런 엄청난 게임을 놓치다니…… 충주시청 팀이라도 창설하고 싶은 심정이다.

첫 세트 11 : 9

두 번째 세트 15:13

마지막 세트는 11 : 7

겨우 두 점만 따고 조이풍은 패배의 쓴맛을 보았다. 그러나 그는 패배가 문제가 아니라 이 고수와 게임을 했다는 체면으로도 여간 영광이 아니었다.

"예술이었습니다. 전, 처음 이런 시합해 보는 겁니다."

"아닙니다. 조이풍님도 아마추어로서는 대단한 실력이십니다. 어제 장선홍 씨와 마포에서 게임을 했는데 두 분 실력이 비슷할 겁니다."

"예? 장선홍님과 게임했어요? 허허허, 저와는 호형호제 하는 사이인데…… 하기야 이 바닥이 생각하면 참 좁은 세계죠."

이들 일행은 시합을 끝내고 뒤풀이를 위해 수안보로 발길을 돌렸다. 오늘도 탁구 얘기로 밤을 지새울 것이 분명하다.

사실, 강 회장과 강 회장 부인은 생각이 조금 달랐다.

지금 한국 경제가 어렵다고는 하지만 신화그룹은 잘 돌아가고 있었다. 견실한 송 회장의 그룹은 나날이 성장하여 10년 만 지나면 50대 재벌로 성장할 것이다. 문제는 이 기업을 누구에게 물려주느냐 하는 것이다. 운동하는 외동딸에게 물려주는 것은 불가능한 일이다.

미정이 엄마는 송 회장보다 강신호에게 더 적극적이다. 인물이나, 학벌이나 신화그룹을 이어 받기에 더 적합한 자가 없어 보였다. 그리고 그의 싹싹한 성품이 그녀를 더욱 적극적이게 했다.

강신호가 은밀히 찾아와 청바지 문제를 제기했을 때 이제는 구정을 내야겠다고 작심했다. 더구나 가정이 풍비박산됐으니 이런 기회를 놓치면 더 힘들 것이라 판단한 그녀였다.

어찌 보면 청바지를 충주로 쫓아낸 것은 강신호와 부인 최영심 여사의 합작품인지도 모른다.

아니…… 철저한 두 사람의 작품이라고 보아야 할 것이다.

"아무리 강직한 성격이라 하더라도 돈 때문에 절박한 사람에게는 돈에 무릎을 꿇게 되어 있어…… 그러니 돈으로 위기를 구해 주고 대신 다시는 미정이를 만나지 못하게 해…… 나도 걔는 싫어. 죽어도 그 거렁뱅이한테 미정이를 줄 수는 없어…… 알았지. 강서방!'

"예…… 하지만 최광진이 크게 자존심 상하지 않도록 하겠습니다."

"돈 앞에 자존심이 어딨어?'

하지만 송 회장은 다르다. 그는 미정이 제일 주의자이다. 만일 미정이가 청바지에게 목숨이라도 건다면 청바지에게 줄 용의도 있었다. 그가 성품이 건실하고 사고방식이 건전한 청년이라면 미정이가 그토록 좋아하는데 결혼시켜 안 될 것이 무어란 말인가?

'기업? 이게 내 것인가? ……꼭 물려줘야 할 사람이 있어야 하나? 늙어 죽기 전에 사회와 탁구계에 반납하면 될 거 아닌가? ……미정이가 그 가난한 청년과 결혼한다고 금방 굶어 죽나? ……재산 좀 물려주고 또 둘이 열심히 살아간다면 그런 게 보람된 일이지…… 광진이가 미정이하고 금메달이라도 따온다면 국내 탁구 붐도 일어날 것이고 또 사상 첫 부부 탁구 금메달이 탄생되는 거 아닌가? 이거야말로 세계 톱기사 감이지…… 금메달리스트 부부…… 멋진 사건 아닌가?'

지금은 아직 미정이의 더 깊은 마음을 알 수 없고 또 미정 엄마가 워낙 기세등등해서 조용하지만 결단을 내리게 된다면 모든 권한을 미정이의 선택에 맡길 것이다.

이번 크리스마스이브에 미정이가 강신호를 초대했으니 그 결과만 지켜보면 알 것이다.

"그런데 광진이 그 녀석은 도대체 왜 사라진 거야? ……개인적인 무슨 일이 생긴 거 아냐?"

그는 자신도 잘 파악할 수 없는 자신의 재산에서 한 50억 정도만 미정이에게 떼어주고 나머지는 사회에 환원하리라 진작부터 결심한 터였다. 설혹 강신호와 결혼한다고 해도…… 그리고 그 속내를 아내를 비롯한 누구에게도 털어놓은 일이 없다.

'난, 미정이가 원하는 대로 할 거야…… 광진일 택하든 신호를 따라가든…… 한번뿐인 인생인데 미치고 싶은 일에 미쳐 보는 게 사람의 갈 길이지…… 내가 사업에 미쳤듯 말이야…….'

그러고 보니 자신도 라켓은 쥐어 본 지 오래 되었다. 그는 맨손으로 휙휙 스윙 폼을 휘둘러 댔다.

"당신 뭐하는 거예요―."

아내의 어처구니없다는 듯한 고함에도 아랑 곳 없이 그렇게 휘둘렀다.

탁구라면 진저리를 내는 아내다.

'자기도 탁구 한번 배워 보면 내 심정이나 미정이 심정이나 광진이 심정 알게 될 거야…… 픗픗픗―.'

6

기자 회견을 마친 송미정은 간소복으로 갈아입고 외출했다.

장기간 중국에서 훈련하느라 친한 친구들을 만나지 못했다. 그 친구들을 만나기 위해서였다. 평소에도 운동하느라 자주 만나지 못했는데 지금 만나지 못하면 또 언제 만나게 될지 모른다. 청바지 오빠는 머지 않아 찾게 될 것이고, 오빠를 찾으면 곧바로 훈련에 돌입해야 한다.

당장 내년 봄, 왕난의 도전을 받아야 하고 국가대표 선발전에도 나가야 한다. 내년 일정은 너무나 빡빡하다. 내년 1년이 지나면 베이징올림픽이 열리는 2008년이 된다. 중국에서의 훈련은 참으로 유익했다.

국내에서는 상상도 못할 강훈련을 했다. 운동화가 땀에 젖을 정도로 훈련한다더니 그런 전설적인 이야기가 결코 허황된 말이 아니었다. 정말 운동화가 땀에 젖도록 힘겨운 트레이닝을 한 미정이다.

게다가 중국선수들의 타법을 익혀 그에 대응할 충분한 훈련을 쌓아왔다. 특히 송미정이 타겟으로 삼는 장이닝에 대해서는 그녀의 시합

장면을 비디오로 분석하며 장단점을 충분히 숙지해 놓았다.

내년 봄 왕난의 도전은 지금까지 쌓아온 실력을 가늠할 아주 좋은 기회가 될 것이다.

현정화 선생님이 중국의 만리장성을 깬 이후 한국 여자탁구는 만리 장성을 넘어 보지 못했다. 이번 올림픽에 금메달을 놓치면 언제 중국 을 깰 기회가 올지 알 수 없는 형편이다.

사실 송미정의 어깨는 무겁기 한이 없었다. 탁구계가 거는 기대. 그 리고 아버지의 헌신적인 지원, 무서운 신예라고 추켜세우는 언론, 아 직 어린 그녀로서는 사실 감당하기 어려운 중압감을 느끼는 것이다.

하지만, 그녀의 결의가 그걸 이기게 만들고 있다. 그리고 이번 중국 에서의 훈련이 자신감을 갖게 했다.

이제 부족한 것은 딱 한 가지뿐이다. 등 뒤에 청바지 오빠를 세워 두 는 것뿐이다. 뒤에서 소리 소리치며 다그치는 오빠만 있다면 왕난도 장이닝도 두려울 것이 없다.

'오빠, 빨리 나타나 줘. 한시가 급하단 말이야…….'

세상에 부러울 것이 없는 송미정. 연예인 뺨치는 미모, 엄청난 재산, 그리고 차기 한국 탁구계의 대들보가 될 탁구 실력, 그녀에게 부족한 것은 딱 하나, 청바지 오빠의 사랑과 보살핌뿐이다.

그런데 어릴 적부터 친하게 지내온 친구들의 의견은 반반이었다.

"사랑한다면 그걸로 끝이야…… 둘 다 가난하다면 문제지만 돈은 네게 충분하잖아…… 잡아, 사랑한다는 게 어디 마음대로 되는 거니? 누가 뭐라 해도 자기 행복은 자기 몫이야…… 네가 좋다는데 누가 말 리겠어? 또 사람도 됨됨이가 아주 좋다며? 놓치지마."

이런 친구가 있는가 하면…….

"그래도 수준이 좀 비슷해야지…… 너, 눈에 콩깍지 씌운 거야……

또 니네 기업도 생각해야지…… 네 아빠가 죽어라 일해서 일으켜 세운 기업인데 물려받을 사람은 있어야지…… 더구나 강신호 씨는 그만한 실력에 외모도 괜찮고 널 죽어라 좋아하고…… 야, 너 갖기 싫으면 나 나 줘……."

하지만 미정이는 강신호 스타일이 영 마음에 안 든다. 너무나 귀족적인 분위기에 생활 자체도 그렇다.

그는 한국 경제계를 쥐락펴락 하는 권력가의 아들이다. 강경운 의원은 어느 정권이 들어선다고 해도 결코 흔들림이 없을 위치에 있다. 정당이 없는 무소속에 엄청난 재산, 그리고 실력을 갖춘 인물이다.

강신호는 그의 아들이다. 외적 기준으로 본다면 그보다 더 좋은 조건은 없을 것이다. 그렇다고 그가 생활에 흐트러짐이 있는 것도 아니다. 그의 위치를 생각하면 아주 건전한 청년이다.

단 오랜 외국에서의 생활과 풍부한 재산이 가져다 준 생활 습관이 미정이 성격과 맞지 않았던 것이다.

그가 아우디 자가용을 몰고 나서면 자동차와 몸에 치장한 돈이 서민들에게는 상상도 할 수 없는 액수가 될 것이다. 거기에 음식도 최고급 아니면 손도 안 대니 털털한 미정이에게는 거북하기 짝이 없는 분위기다. 그녀가 머리를 절레절레 흔들어 댔다.

'아니야…… 강신호는 아니야…… 내 스타일이 아니야…… 길에서 붕어빵 사먹고 떡볶이 먹고 포장마차에서 소주 한잔이면 더 이상의 행복이 없는 오빠와는 비교가 안 돼. 오빠가 내 타입이지…… 그리고 같이 운동하며 평생을 보낼 수 있는 오빠가 내 남자야…… 누가 반대를 하던 난, 오빠를 갖고 말 거야.'

오빠의 웃는 모습이 떠오르자 그녀도 빙—긋 따라 웃었다.

'ㅎㅎㅎ 털털한 우리 광진이 오빠!'

마누라에게 구박을 받아가며 맨손으로 허공에 대고 스윙 연습을 하던 송 회장이 갑자기 행동을 멈추었다.

'이름이 뭐라고 했더라…….'

어제 미정이 생일 파티에서 정현숙 씨가 총감독으로 추천했던 그 탁구인이 갑자기 생각난 것이다.

오늘부터 사흘간 푹 쉬기로 한 날이다.

자신의 전 기업도 오늘부터 크리스마스 휴가에 돌입한다. 꼭 필요한 인원만 제외하고 가능한 모두 휴가를 보내라고 지시했다.

그러니 특별한 일만 생기기지 않는다면 모처럼 자신의 시간을 가질 수 있다. 내일은 크리스마스이브 날이다.

이 모처럼의 휴식기간에 탁구실업팀 창설을 생각해 볼 것이다.

'그렇지…… 윤화중이라고 했지…… 가만 있자.'

그가 주섬주섬 일어나 미정이 방으로 올라갔다. 그리고 책장에 잔뜩 꽂혀 있는 책들 가운데서 월간탁구가 있는 곳을 찾아 한 권 꺼냈다. 거기에 전국탁구장 주소와 전화번호가 있다. 송 회장은 그걸 알고 있었다. 그리고 마포지역에서 마침내 '윤화중탁구교실'을 찾아냈다.

윤 관장의 휴대폰 번호를 찾았다.

자신의 서재로 돌아온 그가 윤하중 관장에게 전화를 걸었다.

"삐릭—."

잠시 신호가 울리자 걸직한 남자 목소리가 들려왔다.

"네, 윤화중입니다. 누구십니까?"

"아, 초면에 실례 좀 하겠습니다. 지금 통화가 가능하신가요?"

송 회장이 정중한 말투로 물었다.

"네, 괜찮습니다. 지금 운전중이지만 간단히 말씀해 주시면 되겠네요."

"저…… 정현숙 씨 아시죠? 탁구인……."

"네…… 제가 후배입니다. 잘 알죠."

"정 감독님 통해서 말씀 들었습니다. 탁구 하는 미정이 아버지 되는 사람입니다."

"네? 그럼…… 송 회장님?"

윤화중이 소스라쳐 놀라 휴대폰을 바라보았다.

"예…… 그렇습니다."

"저, 죄송하지만 잠깐 기다려 주시겠습니까? 차를 길가에 잠시 세우겠습니다."

부천에서 성길용을 만나고 돌아오는 길이다. 지금 막 마포에 도착했는데 놀랍게도 송 회장이 직접 전화를 걸어온 것이다. 정 선배님에게 조금 전 말은 들었지만 이렇게 빨리 연락이 올 줄은 꿈에도 몰랐다. 차를 파킹시키고 통화는 다시 이어졌다.

"오늘 윤 관장님 시간 되시면 만나주시면 좋겠는데요."

"네, 괜찮습니다. 그렇지 않아도 조금 전 정 선배님이 전화해 주셨었습니다. 어디로 찾아뵐까요?"

"관장님 탁구장으로 가겠습니다. 1시간 후에 도착하겠습니다. 저도 탁구 좋아하는데…… 오늘 한 수 가르쳐 주십시오…… 허허허."

"정, 정말이십니까? 그럼 기다리고 있겠습니다."

이게 도대체 무슨 조화란 말인가? 송 회장님이 탁구장을 찾아오겠다니…… 그리고 탁구를 치겠다니…….

놀란 윤 관장이 차를 몰아 탁구장으로 달려갔다. 지저분한 거라도 치워야 한다.

세상 참 알다가도 모를 일이다. 더구나 한 수 지도까지 해 달라니…….

　윤화중은 승용차를 주차장에 파킹시키고 탁구장으로 뛰어 올라갔다. 탁구장 개관 이래 최고의 손님을 맞는 날이다. 하지만 그의 머리는 신화그룹의 탁구팀 창설보다 송 회장이 송미정의 아버지라는 것에 더 관심이 쏠리고 있었다.

　어제는 느닷없이 청바지가 나타나 송미정 사진을 얻어가고 오늘은 송미정 아버지 송 회장이 찾아온다.

　지금까지 살아오며 이토록 드라마틱한 일을 겪어 본 일이 없는 윤화중이다.

　'뭔가 일이 잘 풀릴 징조야…….'

　지금은 오후! 탁구장은 제법 많은 회원과 낯선 탁구인이 보인다. 내일은 토요일이며 크리스마스이브다. 그래서 사람이 더 많은 것 같다.

　저쪽 구석에 일찍 찾아온 장선홍과 총무가 대화를 나누고 있다.

　두 사람은 어제 찾아와 송미정 사진을 얻어간 청바지 이야기를 나누고 있었다. 관장이 들어오자 그들은 대화를 멈추고 그에게로 갔다.

　"잘 다녀오셨어요?"

　"음, 그런데 말이야…… 잠시후 송미정 아버지가 올 거야. 그러니 여기 정돈 좀 해 둬. 탁구대 하나 비워 두고…… 시간 없어……."

　"송 회장님이 여길 온다고요? 갑자기 여기는 왜……."

　사정을 알 리 없는 이들이다.

　"그런 건 나중에 얘기하고. 자, 빨리…… 휴게실 청소도 좀 해 주고……."

　그러면서도 그의 눈길은 마치 이빨 빠진 자리 같은 사진이 걸려 있는 벽으로 옮겨갔다. 진열된 현역 스타사진 가운데 송미정의 사진이 빠져 있기 때문이다. 그건 아쉬운 일이다.

송 회장이 마포에 도착했다. 이번에도 운전기사가 문을 열어주기 전에 자신이 차 문을 열고 내렸다.

"한두 시간 정도 있을 거야…… 심심하거든 어디 커피숍에라도 가 있어…… 끝나면 전화할 테니."

그렇게 지시하고 3층 '윤화중탁구교실'로 걸어 올라갔다.

'거, 탁구란 게 참 묘하단 말이야…… 잘될 거 같은데 안 되고 안 되는 거 같으면서도 또 되고…… 미정이 덕에 탁구는 배우지만…… 이거 완전 중독성 운동이야…… ㅎㅎㅎ.'

사실 탁구를 시작한 지는 얼마 되지 않았다. 미정이가 졸라 시작은 했지만 시간이 그렇게 많지 않아 틈틈이 딸에게서 배운 솜씨다.

그가 문을 열었다.

많은 사람들이 탁구를 치고 있었다. 하지만 아쉽게도 윤화중은 송 회장이 왔다는 낌새를 알아차리지 못했다. 검은색 패딩에 운동화. 역시 검은색 아디다스 운동복을 입고 가방 하나 덜렁 맨 중년의 남자가 송 회장이라고는 상상할 수 없었다.

적어도 비서가 따라오고 점잖은 양복을 입었으리라는 선입관이 그를 알아보지 못한 이유다.

흘깃, 송 회장의 시선이 벽으로 옮겨간다.

김택수, 유승민, 오상은, 곽방방 같은 스타들의 사진이 걸려 있는데 오상은과 곽방방 사이가 마치 이빨 빠진 것처럼 비어 있다.

'여긴 미정이 사진이 없군.'

그런 생각을 하고 있을 때 한 청년이 다가왔다.

"저…… 어르신 탁구 치러 오셨나요? ……지금은 자리가 없는데 잠

간만 기다리시면 같이 치실 분과 자리를 마련해 드리겠습니다."

동호회 총무다.

"아, 괜찮아요…… 그런데 윤화중 관장님은 어디 계시죠? 약속을 했는데……."

"아니 그럼…… 혹…… 송 회장님?"

"예…… 지금 안 계신가요?"

"아닙니다. 관장님 방에 계십니다. 잠깐만 기다리세요."

깜짝 놀란 총무가 관장실로 뛰어 들어갔다. 대신화그룹 송 회장이 운동복 차림으로 나타난 것이다.

"정말 어제 오늘 놀랄 일만 생기는군!"

윤 관장이 총무의 말을 듣고 놀라 달려나왔다. 저 중년의 남자가 오는 것을 보기는 했지만, 그가 송 회장이리라고는 꿈도 꾸지 못할 일이었다. 아마 송미정이 운동을 하고 털털한 것이 아버지 닮아서였을 것이리라.

"송 회장님이십니까? 제가 윤화중입니다…… 제 방으로 모시겠습니다."

책과 컴퓨터가 있고 월간탁구가 가지런히 정돈되어 있는 제법 넓은 관장실로 안내했다.

"관장님 말씀 많이 들었습니다. 대스타를 만나 영광입니다."

그가 비로소 손을 내밀어 악수를 청했다.

"한 한 시간 정도 운동하고 한 시간 정도 대화 좀 하려고 왔습니다. 먼저 한 수 지도 좀 해 주십시오."

적어도 한국에서는 알아주는 대그룹 회장에 송미정 아버지다. 그런 그의 이런 겸손에 윤화중은 마음이 놓였다. 청바지 건이며 새로 창설할 꿈이 있는 탁구팀에 대한 대화가 진솔하게 열릴 수 있다는 안도감이다.

송 회장은 생활체육 4부 상위라 했다.

윤 관장은 그를 비워놓은 탁구대로 안내해 갔다. 라켓은 김택수 펜홀더에 모리스토 2000을 가지고 있는데 이 정도면 국내 최고의 조합이라 할 수 있다.

"몸을 먼저 푸셔야지요?"

윤 관장이 라켓을 들고 왔다.

"아……아닙니다. 그저 저와 비슷한 실력을 가진 사람이면 됩니다. 관장님은 부담스러워서요……ㅎㅎㅎ."

결국 총무가 나섰다. 2부 상위권이니 잘 맞춰주면 재미있을 것이다.

하지만 4부라는 것은 딸이 본 평가절하의 평가다. 딸에게서 배운 그의 실력은 2부 수준은 되었다. 미정이의 친구들이 놀러 오면 아버지와 집에 설치된 탁구대에서 쳐 드린다. 아니면 미정이가 교정해 주며 상대해 준다. 그러니 제대로 배운 탁구인 셈이다.

송미정 아버지가 찾아왔다는 소문이 금세 구장에 퍼졌다. 어제처럼 정규회원들이 총무와 송 회장의 탁구대를 둘러쌌다.

'어케 된 겨야…… 어제는 청바지가 나타나 송미정 사진을 걸고 시합하더니 오늘은 송 회장이 직접 나타나?'

'송미정 아버지도 탁구를 쳐? ……하기야 딸이 스타니—.'

"총무님이라고 하셨나요? 봐주기 없습니다. 져도 좋으니 편하게, 실력껏 쳐주세요. 탁구장에서 치는 게 오랜 만이라 저도 긴장되군요……허허허—."

총무와 송 회장이 탁구대에서 마주섰다. 정말 희한한 게임이다.

어제처럼 회원들과 윤 관장이 침을 꼴깍 삼켰다.

송 회장이 먼저 서비스를 넣는다. 공이 손바닥에서 튀어 올라갔다. 그리 높지도 얕지도 않은 높이다.

떨어지는 공을 강력한 하회전으로 찔러 넣었다.

총무는 아차 싶었다. 아무리 송미정 아버지라 해도 4부 정도의 서브는 쉽게 받을 수 있다. 헌데 공은 마치 같은 2부의 어려운 공처럼 강력하게 밀고 들어왔다.

'이거 장난이 아닌데—.'

기자들과 인터뷰를 마친 송미정은 명동으로 나갔다. 역시 허름한 바지에 요즘 유행하는 폐기엔코 점퍼 차림이다. 내일 크리스마스이브는 강신호와 약속이 되어 있다. 오늘 만날 친구들은 고등학교 시절부터 짝꿍인 친구들이다. 속마음을 털어놓을 수 있는 유일한 친구들이다. 귀국기념 및 성탄 축하 모임이다.

친구들은 이브에 만나자고 하지만 오늘밖에는 시간이 없다.

성탄 휴무가 끝나면 하루빨리 오빠를 찾아야 하고 훈련에 돌입해야 한다. 시간이 너무나 촉박하다.

'제길…… 오빠와 보내야 할 이브를 강신호와 보내야 하다니…….'

쓸쓸한 마음을 지울 수 없다. 더구나 돈 때문에 사라졌다니 얼마나 마음고생이 클까? 왜, 털어놓고 말하지 않았을까? 그까짓 돈이 무어라고…… 내게 그 이상의 재력이 있다는 걸 모른다면 몰라도 잘 아는 오빠 아닌가…… 하기야 내가 문제지. 내 배가 부르다고 오빠 배고픈 걸 모르다니…… 내 잘못이야. 내 잘못이 크다고…….

명동 친구를 만나러 가는 그녀의 발걸음은 무겁기만 하다.

남편도 없고 딸도 없다.

미정이의 엄마 최영심 여사는 둘이 나가기 무섭게 전화기를 붙잡고 늘어졌다.

　사윗감을 점찍어 놓은 강신호에게 거는 전화다.

　"날쎄 미정이 에미야……."

　"아니 어머님, 이 시간에 웬일이세요?"

　"걱정이 돼서 걸었네…… 낌새가 안 좋아……."

명동 미리내 카페

미리내 언니.
이 이름은 명동 중심가의 '미리내 카페' 경영자의 닉 이름이다.
본명은 김문희인데 카페 이름을 따서 미리내 언니라고 부른다.
미리내가 무엇을 뜻하는지 아는 사람은 아무도 없다.
미리내가 뭐냐고 물어도 대답한 일이 없다.

명동 미리내 카페

1

미리내 언니.

이 이름은 명동 중심가의 '미리내 카페' 경영자의 닉 이름이다. 본
명은 김문희인데 카페 이름을 따서 미리내 언니라고 부른다. 미리내가
무엇을 뜻하는지 아는 사람은 아무도 없다. 미리내가 뭐냐고 물어도
대답한 일이 없다.

이 카페에는 체육계 인사들이 많이 찾는 아주 특별한 곳인데, 옛날
부터 체육인이 많이 찾는 이유가 있다. 원래 이 자리는 1960년대 이태
리 벤베누티를 누르고 세계 복싱 미들급 한국 초대 챔피언이 된 김기
수 씨가 '챔피언'이라는 다방을 차려 시작된 곳이다.

이후 많은 체육인들이 이 자리에서 이런저런 영업을 해 온 자리다.

김문희 언니는 80년대 날리던 탁구인이다. 그녀 역시 당대 야구선수
이던 지금의 남편과 결혼했고, 이 자리에 '미리내'라는 카페를 차린
것이다.

미리내 카페에 들어서면 운동 냄새가 물씬 풍긴다. 한국 최초 세계 복싱 챔피언 김기수 씨가 사용하던 글러브와 사진이 진열되어 있고 그 옆에는 불출세의 영웅 홍수환 씨의 사인이 있는 사진과 권투화가 있다. 옆에는 야구 1인자 박찬호와 이승엽의 글러브가 보인다. 그 옆에는 차범근, 박지성의 축구화와 운동복 상의가 걸려 있다.

맨 끝에 탁구인의 사진과 라켓이 진열되어 있는데 이 에리사 여사, 현정화 씨의 사진과 라켓이 진열되어 있다. 그리고 그 끝에 송미정의 사진과 탁구복이 걸려 있는데, 이 사진이 청바지가 얻어간 바로 그 사진이다.

송미정의 기념품이 걸리기에는 아직 이르지만 그녀의 스타성과 또 김문희 씨와의 특별한 관계 때문에 걸리게 되었다. 김문희 씨는 송미정의 모교인 대전 호수돈여고 탁구부 선배인 것이다.

이 모든 기념품은 미리내 언니와 그녀의 남편 인맥이 동원되어 얻게 된 것이다.

카페 구석에 라운드테이블이 있고 여기에 젊은 여성 몇몇이 연신 시계를 들여다보며 수다를 떨고 있다. 그리고 마침내 문이 열리고 패딩 점퍼 차림의 송미정이 문을 열고 들어섰다.

"야, 미정이다. 여기야 여기―."

그들이 손을 휘저으며 미정이 이름을 불러댔다.

미리내 언니도 일손을 멈추고 달려갔다.

"네 친구들 많이 기다리고 있었어…… 그래 중국엔 잘 갔다 왔고?"

미정이도 다소 흥분한 표정으로 언니를 끌어안았다.

"언니 잘 계셨었죠?"

"그럼! 자, 어서 가 봐―."

송미정이 친구와 약속한 자리가 바로 이 '미리내 카페' 다.

그녀가 친구들과 합세했다.

"자, 오늘은 내가 한턱 쏠 테니 걱정 말고 놀아—."

송미정의 귀국기념, 그리고 생일기념, 여기에 크리스마스까지 겹친 아주 의미 있고 즐거운 자리다. 원래는 내일인 이브에 만나길 원했지만 마침 송미정이 강신호와 데이트 약속이 있어 오늘 이뤄지게 되었다.

미리내 언니까지 합세한 자리는 단연 축제 분위기다.

탁구 이야기로 시작되더니 당연스러운 듯 청바지 오빠와 강신호 박사로 옮겨갔다.

"그래 그 청바지 오빠는 찾았니?"

미리내 언니는 단연 청바지 편이다.

"아뇨? 하지만 오래 숨어 있지는 못할 겁니다. 주위에서 많은 분들이 찾아주기로 했거든요…… 절대 탁구대 앞을 떠나지는 못하니까요……."

"암 그래야지…… 빨리 오빠 찾아 훈련 시작하고 후년 금메달 따야지…… 내가 이루지 못한 꿈을 미정이가 이뤄 줘. 나도 베이징까지 가서 응원할 테니까."

"물론 그래야죠, 언니…… 언니를 위해서라도 꼭 중국을 꺾고 말겠어요."

와인으로 축배의 잔을 들고 김문희 언니는 자리를 피해 주었다.

언니가 떠나자 다시 청바지 이야기로 돌아갔다.

친구들 대부분은 강 박사 편이다.

"물론 청바지 오빠도 좋은 분인 건 맞아…… 하지만 아빠 생각도 해야지…… 그 엄청난 기업을 누구에겐가는 물려줘야 할 거 아냐? 강 박사가 딱 아냐?"

"그래 미정아, 마음 고쳐먹어…… 지금은 오빠가 좋겠지만 세월 더 가면 너도 후회하게 될 거야."

"미남에다 능력 있고…… 너 좋아하고…… 그만하면 됐지 뭘 더 바라니…… 결혼은 비슷한 사람끼리 해야 맞는 거야……."

맞는 말이다. 하지만 미리내 언니를 보라…… 같은 스포츠인끼리 만나 얼마나 행복하게 살고 있는지? 그리고 결혼은 내가 하는 거지 기업이 하는 게 아니지 않는가? 또 엄마나 아빠가 하는 것도 아니고…… 결혼은 내가 내 행복을 찾아가는 거야…….

"강신호 씨가 그렇게 죽어라 싫은 건 절대 아냐. 하지만 난, 청바지 오빠를 사랑해. 그게 중요한 거야…… 내일이 그 문제를 결정하는데 고비가 될 거야…… 강신호 씨와 이브를 같이 보내기로 했는데…… 내가 생각이 있어 그런 거야…… 기다려 봐. 그리고 그보다 먼저 오빠를 찾아 빨리 훈련에 돌입하는 게 바쁘고…… 정말 오빠 도움 없이는 아무것도 못하겠어. 마음이 잡히질 않아…… 설혹 강 박사와 결혼한다고 해도 마음은 오빠가 지배하고 있을 거야…… 난, 그게 싫은 거라고."

내일…… 크리스마스이브는 강 박사와 이곳 명동에서 보내게 될 것이다. 내일…… 바로 내일 밤!

"그러니까 강서방. 내 말 똑똑히 들어…… 미정이 놓치면 강서방은 바보야…… 오늘 시간 내서 미정이 선물 준비해. 남자 같은 애지만 여자는 여자야…… 여자 마음 사로잡는데는 선물이 제일이고 그중에도 보석이 제일이야. 미정이가 돈이 없는 건 아니지만 보석에 안 넘어가는 장사 없는 게야…… 미정이가 아직도 걔 광진이를 잊지 않고 있어. 귀국했으니 광진이를 찾아낼 거야. 그럼 자넨 늦어…… 내일 마음을 사로잡으란 말이야. 내가 적극 지원할 테니…… 알았지 강서방?"

"네, 어머님. 너무 걱정 마세요…… 설마한들 탁구밖에 모르는 털털이한테 빼앗기겠어요?"

"가서 당장 다이아 반지나 미정이가 좋아하는 스포츠 카 한 대 계약해서 건네줘. 난, 반지나 목걸이가 낫겠다…… 한 천만 원 정도 선에서 구해. 당장 돈 없으면 내가 줄 테니."

"아닙니다…… 그 정돈 걱정하시지 않아도 됩니다."

"그럼 전화 끊고 빨리 주선해. 늦지 말고."

최영심 여사는 강신호와의 통화를 끝냈다.

걱정이 너무나 컸다. 광진이 잊어버리라고 사진을 없앴는데 그것 때문에 난리친 미정이 아닌가?

결코 광진이를 쉽게 포기할 미정이 아닌 게 분명했다. 그래서 걱정이 더 큰 엄마다.

수화기를 내려놓은 영심이 여사가 혼자 한심스럽다는 듯 욕지거리를 퍼부었다.

"이런 미친년이 있어? 강서방 같은 남자를 또 어디서 만나? 우라질년…… 공부 안 하고 탁구 시작할 때부터 알아봤어…… 에구 집구석이 뭐가 되려고 이러는지 모르겠어…… 게다가 애비까지 탁구채를 집에서 휘둘러 대니…… 원 꼬라지들 하고는? 쯧쯧쯧."

혀를 차던 그녀가 화풀이를 하려는지 위스키를 꺼내 들었다.

"내가 맨정신으로는 살 수가 없다니까? 이모!(가정부를 그녀는 이모라고 부른다) 마른안주 좀 준비해 줘ㅡ."

8:11

1회전은 총무 승리로 끝이 났다. 아무래도 경험이 적은 송 회장이 불리했던 것이다.

2회전을 시작하기 위해 손바닥에 공을 올려놓던 송 회장이 갑자기 허리를 펴며 장선홍을 바라보았다.

"저, 아까부터 기억하려고 애썼는데…… 내가 아는 얼굴이란 말야…… 혹…… 실내 디자이너…… 장……장 형 아닌가요?"

장선홍이 깜짝 놀라 송 회장을 바라보았다.

송 회장이야 익히 아는 바이지만 그가 자신을 알아본다는 건 상상 밖의 일이기 때문이다.

"네, 그…그런데요…… 절, 어떻게……."

"탁구장 설치도 많이 하지 않았던가요?"

"예, 맞아요. 근데 회장님이…… 절, 어떻게……."

"자, 이 시합 끝내고 얘기 좀 하자구……."

그가 다시 공을 노려본다.

2

송미정은 까마득하게 모르고 있었다. 명동 '미리내 카페'에서 친구들과 수다를 떨고 있을 때, 아버지가 '윤화중탁구교실'에서 2부 회원과 탁구를 치고 있으리라고는. 그리고 탁구 앞일에 대해 윤화중 대선배와 의견 교환이 있으리라고는…….

송 회장은 딸에게서 배운 서비스를 모두 동원했다.

좌 횡회전 쇼트 서비스, 너클성 롱/쇼트 서비스, 무회전 강타 서비스 그러나…….

그건 마음뿐 막상 탁구장에 와 상대를 앞에 놓고 시합을 하니 공이 말을 제대로 듣지 않는다.

'이거 잘 되던 건데? 왜 안 되는 거야.'

지금까지는 딸이나 딸의 동료들이 잘 봐주며 공을 넘겨주었지만 지금은 그가 신화 회장이든 대통령이든 관계가 없다. 총무가 송 회장을 봐줄 리 없다. 그러니 마음대로 안 되는 거다.

탁구대 앞에서는 잘 치는 게 왕이다.

상대가 재벌이든 서울대 총장이든 대통령이든 아무 관계가 없다. 봐주기는 아주 하수 아니면 어림도 없다.

송 회장은 이 서비스는 받지 못하겠지. 하며 넣어도 상대는 요령껏 받아내 오히려 서비스를 넣고도 당황해한다. 옆에 딸 미정이가 있었다면 얼굴이 벌게지게 야단맞았으리라.

"아빠— 그렇게 받으면 어떡해. 라켓을 좀 더 세워—."

"그러게 더 연습하고 시합하라 했잖아—."

"아이구 아빠, 겨우 그거밖에 못해?"

세상에서 제일 무서운 미정이의 목소리가 옆에서 들리는 것만 같다. 그러니 더욱 경직된다.

그렇다. 탁구는 그렇게 하루아침에 이뤄지는 게 아니다. 흘린 땀과 시간을 투자한 만큼 치는 것이다. 물론 소질이 있는 사람과 없는 사람 차이는 나겠지만…… 그래도 온 힘을 기울여 노력하는 자에게는 당해내지 못하는 게 이 탁구다.

송 회장은 자신의 실력 부족을 뼈저리게 느끼고 있었다.

'아무리 사업이 바쁘더라도 제대로 된 2부까지는 올라가야겠군.'

송 회장은 엄밀히 말해 3부 중간 정도는 되는 실력이다. 그러니 한 단계 올라가기가 얼마나 어려운지를 비로소 깨달은 것이다.

옆에서 지켜보고 있는 윤화중 관장의 머리는 엉뚱한 곳에서 맴돌고 있었다.

송 회장의 방문 목적은 분명 신화그룹 탁구팀 창설 때문일 것이며 미정이를 생각한다면 그의 의지는 확고부동하리라.

실업팀이 창설되고 어느 정도 안정이 된다면 탁구의 저변 확대를 위해 이 실업팀과 생활체육 탁구와 활발한 교류를 하리라. 엘리트와 생체 탁구인이 거리를 두지 않고 어울리면 생체 탁구도 크게 발전할 것이다. 그는 오래 전부터 그걸 생각해 왔다. 그리고 세미프로 창설에도 힘을 기울이리라.

이것만이 한국 탁구가 발전하는 길이며 송 회장이 조금만 더 투자해 준다면 유소년 탁구 천재 발굴에도 힘을 쏟으리라. 그렇게만 해 준다면 가까운 미래에 신화 탁구클럽에서 반드시 세계 제패의 선수가 배출될 것이다.

이건 변함없는 윤 관장의 철학이다.

이번에도 11:6으로 송 회장이 패했다.

그리고 너무 힘이 들었다. 그가 라켓을 놓으며 총무의 손을 잡았다.

"잘쳤습니다, 제가 졌습니다."

"아닙니다. 실력이 대단하십니다. 저와 한 게임 해 주셔서 영광으로 생각하겠습니다."

라켓을 놓은 송 회장이 비로소 생각난 듯 장선홍을 바라보았다. 그가 웃으며 악수를 청했다.

"이제 생각나는군요. 실내 장식이 전문이죠? 특히 탁구장에 애정를 쏟고 있다고요……."

"그걸 어떻게……."

"아, 월간탁구에 인터뷰한 기사를 전에 읽은 기억이 나서요……."

윤 관장이 휴게실로 안내했고 살림을 도맡아하고 있는 김애경, 이현주 회원이 차를 끓여 대접했다.

차를 마시며 장선홍 사장에게 설명을 계속했다.

"사실은 신화그룹 체육관을 짓고 있습니다. 우선 탁구훈련장을 먼저 짓고 있는데 장 사장님이 인테리어를 맡아주셨으면 해서요."

"제게요? 그럼 영광이지요."

"지금 골조는 마쳤습니다. 전기시설과 마무리가 끝나면 실내 인테리어에 들어갑니다. 몇 군데 희망자가 있지만 탁구장은 탁구인이 하는 게 원칙이라 생각합니다. 부탁합니다."

기분이 좋다. 세계 최고의 탁구장을 만들어 드리리라.

"자, 전 윤 관장님과 할 얘기가 좀 있어서요."

"네, 말씀 나누세요!"

장선홍 사장과 김애경 회원과 이현주 회원이 나가자 송 회장이 이현주를 가르키며 말했다.

"저분 스매싱이 대단하던데요? 첨 오면서 눈에 확 띄더라구요."

"그러셨어요? 여자 2부인데 좀 맵죠. ㅎㅎㅎ."

"좀 매운 정도가 아니라 아주 깔끔하고 맵던데요 뭘. 그런데……."

그가 휴게실 창밖을 바라보며 말했다.

"제 딸 미정이 사진이 없네요. 제가 하나 구해 드릴 테니 걸어놓으면 영광이겠습니다."

"아, 네네……."

윤 관장은 머뭇거릴 수밖에 없었다. 지금은 청바지 이야기를 꺼낼 단계가 아니다.

"자, 그건 그렇고……."

"자, 그건 그렇고. 내가 청바지 오빠를 선택하려는 건 나는 다른 사람들 입장과 다르기 때문이야. 내가 가정 형편이 어렵고 또 후에 남편에게 의지해서 살아가야 한다면 강 박사를 포기하는 게 쉽지 않겠지 하지만 난, 힘이잖아…… 이건 현실적인 얘기야. 오해는 하지 말아줘. 난, 사랑을 원해…… 강 박사 사랑을 의심하는 게 아니라 내가 누구를 사랑하느냐가 중요하다는 거야…… 아빠 기업은 아빠가 알아서 하시는 거고. 내 결혼은 내가 알아서 하면 돼. 엄마가 결사반대지만…… 생각해 봐. 내가 아기 때 기어다니다가 내 힘으로 일어서서 걷기 시작했어. 아빠 엄마가 넘어질까 보호는 했겠지만 두 손 두 발로 기던 내가 두 발로 일어선 건 내 자신이었어. 이젠 나 혼자 일어나 걸을 때라고…… 엄마도 내가 일어서서 걷기 시작하는 걸 말릴 수도 없고 말려서도 안 된다고 생각해. 세계선수권대회 우승과 올림픽 금메달을 따면 바로 결혼할 거야…… 청바지 오빠에게…….”

“우리 신화그룹이 탁구부를 창설합니다. 여러 가지 준비가 필요하겠지요…… 전, 윤 관장님께서 이 창설을 전적으로 맡아주시면 감사하겠습니다. 거절하지 마시기 바랍니다.”

“선배님으로부터 들어 알고 있습니다…… 하지만 저도 조건이 있습니다.”

“조건은 없습니다. 무조건 지원, 전적인 권한 부여…… 이것뿐입니다. 경제 지원을 위한 인원 하나만 제가 선발하고 나머지는 전권 부여입니다.”

“누구를 스카우트하던 제 뜻에 따라주어야 하십니다.”

이건 청바지 최광진을 염두에 둔 말이다. 그의 실력이라면 조금만 트레이닝시키면 충분하리라. 하지만 가정에서 반대할까 못을 박은 것이다.

“그야 당연하지요.”

"창설 3년 내에 국내 실업팀 1위를 만들어 놓겠습니다. 탁구인들 사정이 열악합니다. 선수들 국내 최고 대우해 주시고 트레닝 감독도 최고로 선발하겠습니다."

말하자면 단장은 윤 감독이 맡아 총 지휘하고 팀 훈련 감독인 실질적인 트레이닝 감독을 말하는 것이다.

사상 최고의 거액과 대우를 조건으로 현정화 후배와 유남규나 김택수 후배에게 욕심을 내고 있었다.

"탁구팀 창설 얘기까지 나온 판에 뭔들 아끼겠습니까? 단 미정이는 쓰셔야 합니다?"

"ㅎㅎㅎ, 그거야 제 마음이지요. 단장인 제가 달라면 주시겠습니까?"

"안 데려가면 섭하지요. ㅎㅎㅎ."

대화는 순조롭고 화기애애한 분위기에서 진행되고 있었다.

송 회장은 세계 최고 탁구클럽을 꿈꾸고 있었다. 그건 회사 이미지에도 막대한 영향을 줄 것이다.

"하여튼 지금은 청바지 오빠가 정말 필요해. 찾기만 하면 당장 훈련에 돌입할 거야…… 내년 5월에 아버지가 짓고 있는 탁구회관이 완공돼. 거기서 왕난과 친선시합을 할 거야…… 난, 아버지와 오빠를 위해서라도 승리할 거야. 이번 중국 유학도 그래서 시도된 것이고. 전에 왕난에게 질 때의 내가 아냐…… 난, 현정화 선생님의 뒤를 잇는 게 마지막 꿈이니까?"

미리내 카페에서의 대화는 사뭇 진지하게 이어지고 있었다.

갑자기 또 청바지 오빠가 보고 싶었다.

'찾아야지. 찾고 말 거야…… 한국 여자탁구를 다시 세계 최강으로 만들 거야. 이에리사 정현숙 현정화 선생님 뒤를 이을 거야…… 오빠 빨리 나타나 줘— 응?

3

미리내 카페 분위기는 무르익어 갔다. 강신호를 지지하는 파와 청바지를 지지하는 파가 갈려 열띤 토론을 벌이고 있다. 이 토론에 미리내 김문희 언니가 참여하지 않았다면 계속 이어져 갔을 것이다.

미리내 언니는 선수 출신이다. 또 미정이를 끔직이 아껴준다. 물론 미정이를 둘러싼 두 남자에게 흥미가 없는 건 아니지만 역시 그녀의 관심은 중국 탁구다.

"자, 그건 그렇고. 그래 중국 탁구는 어땠는지 말해줘 봐. 그쪽 분위기며 훈련방법, 그리고 그들 실력 같은 거 말이야—."

"아, 네 언니—."

중국 탁구는 한마디로 공포의 대상이다. 저변 인구는 말할 것도 없고 실력 또한 절대적인 세계 1위다.

한국 탁구가 세다고는 하지만 중국에 비하면 그야말로 새발의 피다. 남자탁구는 그래도 세계 2위의 명맥을 유지하고 있지만 여자탁구는 엄밀히 말해 세계 5위 수준을 유지하기도 벅찬 실정이다.

현정화, 양영자 이래 계속 추락해 오고 있는 실정이다. 곽방방처럼 중국이나 홍콩에서 수입해 오지 않으면 한국 여자탁구는 지리멸렬하여 존폐의 위기에 빠지게 될 것이다.

송미정이 한국 여자탁구의 꿈이기는 하지만 선수층이 너무 얇고 훈련 기반이 마련되어 있지 않다. 세계 랭킹 13위의 김경아나, 21위의 박미영, 33위의 이은희로는 절대 중국의 장이닝이나 왕난, 궈예를 따라잡지 못한다.

"혁신적인 발전 계획이 없다면 한국 탁구는 장래를 보장할 수 없습니다. 꿈나무 육성이 절실히 필요하고 더 많은 탁구인이 중국 유학을 해야 합니다. 마치 축구 꿈나무들이 일찍 브라질이나 프랑스, 영국으로 유학하듯 말입니다. 그리고 누군가가 탁구를 위해 투자해야 합니다. 누가 뭐래도 옛날 신진자동차 김창원 회장님이나 동아그룹의 최원석 회장님이 탁구를 맡아 일하실 때에 탁구가 활기도 넘쳤고 세계 제패도 했습니다. 그런 지원이 필요한 겁니다. 또 중국 선수들은 정신무장도 잘 되어 있습니다. 정말 탁구화가 땀에 젖을 정도로 훈련하는데, 만일 우리 선수들 그렇게 훈련시키면 다 도망갈 겁니다. 저는 기술도 많이 배우고 훈련도 많이 했지만 가장 큰 소득이 있었다면 정신 무장일 겁니다."

"왕난은 어땠어? 전에 친선게임 해 봤잖아—."

"왕난이나 장이닝은 타고난 선수입니다. 하지만 진짜 두려운 선수는 궈예입니다. 제가 장이닝을 상대로 도전장은 냈지만 베이징올림픽에서 제 진짜 적은 궈예가 될지도 모릅니다. 제가 장이닝에게 공개 도전장을 낸 것은 제가 궈예를 모르고 있다는 것을 알리기 위해섭니다. 제가 올림픽에서 금메달을 따려면 궈예를 넘지 않으면 불가능합니다. 전, 중국에서 장이닝을 목표로 훈련한 게 아니라 궈예를 가상으로 훈련했습니다. 그녀는 내게 방심하고 있을 겁니다."

그렇다. 송미정을 세계 탁구계가 잘 모르고 있듯, 궈예도 아직은 눈여겨보는 사람이 없다. 하지만 2007년이 되고 2008 베이징올림픽이 가까워지면 여자탁구의 시선은 바로 한국의 송미정과 중국의 궈예, 장이닝, 왕난에게로 옮겨가게 될 것이다. 송미정이 일찍 궈예에게 시선을 옮긴 것도 아버지 영향으로 얻은 첩보 분석 때문이다.

내년 5월 왕난과의 두 번째 친선 시합은 그리 중요하지 않다. 오히려 전력을 감추는 방법이 될 수도 있다.

"궈예가 그렇게 무서운 신예인가?"

"예, 제 목표는 그 친구입니다. 결코 장이닝이 아닙니다. 중국은 지금 그걸 모르고 있습니다. 그래서 언론이 더 흥분하게 만들고 있는 겁니다. 송미정 대 장이닝 구도로 몰고 가다가 불쑥 궈예 카드로 내밀 작전입니다. 제가 속지 않는 거 뿐이지요."

문희 언니가 잠시 생각에 잠기더니 머리를 크게 끄덕였다.

"음, 그래서 장이닝에게 공개 도전한 거로구나?"

"네, 언니―."

"그럼 그쪽 실력은 파악된 거야?"

"궈예 쪽은 방심하고 있겠죠. 하지만 모든 초점이 그녀에게 가 있고 정보도 계속 들어올 겁니다. 이 뒷바라지를 중국의 아버지 라인이 해 주고 있어요."

"그럼 하루빨리 훈련을 재개해야겠구나. 청바지 오빠도 빨리 찾고."

"예, 저도 마음이 급해요. 하지만 여러 군데 손을 써놓았으니 오래 가지는 않을 겁니다."

"내, 선배로 하는 말인데 지금 네게 가장 중요한 것은 결혼이 아니라 금메달이야. 오빠 찾거든 사적인 감정은 잠시 접어두고 오빠와 훈련에만 집중해! 네가 금메달만 따면 모든 건 자연스럽게 해결돼. 네가 원하는 대로…… 하지만 메달을 따지 못하면 네 엄마가 결혼 문제를 주도하게 돼. 그럼 네 마음대로 할 수 있는 건 아무것도 없어. 무슨 말인지 알지? 죽더라도 금메달 목에 걸고 죽어. 이건 선배로서 하는 말이야."

"고마워요 언니. 정말 고마워요."

"세상에 여자로 태어나서 운동하느라 그 꽃다운 나이에 화장 한번 제대로 못해 보고 연애 한번 못해 보는 게 우리야. 하지만 올림픽이나 세계선수권에서 금메달 따 목에 걸면 화장이나 연애 따위는 걸레만도 못하게 느껴지지. 그런 보람 없다면 뭣 때문에 운동해. 그러니 죽어라 훈련해!"

"알겠습니다. 명심하겠습니다."

밴드 음악소리와 술 마시며 떠드는 사람들로 충주 수안보 나이트클럽은 소란스럽기 짝이 없다. 청바지 최광진과 조이풍, 그리고 충주 유지들은 흥겨운 밤을 보내고 있다.

그들이 신나게 노래하며 시간을 보내고 있을 때, 충주의 탁구장 관장은 뭔가를 골똘히 생각하고 있었다.

조이풍이야 '핑퐁조아'로 이미 그 명성이 널리 알려져 있지만 그와 같이 시합한 청바지는 도저히 감이 안 잡히는 인물이다. 그런데 바로 오늘 낮 월간탁구의 한인수 사장이 메일을 보내왔다.

털털하고 얼굴 균형이 잘 잡힌 사내의 얼굴 사진과 이름이 올라왔는데 이 인물을 찾는다는 것이다.

이름은 최광진이고 얼굴은 배우 차태현처럼 수수하고 호감가는 인상이다. 이런 탁구인을 보거든 자신에게 바로 연락해 달라는 부탁의 메일이다.

오늘 낮에 찾아온 그 수염 덥수룩한 사내가 그와 같다. 비록 수염이 나 있기는 하지만 수염을 깎아낸다면 한인수 사장이 찾는 인물과 똑같다.

그는 주머니를 뒤져 조이풍 씨의 명함을 꺼내들었다. 그리고 휴대전화로 그를 찾았다. 40여 초가 지난 뒤에야 그의 목소리가 들려왔다.

'예, 저 조이풍인데요. 누구시죠?'

"아, 저 충주탁구장 관장입니다. 오늘 낮에 뵈었던—."

"관장님? 마침 잘 되었네요. 바로 오세요. 오늘 같이 한잔하게요—."

"저, 그게 아니고…… 오늘 같이 운동하신 그분 그 고수님 말이예요…… 혹 성함이 뭔지 아시나 해서요."

"아, 최광진 씨라고 하던데요? 그런데 무슨 일이라도?"

"아닙니다. 됐습니다. 감사합니다. 저도 합석하면 좋겠지만 좀 일이 있어서요. 그럼 담에 오실 때도 꼭 찾아와 주십시오. 감사합니다."

"월간탁구에서 왜 이 사람을 찾지?"

그가 머리를 갸우뚱이며 월간탁구를 찾아 그의 연락처를 찾아냈다.

송미정이 아침에 부탁한 청바지 오빠는 이렇게 저녁에 찾게 되었다.

휴대폰을 통해 예의 그 낮고 조용한 목소리가 들려왔다.

"예, 저 한인수입니다. 누구시죠?"

"여긴 충줍니다. 최광진 씨 찾는 메일 보내셨죠?"

한 사장이 깜짝 놀라 되물었다.

"그럼 찾으신 겁니까?"

'예, 오늘 여기서 조이풍님과 한 게임 했습니다."

"조이풍님과요? 허! 참 이거. 그래 그분들 지금 어디 있습니까?"

"예, 여기 유지 분들과 수안보에서 한잔들 하고 있을 겁니다. 최광진 씨는 충주에 있는 게 분명하고요."

"감사합니다. 조이풍님과는 가까운 사이니 제가 직접 전화해 보죠."

송미정의 판단이 옳았다. 전국 탁구장을 뒤지면 청바지는 반드시 나타날 것이라 했다. 그리고 이렇게 나타났다.

신세 한번 톡톡히 갚은 셈이다. 신화그룹에서 제공하는 광고가 큰 힘이 된다. 그 신세를 일부나마 갚게 된 것이다.

그는 조이풍과의 전화를 통해 청바지의 상태를 비교적 정확히 들을 수 있었다.

"그러니까 한국 탁구가 발전하기 위해서는 무엇보다 먼저—."

송미정이 한국 탁구 발전을 위해 열변을 토하고 있을 때 휴대 전화가 부르르 몸을 떨어댔다.

전화가 걸려온 것이다.

발신인은 한인수 월간탁구 대표다.

'어! 그럼— 찾은 거야? 오빠를?'

4

그날 밤!

수안보 나이트클럽의 청바지는 너무나 즐거웠다. 오랜만의 게임, 그리고 형으로 모시게 된 윤화중 대선배, 새로 사귀게 된 조이풍…… 실 따지고 보면 아무것도 변한 것은 없다. 자신은 여전히 돈에 노예가 되어 묶여 있고 예정된 미래는 아무것도 없다.

그래도 이렇게 즐겁고 행복했던 시절은 부친이 타계하시고, 손에서 라켓을 놓은 이래 처음이다.

기분이 좋아진 그는 맥주 한 컵을 들이킨 후 무대 위로 뛰어 올라갔다. 그리고 마이크를 잡았다.

그가 좋아하는 18번 '귀거래사'를 부를 작정이다.

"저, 못하지만 한 곡 뽑겠습니다. 김신우의 '귀거래사'를 불러 올리

젰습니다."

그러자 이번에는 조이풍이 다시 무대로 뛰어 올라갔다.

"최광진님이 노래를 부르시겠다면 나팔은 제가 불지요."

그리고는 악사 한 명에게 양해를 얻어 색소폰을 얻어 입에 댔다.

장내에서 박수 소리가 요란스럽게 들려왔다.

우—우—우—우

하늘 아래 땅이 있고 그 위에 내가 있으니

어디인들 이내 몸 둘 곳이야 없으랴

하루해가 저문다고 울 터이냐, 그리도 내가 작더냐

별이 지는 저 산 넘어 내 그리 쉬어 가리라

언제 배웠는지 조이풍의 악기 솜씨도 대단했다. 그 구성진 노래를 더욱 구슬피 불어댔다.

바람아 불어라, 이 내 몸을 날려주려마

하늘아 구름아, 내 몸 실어 떠나가련다

해가 지고 달이 뜨고 그 안에 내가 숨쉬니

어디인들 이내 몸 갈 곳이야 없으리

작은 것을 사랑하며 살 터이다, 친구를 사랑하리라

말이 없는 저 들녘에 내 님을그려 보련다

바람아 불어라, 이 내 몸을 날려주려마

하늘아 구름아, 내 몸을 실어 떠나 가련다

바람아 불어라, 이 내 몸을 날려주려마
하늘아 구름아, 내 몸 실어 떠나 가련다
우—우—우—우

노래가 끝나자 장내에서 앵콜 소리가 요란스럽게 터져나왔고 청바
지와 조이풍은 얼싸안고 우정을 과시했다.

두 사람이 무대에서 내려왔고 이때 전화가 걸려왔다. 바로 충주 관
장이 청바지 신원을 확인하기 위한 전화가 걸려온 시점이다.

충주 관장이 왜 청바지 이름을 묻는지는 알 수 없지만 굳이 그걸 알
려고 하지는 않았다.

노래를 끝내고 자리로 돌아온 청바지는 지금까지 어린 동생만 같던
미정이를 자신이 얼마나 사랑하고 있었는지를 비로소 깨닫게 되었다.
그의 마음 깊은 곳에서 미정이는 심장처럼 함께 살아가고 있었던 것이
다. 당장이라도 서울로 올라가 찾아가고 싶지만 그럴 수는 없다. 지금
은 있는 인내심을 다하여 참고 때를 기다리는 일밖에 할 일이 없다.

슬펐다. 그래서 다시 맥주 한 컵을 들이켰다.

명동 미리내 카페에서 월간탁구 한인수 사장과 통화를 하는 송미정
은 마음이 조급하여 견딜 수 없었다.

"그래 광진이 오빠가 충주에 있다고요?"

"네, 확실합니다."

"낼 충주엘 가봐야겠군요."

"미정 씨는 그냥 계세요. 제가 내일 사무실을 쉬니 제가 가 보겠습니
다. 저와 절친한 분과 같이 있습니다. 조이풍님이라고 그 유명한 탁구
사이트 '핑퐁조아'의 쥔장입니다. 가서 무슨 말씀 전해 드릴까요?"

"그분이 제가 찾는 광진이 오빠가 분명하다면 왜 갑자기 사라졌는지나 알아주세요. 문제가 있다면 제가 다 해결할 테니 비밀리 사연을 알아다 주세요. 혹 경제적 이유는 아닌지……."

그렇다. 오빠에게 문제가 있다면 돈밖에 없을 것이다. 오빠가 라켓을 놓고 사라질 다른 이유는 없을 것이다. 돈 때문이라면 얼마가 되든 상관 없다.

"알겠습니다."

"너무 많은 신세를 져서 어떡하지요? 한 사장님?"

"신세라니요. 그리고 전, 사장 소리보다 기자 소리가 훨씬 듣기 좋습니다. 앞으로도 한 기자라고 불러주십시오."

"그럴께요 한 사장님. 아이쿠 내 정신 좀 봐. ㅎㅎㅎ."

내일이 가기 전에 기쁜 소식이 올 것이다.

"뭐야, 좋은 일이라도 있어?"

미리내 언니의 질문이다.

"문희 언니! 넣이면 깜짝 놀랄 일이 생길 거예요. 자, 친구들아 사정은 묻지 말고 축배나 들자. 이 미정이에게 좋은 소식이 올 거다."

"치, 청바지 오빠라도 찾은 애 같구나. 좋아 부라보—."

12월 23일 밤은 그렇게 깊어가고 있었다.

"윤 감독님, 그럼 우리 신화그룹 탁구팀에 대한 구상이 끝나면 다시 만나기로 하죠. 연봉 문제, 팀 문제…… 할 일이 한두 가지가 아닐 테니……."

"알겠습니다. 그런데 참 회장님, 미정 양은 어떻게 지내시는지 아무래도 같이 상의할 일이 많을 거 같은데 여자팀은 따님이 에이스가 되어야 하니까요."

"아! 미정이, 내 전화번호 알려줄 테니 직접 만나 봐요. 아마 오늘은 친구들과 명동에서 즐기고 있을 겁니다. 사실은 중국에서 훈련하고 8개월 만에 어젯밤에 귀국했거든요. 마침 어제가 미정이 생일이기도 해서요―."

"네, 알겠습니다. 모든 역량을 다 바쳐 최고의 팀을 만들어 놓겠습니다."

송 회장이 이 정도에서 윤화중 감독에게 전권을 위임하고 돌아가기로 했다.

"미정이 만나면 할 일이 많으실 겁니다. 스케줄을 같이 짜 보세요."

그리고 굳은 악수를 나누고 두 사람은 헤어졌다.

윤화중은 참으로 감정을 추스리기가 힘들었다.

어젯밤에는 청바지가 찾아와 사진을 달라며 떼거지 쓰다시피 했고 기어이 호형호제를 약속했다. 그리고 그를 돌봐준 선배를 찾아 부천을 다녀온 게 오전이다.

그런데 밤에는 송 회장이 찾아와 탁구팀을 창설하겠다니 너무나도 급박한 상황에 정신을 차릴 수 없는 윤화중 관장이다.

'음, 청바지 문제를 먼저 해결해야 돼 그래야 다음 발자국을 뗄 수 있으니까……'

그는 송 회장이 알려준 송미정 전화를 휴대전화로 걸었다.

한동안 통화중이더니 마침내 연결이 되었다. 한인수 기자와 송미정의 통화 때문에 연결이 늦어진 것이다.

"네, 송미정인데요. 누구시죠?"

크리스마스이브를 하루 앞둔 23일 밤, 명동 미리내 카페에서 무슨 일이 벌어지고 있는지를 의식하고 있는 사람은 아무도 없었다. 송미정이야 꿈에도 잊지 못할 청바지 오빠를 찾게 되었지만, 이로써 그녀는 심기일전하여 운동에 매달릴 수 있게 되었고 이것이 침체되어 가는 한국 여자탁구에 엄청난 변화를 주게 되리라는 것을…… 또 이날 밤 신화그룹은 적어도 23년을 내다보는 패기만만한 탁구팀을 창설한다는 것을…… 그 중심에 윤화중 감독과 청바지 그리고 송미정이 있다는 것을 한국 탁구계는 물론 전 스포츠계는 알지 못하고 있었다.

그리고 이 시간, 한국 언론은 중국과 치열한 신경전을 벌이고 있으며 그 발단이 송미정에게 있다는 중대한 사실을…….

내일 아침이면 전국 언론은 중국에 대해 다시 한번 포화문을 연 송미정의 인터뷰가 대문짝 만하게 보도되고 장이닝과 왕난 그리고 중국 언론은 다시 송미정을 강력히 폄하하는 대응을 하리라는 것을 아는 사람이 별로 없을 것이다.

어쨌거나 송미정은 아직은 미확인이지만 충주에서 청바지 오빠가 나타났다는 정보만으로도 하늘을 나를 듯한 기분이었다.

그렇게 들뜬 그녀에게 연이어 또 한 통의 전화가 걸려왔다. 이 휴대폰 전화번호는 가족과 아주 가까운 친구들만 아는 번호다. 그런데 묵직하고 낯선 목소리가 들려온 것이다.

"누구신지―."

"전, 전에 국가대표를 지낸 윤화중이라고 합니다."

"네? 윤화중 선생님?"

이름은 들어서 안다. 후배가 선배를 모를 리 없다. 그러나 한번도 만난 일이 없는 대선배다. 그녀는 휴대폰을 손으로 막고 미리내 언니를 바라보았다.

"언니, 윤화중 선생님이라는데요?

"뭐? 윤화중 선배? 어디 바꿔 봐."

김문희 언니가 전화기를 받아들었다. 혹 장난 전화가 아닌가 해서다.

"윤화중님이라고요? 그럼 절 아시겠네요. 김문희인데요?"

"문희야? 나야 윤화중, 그럼 송양이 지금 명동 미리내에 있는 거야?"

"호호호, 어쩐 일이세요. 이 시간에 우리 미정일 찾고? 미정이 여기 있으니 잔소리 말고 명동으로 나오세요ㅡ."

귀에 익은 그 털털한 윤 선배의 목소리다.

"내가 가도 되는 거야? 혹 방해되는 건 아닌지ㅡ."

"아따, 언제 선배가 그런 걱정했나요? 오세요, 미정이는 내가 잡아둘 테니."

"좋아 그럼 금세 가지ㅡ."

그렇다! 만나는 것이 제일이다. 할 말은 많지만 오늘은 귀띔이라도 해 주어야 한다. 청바지가 왜 충주에 있으며 그가 왜 라켓을 접게 되었는지를……

그는 자리에서 일어났다. 아무래도 일이 술술 풀리는 기분이다.

윤 감독은 모르고 있다. 지금 막 청바지 최광진이 충주에 있다는 연락을 받았다는 사실을……

마포에서 명동까지는 그리 먼 거리가 아니다. 윤 관장은 택시를 이용하여 명동 미리내를 향해 쏜살처럼 달려갔다.

문을 열고 들어서자 김문희가 손을 흔들며 반겨주었다.

"여기예요 선배님ㅡ."

저쪽 구석진 큰 테이블에 서너 명의 여자들이 앉아 있는데 거기 낯익은 송미정 얼굴이 보였다. 정말 배우 장나라 닮은 귀엽고 예쁜 얼굴이다.

윤화중 대선배가 들어서자 모두 자리에서 일어나 맞아준다.

'자, 인사들 해─. 김완, 김기택 선배와 함께 한국 삼두마차로 불리우시던 그 유명한 윤화중 선배님이야. 그리고 여긴 선배님이 찾던 송미정이고 나머지 분들은 송 선수 친구분들이고─."

"안녕하세요? 제가 송미정입니다."

"반갑습니다. 자, 다들 앉으시죠─."

'음, 미정이구나. 아우 청바지가 못내 잊지 못하던……'

"오늘 너무 기분 좋네. 지금부터는 이 미리내 언니가 쏘는 거야. 맘껏 즐겨─."

술과 안주가 새로 들어왔고 송미정은 아직 영문을 모르는 채 대선배에게 술 한잔을 따라주었다.

"근데 절 찾으시는 이유가……."

"아, 사실은요. 조금 전까지 아버님 송 회장님과 같이 있었습니다."

"아빠와요?"

송미정 눈이 휘둥그레졌다.

"아빠와 같이 계셨다고요?"

"예, 하지만 지금 여기서 송 회장님과 만난 이야기를 다 드릴 수는 없네요. 제가 온 이유는 내 아우 때문입니다."

"?"

"내가 아우로 삼은 광진이 때문에 온 겁니다. 말해도 될까요?"

"네! 과─광─진이 오빠가 아우라고요? 어떻게 이런 일이─. 그럼 아빠와 그 얘기를 나누신 건가요?"

"아닙니다. 회장님과는 사업관계로 만난 겁니다."

그때서야 송미정은 어제 생일 파티 때 실업팀 창단을 위해 윤 선생님을 소개하겠다는 정현숙 선생님의 말씀이 기억에 떠올랐다. 그렇다면 실업팀 창설 때문에 만났을 것이다. 그러나 그보다 더 중요한 건 이 선생님이 청바지 오빠를 아우라고 부르는 것이다.

"말씀해 주세요. 알고 계신 게 뭔지―. 사실은 조금 전 광진이 오빠가 충주에 있다는 연락을 받았거든요?"

"예?"

이번에는 윤 관장이 놀라는 표정이다. 그럴 수밖에 없다.

"됐네요, 찾았으니. 그리고 좀 할 말이있는데…… 미정 씨에게…… 십분만 따로 할 얘기가 있습니다."

두 사람은 자리를 옮겨 앉았다. 이제부터 간단명료하게 상황을 설명해 줄 시간이다.

그 무렵 강신호는 단골로 다니는 귀금속점에서 크리스마스 선물로 미정이게 줄 다이아 반지를 구입했다. 1천 2백만 원짜리이다. 그리고 800만 원을 호가하는 모피코트도 구입했다.

기분이 좋았다. 장모님이 될 최영심 여사가 적극 밀어주고 있다. 최영심 여사에게 선물로 모피코트를 산 것이다.

'후후후, 장모님. 앞으로 모피코트가 문제가 아닙니다. 평생 장모님 업고 다니겠습니다.'

룰루랄라 휘파람이라도 불고 싶은 강신호다. 보석과 모피코트에 넘어가지 않을 여자가 세상 천지에 어디 있단 말인가. 장모님 말씀이 죽었다 깨어나도 진리인 것이다.

'보석에 안 넘어가는 여자는 없는 법이여―.'

"흐흐흐."

정말 유쾌하고 기분 좋은 저녁이다. 내일 저녁 이 목걸이는 미정이 목에 걸려 있게 될 것이다.

　"우―우―우―우, 하늘 아래 땅이 있고 그 아래 내가 있으니."

　같은 시간.
　동로 스승은 먼저 숙소로 들어갔고 조이풍과 청바지는 충주 유지분들이 마련해 준 숙소에 짐을 풀고 어깨동무를 하며 수안보 거리를 배회하고 있었다. 그리고 조금 전 나이트클럽에서 불렀던 '귀거래사'를 부르며 헤매고 있었다.
　아―아, 청바지는 모처럼 이렇게 행복한 시간을 보내고 있었다.

　"미정 씨―."
　마침내 윤 관장이 입을 열었다.
　"전, 강신호에 대해서도 잘 알고 있습니다."
　"강신호 씨를요? 강신호 씨는 광진이 오빠도 모르고 있는데―."
　송미정의 눈이 또 한번 휘둥그레진다.
　놀란 그녀는 열린 입을 다물지 못하고 있었다.
　"그럼 광진이가 왜 충주로 갔는지…… 왜 미정 씨에게 말도 못하고 사라졌는지를 말씀 드리죠."

6

명동 미리내 카페는 성탄 이브를 하루 앞두고 수많은 사람들로 북적이고 있었다.

그러나 김문희 언니는 장사는 뒷전이다. 오랜만에 절친한 대선배와 전도유망한 사랑하는 후배가 찾아왔으니 장사에 신경 쓰일 이유가 없다. 종업원 둘이 더 바쁘게 움직일 수밖에 없다.

"먹고 싶은 거 있으면 뭐든 시켜요 선배. 오늘 너무 신나는 날이니."

"고마워, 보답은 내 나중에 할게."

미리내 언니가 자리를 뜨자 윤화중 관장은 다시 말을 이어갔다.

"내가 원하든 원치 않든 난, 어제 오늘 이틀간 미정 양과 광진이 그리고 강신호에 대해 너무 많은 것을 알게 되었습니다. 그리고 그 중심에 내가 서 있게 되었습니다. 내가 송 회장님을 만났다면 그 이유는 대충 짐작하리라 믿습니다. 아버님은 신화그룹 실업 탁구팀을 창설하십니다. 전, 그 모든 책임을 맡게 되었구요. 학교 문제만 정리되면 물론 송미정 양이 에이스가 되어줘야겠죠. 남자팀은 제 안목으로는 최광진이 에이스가 되어줘야 합니다. 문제는 가정 문제입니다. 아니 송 선수에게 있습니다. 광진이를 스카우트해도 괜찮으냐 하는 겁니다."

"그렇게만 된다면야 저야 대 찬성이지요."

"광진이 오빠를 끔찍히 사랑한다는 것도 알고 있습니다. 그게 아직도 유효한지요."

"예, 전 오빠를 찾기 위해 사방에 손을 써놓았는데 운 좋게 방금 전 충주에 계시다는 걸 알아냈습니다. 마음 같으면 당장이라도 충주로 달려가고 싶지만 아직 확인된 게 없어서요. 내일이라도 소식이 오면 갈 작정입니다. 오빠를 찾으려요ㅡ."

"강신호 문제는 어떡하실 작정입니까?"

"그건 제가 알아서 할 겁니다."

"탁구인에게는 탁구가 제일입니다. 제가 인도네시아에서 있었던 아시아선수권전에서 우승할 당시 제 어머님께서 교통사고로 운명이 경각에 달려 있었습니다. 하지만 가족들은 제게 그 사실을 말하지 않았습니다. 제가 가장 유력한 우승 후보인데다 한국의 명예가 달린 문제였기 때문이었죠. 다행히 어머님은 기적적으로 살아나셨지만요. 한 나라를 대표하는 국가대표가 된다는 것은 그 만큼 영광이기도 하지만 또 그에 따른 막중한 의무도 생기는 겁니다. 지금 인간 송미정에게 가장 중요한 것은 광진이 오빠도 아니고 강신호도 아닙니다. 바로 베이징올림픽 금메달입니다. 광진이 아우가 옆에 있어야 훈련이 된다면 그렇게 하도록 하겠습니다. 그것이 또 광진이에게 도움이 될 겁니다. 광진이는 불행한 천재입니다. 전, 광진이의 집념과 실력을 어제 똑똑히 보았습니다. 천하의 부러울 것 없는 송미정이 왜 최광진에게 푹 빠졌는지 충분히 이해합니다."

"절, 이해해 주셔서 정말 감사합니다. 그런데 청바지 오빠가 충주에 있는 건 확실한 건지요. 또 별일은 없으신지요."

마음이 조급해 견딜 수가 없다. 이 대선배님 말씀에 감동은 받았지만 지금 당장 급한 것은 오빠의 일신상 문제다. 오빠에게는 돈이 없기 때문이다.

'정말 미정이가 광진이를 끔찍이도 생각하는군…….'

"네, 잘 있습니다. 그건 걱정하시지 않아도 됩니다."

그러나 윤화중의 고민은 지금 깊어만 가고 있다. 강신호가 준 1억 때문이다. 이 사실을 말할 시기가 지금인지 아닌지 갈등하고 있는 것이다.

또 한 가지는 청바지의 시력 문제다. 흔한 백내장 같으면 지금 한국 기술로는 쉽사리 치료되지만 만일 불치의 병이라면 그것도 문제다.

잠시 말을 멈춘 윤화중은 어떤 것이 현명한 생각인지를 놓고 생각에 잠기고 있었다.

그런데 불쑥 송미정이 이 문제를 꺼내 들었다.

"그런데 오빠는 왜 갑자기 사라진 겁니까? 제겐 아무 말도 없이…… 전, 그게 너무나 답답했어요. 물론 집안 사정이 돈 때문이란 건 나중에 알았지만 어쩜 제게 그렇게 내색 한번 안 하고요…… ."

"……."

"제가 오빠에게 세심한 배려를 못한 게 잘못이지만 오빠도 털어놓고 제게 말하지 않은 건 잘못이라고 봐요."

"미정 씨는 남자가 아니라서 모릅니다. 남자는 자존심으로 살아가는 존재입니다. 더구나 광진이도 미정 양이라면 목숨처럼 아끼는 사람인데 어떻게 돈 얘기를 꺼내겠습니까? 저라도 그렇게는 못했을 겁니다."

"하기야, 그 오빠 성격에…… 내 불찰이지요. 그래 요즘 어떻게 보내고 계시는 겁니까?"

"선배들이 돌보아 주어서 잘 있습니다. 됐습니다. 오늘 만나자고 한 건 미정 양이 아직도 광진이를 사랑하고 있는가? 하는 확인이었고요. 또 하나는 아버님의 실업팀 창설에 관한 문제를 알려 드리기 위함이었습니다. 다만 한 가지 당분간 가까운 시일 내에는 광진이 오빠를 만나지 못할 겁니다."

"네? 그건 또 무슨 말씀이신가요?"

"솔직히 말씀 드리죠. 신경을 많이 써서 그런지 아니면 이유는 모르겠지만 시력에 문제가 생겼습니다. 뭐 백내장 같은 거라면 간단히 치료되겠지만 아니면 어려운 일이 생길 수도 있습니다."

"그게 내가 오빠를 만나는 것과 무슨 상관이 있습니까? 전, 내일 충주로 갈 겁니다."

"충분히 이해하지만 그건 광진이가 원하지 않을 수도 있기 때문입니다."

그보다 더 큰 문제는 1억 문제다. 어쩌나 이 사실을 털어놓아야 하나?

그가 다시 술잔을 비웠다.

"누가 뭐라든 난, 충주 갑니다. 중국에 가서 장기 훈련할 때도 한시도 오빠를 잊은 일이 없었어요. 또 귀국해서 제일 먼저 한 일이 오빠를 찾는 일이었구요. 여기서 차를 몰고 두 시간이면 갈 수 있어요. 못 갈 이유가 없습니다."

"미정 씨 생각만 하지 말고 광진이 생각도 해 주세요. 그리고 제게 끝까지 비밀을 지켜주겠다는 약속을 해 주신다면 털어놓을 게 있습니다."

마침내 1억의 비밀을 털어놓기로 작심하고 하는 말이다.

7

송미정은 긴장된 얼굴로 윤화중을 바라보았다. 그가 뭔가를 말하려 하는데 선뜻 내비치지를 못하기 때문이다. 다른 문제가 또 있는 건 아닐까? 다시 오빠를 놓치는 건 아닌가? 그럴 수는 없지. 충주에 있다는 게 확인된 이상 이제 모든 문제는 해결된 셈이다.

시력이 나빠졌다지만 금방 장님이 되는 건 아닐 테고 기껏해 봐야

백내장 정도겠지.

"빨리 말씀해 보세요. 마음같으면 당장이라도 충주로 내려가고 싶지만 제가 오빠를 만나는 게 무슨 문제가 되는지……."

답답한 건 송미정보다 윤 관장이 더 하면 더 할 것이다. 강신호와 청바지의 선배 성길용 간의 약속 때문인데…… 그것도 남자들 간의 약속 아닌가? 하지만…… 아니다. 그 약속은 비겁한 일방적 약속이다. 깬다고 해서 명예에 흠이 갈 일은 아니다. 또 송미정이 그 정도는 갚아줘도 흔적도 없을 것이다. 그 돈 속에는 미정이의 탁구 인생도 포함되어 있기 때문이다. 청바지 오빠가 나타나 준다면 그녀는 당장에라도 행복한 마음으로 훈련에 돌입할 것이다. 그리고 무엇보다 시간이 없다.

"내가 무슨 얘기를 하던 흥분하거나 경솔히 움직이면 안 됩니다. 그 조건 하에 지금까지 송미정 양이 몰랐던 비밀을 말하지요."

"?"

"약속해 주십시오. 경거망동하지 않겠다고…… 그리고 끝까지 광진이에게 비밀로 해 주겠다고요…… 그리고 세상은 내가 더 많이 살아봤으니 내 의견을 존중해 주겠다고요."

"네, 선생님 약속하겠습니다."

"그럼 말씀 드리지요. 광진이가 사라질 무렵 그는 돈 문제로 엄청난 고통을 겪고 있었습니다. 아버지 수술비, 생활비 뭐 한두 가지가 아니었지요. 이때 누군가가 광진이에게 1억을 보조해 주었습니다. 말하자면 후원금인 셈이지요. 하지만 조건이 있었습니다. 다시는 탁구를 하지 않겠다는 거, 그리고 서울에서 사라지는 조건이었습니다."

"네! 탁구를 안 하는 것과 서울을 떠나는…… 누가 그런 말도 안 되는 조건을……."

"하지만 광진이로서는 거절할 수 없는 조건이었죠. 돈이 원체 급했으니까요."

'혹, 설마— 아니겠지…… 강신호 씨는 아닐 거야. 그럴 사람은 아니거든. 하지만 후원금도 아니고 쫓겨 가는 조건인데…… 강신호 아니면 누구겠어—.'

그녀의 똥그레진 눈은 작아질 줄을 몰랐다.

"혹, 강—강신호가— 그런 겁니까? 광진이 오빠도 그 사실을 알고 있고요?"

"맞습니다. 그런 조건을 제시할 사람은 강신호뿐이니까요. 하지만 광진이는 누가 돈을 주었는지는 모르고 있습니다. 광진이 선배 성길용을 통해 제시한 조건이었으니까요. 강신호는 송미정 양이 청바지 오빠를 좋아하는 것에 불안했고 빼앗기기 싫어했을 겁니다."

"허—허허허!"

그녀의 입에서 허탈한 웃음소리가 터져나왔다. 이제서야 전모가 밝혀졌기 때문이다.

"오빠를 겨우 1억에— 허, 기가 막혀서—."

"더 깊이는 모르겠지만 거기엔 미정 양 엄마도 개입되어 있으리라 봅니다."

"그러고도 남을 테지요. 어느 엄마가 돈 한푼 없는 운동선수에게 딸을 주려 하겠어요. 하지만 강신호 씬 비겁했군요. 차라리 페어 플레이를 했다면 훨씬 존경받았을 텐데."

"자, 이제 본질적 문제를 갑시다. 아까도 말했지만 지금 우리에게 중요한 건 돈도 아니고 사랑도 아닙니다. 탁구입니다. 5개월 후 왕난과의 친선시합, 그리고 국가대표로의 발탁, 베이징에서의 금메달 획득, 우리 신화그룹 탁구팀 창설— 이겁니다."

"제겐 금메달보다 오빠가 더 급합니다. 정말입니다. 오빠가 있어야 금메달이건 뭐건 해결됩니다. 선생님 말씀대로 경거망동하지는 않겠습니다. 어떻게 하면 이 문제를 현명하게 처리할 수 있겠습니까?"

"성길용 씨는 아시죠?"

"네, 압니다. 잘 압니다. 광진이 오빠 선배죠. 그분 식당에서 알바도 했으니까요."

"성길용 씨도 힘들겠지만 그분을 통해서 돈을 돌려주고 없던 일로 하는 게 좋겠습니다."

"그래야겠지요. 하지만 강신호 씨가 자존심 상해서는 안 될 겁니다. 그분 자존심 강해서 잘못하면 역효과가 날지도 모르니까요."

"그건 성길용 씨가 현명하게 처리할 겁니다. 그분에게 광진이가 받은 1억을 주실 수 있겠습니까? 그럼 모든 문제는 해결됩니다."

"그건 내일이라도 당장 해 드릴 수 있습니다. 더 필요하시면 말씀하세요."

"그거면 충분합니다. 누구든 상처 안 받는 방법을 모색하겠습니다. 광진이를 만나는 건 이 문제가 해결된 뒤로 물립시다. 저도 하루빨리 해결되어야 하니까요."

"훌쩍!"

송미정이 와인을 들이켰다. 갑자기 일어난 갈증을 견딜 수 없었다. 겨우 1억에 오빠가 라켓을 놓다니. 오빠가 1억 짜리밖에 안 된다는 말인가? 오빠만한 실력에 오빠만한 인격을 갖춘 사람이 어디 그리 흔하던가?

"금년도 8일밖에 남지 않았습니다. 난, 연말까지 이 문제를 해결되기 바랍니다."

"오빠 문제는 곧 끝내야 합니다. 당분간 엄마나 아버지에게는 비밀로 해야 될 겁니다. 특히 엄마가 아시면 탁구고 뭐고 다 때려 엎고 강신호 씨와 결혼시키려고 별짓 다하실 테니까요."

후련했다.

이제 광진이는 그 지긋지긋한 돈으로부터 해방될 것이고, 한국 탁구는 유망주 하나를 살리게 되었다. 몸만 회복되면 광진이는 눈부시게 급성장할 것이며 사기가 오른 송미정은 정말 왕난도, 장이닝도 두렵지 않아 할 것이다.

윤화중은 홀가분한 마음으로 술잔을 비웠다.

수안보 거리를 배회하던 청바지는 조이풍과 함께 호텔로 돌아왔다.

오늘은 정말 기분이 좋다. 마치 길고 긴 터널에서 빠져나오는 기분 같다. 어제는 윤화중 대선배를 형님으로 모시게 되었고, 오늘은 조이풍이라는 기분 좋은 친구를 얻었다. 왠지 다시 탁구를 시작할 수도 있다는 막연한 기대감도 부풀어 올랐다. 왠지 그렇게 될 것만 같다. 먼저 숙소로 돌아간 동로 정진성 스승도 오늘은 꽤나 즐거운 표정이다.

갑자기 미정이가 보고 싶었다. 해맑은 미소, 청순한 미모, 그리고 고추처럼 매운 실력, 장래 한국 여자탁구를 이끌어 갈 에이스—.

'미정아 난, 이렇게 탁구를 끝내게 될지도 모르지만 넌, 반드시 금메달 목에 걸어야 한다. 나야 어찌 됐든 너만큼은 반드시 성공해서 네 자신과 한국 탁구를 빛내줘라. 이 오빠의 간절한 소원이다.'

그러면서도 그는 마음을 짓누르는 걱정거리 하나를 떨쳐버릴 수가 없었다.

누구보다 자신이 가장 잘 아는 시력 문제다. 공의 촛점이 간간이 흐려 보이는데 날이 갈수록 호전의 가능성이 보이지 않기 때문이다.

'전문의를 만나 봐야겠어. 내겐 눈이 생명인데…….'

이러다가 마치 소설 속의 주인공처럼 장님이 되어 미정이가 옆에 있어도 모르게 되는 건 아닌지…… 아니! 지금 내가 무슨 생각을 하고 있는 거야? 아니지 그래서는 안 되지…….

객실에 돌아와서도 그의 목청은 높아지고 있다.

"하늘 아래 땅이 있고 그 위에 내가 있으니―."

그의 목청이 한껏 높아지고 있고 조이풍은 그의 어깨를 더욱 힘차게 감싸안았다.

크리스마스이브

크리스마스이브,
한때는 전국이 술렁일만큼 떠들썩한 이브를 보냈지만 지금은 그렇지 않다.
먼저 크리스마스카드가 휴대폰 문자 메시지로 바뀌었고
밤거리를 메우던 젊은이들이 현저히 줄었다.
한마디로 축제 분위기가 눈에 보일만큼 현저히 퇴보된 것이다.
그러나 이런 시대 흐름을 전혀 타지 않는 곳이 있다.
명동이다.
이곳은 옛날과 다름없이 흥청이고
젊은 연인 커플들이 거리를 메운다.

크리스마스이브

1

격동의 하루가 가고 날이 밝았다. 오늘은 크리스마스이브다. 토요일이라 연휴가 겹쳤다. 오늘, 강신호는 최영심 여사의 충고대로 성의껏 준비한 다이아 반지와 모피코트를 송미정과 최영심 여사에게 선물할 것이며, 송미정은 자신의 뜻을 강신호에게 분명히 밝힐 것이다.

그녀가 격분한 것은 강신호가 1억으로 청바지 오빠를 무력화시킨 것이다. 자본주의 사회에서 돈이면 안 되는 것이 없다. 하지만 청바지 오빠에 대해 뒷조사까지 해가며 돈으로 탁구계와 서울에서 쫓아낸 것은 이해되지도 않았고 용서되지도 않았다.

돈이라면 강신호에 비하면 미정이 자신이 재벌 아닌가?

하지만 그녀는 윤화중 선생님의 말씀대로 결코 경거망동하지 않을 것이다. 침대에서 눈을 떴다. 어제는 너무나 기분 좋은 날이다. 꿈에도 잊지 못하던 오빠를 기어이 찾아냈고, 아버지는 신화그룹 탁구팀 창설에 박차를 가하고 있다. 개포동 체육관도 골조 작업이 끝나고 실내 설

비로 들어가게 된다. 이를 계기로 한국 탁구는 한 단계 더 발전할 것이고 조금만 더 노력하면 80년대처럼 다시 탁구 붐이 일 것이다. 송미정은 탁구 붐에 불을 붙이는 계기로 내년 5월에 열리는 왕난과의 친선시합을 연다. 그녀로부터 승리하던 패배하던 한국 탁구계는 대단한 관심을 끌 것이다.

사실 청바지 오빠 문제로 정신이 없었지만 이제 오빠를 찾은 이상 세계 정상에 우뚝 서는 것을 목표로 할 수 있게 되었다. 현정화 선생님처럼 세계선수권도 획득하고, 올림픽에서 금메달도 따고 이를 기점으로 대한민국에 탁구 열풍을 일으키게 하리라. 각 방송국은 빅 게임을 앞다퉈 중계하고 국민들을 너도나도 탁구장으로 몰려가게 하리라. 생각만 해도 흥분되는 일 아닌가? 오빠와 자신이 나타나면 영국에서 활동하는 박지성 축구선수처럼 전 매스컴이 몰려들고 국민들은 자신과 오빠를 보기 위해 시합장에 구름처럼 몰려들리라─.

상상의 나래를 펼치던 그녀가 갑자기 자리에서 일어났다.

더 이상 오빠를 고생시켜서는 안 된다. 저녁에 강신호를 만나기로 되어 있다. 그렇다면 낮에는 오빠를 맞이할 준비를 해야 한다. 지금 오빠는 거지처럼 빈털터리일 것이다. 오빠는 조금만 더 훈련하면 유승민이나 오상은 선배를 이어갈 대선수가 될 것이다. 그때쯤이면 오빠는 경제적으로 아무 문제 없는 대스타가 되어 있을 것이다.

하지만 그날까지는 자신이 뒷바라지를 해 주어야 한다. 송미정은 자신의 뒤를 돌보아주는 회사 고문 변호사 이봉섭에게 전화를 걸었다.

"접니다. 미정이에요."

"아, 네. 아침부터 무슨 일로─."

"쉬시는 날 부탁 좀 해야겠네요. 강남이나 마포 쪽에 20평대 오피스텔 하나 전세 좀 알아봐 주세요. 오늘 당장라도 좋으니까요. 만일 적당한 게 있으면 바로 생활할 수 있게 가구 일체도 준비해 주시고요. 그리고 수표로 1억 준비해 주세요. 돈은 오전에 쓸 수 있도록 마련해 주세요."

수표는 강신호에게 줄 것이며 오피스텔은 오빠가 서울로 오면 사용할 집이다.

"그렇게 준비하겠습니다."

"수표 말고 현금으로 3천만 원만 더 준비해 주세요."

크리스마스가 끝나면 오빠가 사용할 자동차도 준비하리라. 3천만 원은 오빠가 당장 쓸 용돈이다. 왜 진작 그런 준비를 해 드리지 못했을까?

오빠는 앞으로 1년만 지나면 지금과는 비교도 할 수 없는 대스타가 될 것이고, 그렇게 되면 신화그룹 이미지 광고 출연료만도 억대를 받게 될 것이다. 송미정은 청바지 오빠의 미래에 대해 아무 걱정도 하지 않고 있었다. 또 그럴 만한 충분한 자질도 갖추고 있다. 그의 실력은 이미 윤화중 선생님도 인정한 바이다.

자신은 앞으로 1, 2년 내에 세계선수권 우승, 그리고 베이징올림픽 금메달, 이것이 지상과제다. 이것을 달성하면 현역으로 한 2년 정도 더 뛴 다음 지도자 생활을 시작할 것이고, 그로부터 5년 만 더 흐르면 대한민국 IOC위원이 되는 것이 마지막 희망이다. 그때쯤이면 청바지 오빠는 자신의 아기 아빠가 되어 있겠지— ㅎㅎㅎㅎ. 여기까지 상상하던 그녀가 혼자 킬킬대며 웃고 있었다.

강신호는 들떠 있었다. 기분이 너무나 좋다. 송미정 엄마 최영심 여사는 장모가 될 분이 아닌가? 강력한 라이벌 최광진은 이미 사라진 지 오래 되었고 최영심 여사는 자신을 사위로 생각하고 있으니 머지않아

미정이도 마음을 바꿔 자신에게 돌아오리라. 송 회장님도 언젠가는 신화그룹 경영을 자신에게 일임할 것이다.

오늘은 크리스마스 선물로 미정이 마음을 잡을 것이며 자신의 뜻을 분명히 전하리라. 아무 생각 말고 베이징에서 금메달 딴 후 결혼식 올리자고— ㅋㅋㅋㅋ.

아침부터 서둘러 사우나를 하고 머리를 매만지고 집으로 돌아와 시간을 기다리고 있었다. 이때 휴대폰 전화가 걸려왔다. 누군지 전혀 기억할 수 없는 번호다.

"강신호입니다. 누구시죠?"

"아! 안녕하셨습니까? 저, 기억하실지 모르겠네요. 부천 사는 성길용이라 합니다……."

'성길용?'

기억에 별로 없는 이름이다. 그럴 수밖에 없는 일이다. 최광진 선배 성길용은 이미 그의 기억에서 사라진 지 오래된 인물이기 때문이다.

"글쎄요, 누구신지—."

"저, 탁구하는 최광진 선배 되는 사람입니다."

"네? 아, 그럼—."

그때서야 비로소 기억이 떠올랐다. 최광진을 시골로 내려 보낼 때 돈을 전달해 주었던 그 사람이다. 그런데 왜 전화를 걸어온 거지? 왠지 불길한 예감이 떠오른다. 광진이나 이 선배라는 사람은 정말 잊고 싶은 사람이기 때문이다.

"잠깐이라도 뵈어야 할 일이 있어서요. 바쁘시더라도 잠깐이면 됩니다. 10분을 넘기지 않겠습니다."

생각 같으면 거절하고 싶지만 그럴 수는 없다. 만일 최광진과의 돈 문제가 미정이에게 알려지면 골치 아픈 일이 생긴다. 내키지는 않지만 선배라는 사람의 제의를 거절할 수는 없다.

1시간 후 장충동 신라호텔 커피숍에서 만나기로 약속은 했지만 영 찜찜해서 견딜 수가 없었다.

성길용은 이봉섭이라는 낯선 사람의 전화를 받았다. 강신호가 처음 찾아왔을 때처럼 그가 찾아온 이유도 같은 문제였다. 강신호가 찾아왔을 때는 광진이에게 돈을 전해 달라는 거였지만 이번에는 그 돈을 갚아달라는 조건이었다. 그리고 그때와 마찬가지로 돈의 주인이 누구인지 알려고 하지 않기를 원하고 있었다.

"모두가 최광진을 돈의 구속으로부터 벗어나게 하려는 겁니다. 정말 죄송하지만 돈을 돌려주시면 감사하겠습니다."

기쁜 일이다. 후원자가 누구인지는 모르지만 광진이는 이로써 다시 라켓을 잡을 수 있게 되었다. 돈의 주인이 누군지는 모르지만 지금 그걸 따질 때가 아니다. 그리고 기꺼이 그 심부름을 맡은 것이다.

"나 참, 희한한 팔자군—."

낯선 사람이 광진이게 돈을 전해 달라며 1억을 주더니 이번에는 갚아 달라며 또 돈을 가져왔다. 그리고 이봉섭이라는 명함을 함께 받았다.

"으이구 살다 살다 별일을 다 겪네. 하지만 이건 신나는 일 아닌가?"

수표를 지갑에 깊이 질러 넣고 그는 서울을 향해 달리기 시작했다.

'혹, 이 돈 문제 미정 씨가 알아낸 거 아녀?'

차를 몰며 머리를 갸우뚱한다. 어쨌거나 신나는 부탁이다.

2

성길용이 신라호텔 커피숍에 도착했을 때 강신호는 먼저 와서 초조한 마음으로 그를 기다리고 있었다.

불길한 예감을 떨쳐낼 수 없었다. 자신으로서는 까마득하게 잊고 있었던 사람 아닌가? 그런데 그가 만나자고 한 데는 이유가 있을 것이다.

"오랜만입니다."

강신호가 엉거주춤 일어나 그를 맞아주었다. 커피를 주문하고 마시며 대화는 마침내 본질적인 문제로 접어들었다.

성길용이 주머니에서 봉투 하나를 꺼내들었다.

"지난번 제게 주신 1억 돌려 드립니다. 물론 그 돈은 아니지만 이제 갚아 드릴 때가 된 것 같습니다."

"……."

"물론 처음 약속과는 다르게 되었습니다만 그건 강 선생님이 이해해 주셔야 할 겁니다."

"정말 약속과는 다르게 돌아가는군요. 전, 성 선생님을 믿고 돈을 드렸고…… 또 하다 못해 영수증도 받지 않았습니다. 처음 약속을 이행해 주십시오. 그게 도리라 봅니다."

강신호의 예감이 적중했다. 지난날 약속이 무효가 되는 것이다. 더구나 오늘 밤은 송미정과 대단한 데이트가 있는 날이다. 잠시 침묵이 자난 후 강신호가 다시 입을 열었다.

"돈을 돌려주시는 거 혹 미정 씨가 알고 계신가요?"

"제게 아무것도 묻지 마십시오. 난, 이 돈을 돌려 드리는 것 말고는 별로 헐 말이 없는 사람이니까요. 하지만 제 의견을 말씀 드리겠습니다."

커피를 리플시킨 후 다시 말을 이어갔다.

"광진이와 송미정 씨 사이를 떼어놓기 위해 돈을 쓴 것으로 알고 있습니다. 충분히 이해합니다. 하지만 광진이 문제는 단순한 개인 문제로 처리할 일이 아닙니다. 제 말 잘 들으세요…….."

"개인 문제가 아니라고요?"

"예, 그렇고 말고요. 광진이는 한국 탁구계의 미래입니다. 광진이는 불행한 천재입니다. 유승민, 오상은, 주세혁 뒤를 이어갈 한국 탁구의 대들보입니다. 광진이에게 죄가 있다면 오직 가난하다는 거 뿐입니다. 그를 가난으로부터 구출한다면 한국은 한국 탁구의 계보를 이어갈 대들보가 될 겁니다. 그가 돈 1억 때문에 좌절한다면 그건 탁구계 전체의 불행입니다. 돈을 받으십시오. 송미정의 사랑을 차지하고 싶다면 당당히 맞서세요. 전, 다 압니다. 왜 1억이란 적지 않은 돈을 광진이에게 주었는지…… 사랑은 이런 식으로 얻는 게 아닙니다. 물론 송미정이 광진이를 좋아하고 광진이도 미정이를 좋아하지만 아직 둘이 결혼 같은 거 약속하지는 않은 걸로 압니다. 그렇다면 남자 대 남자로서 맞서세요. 당당히 사랑을 얻으란 말입니다. 그래야 후에라도 떳떳할 겁니다."

강신호는 돈 봉투를 바라보며 참 오랫동안 침묵하고 있었다. 그는 자신의 행동을 다시 한번 점검하고 있었던 것이다.

'그렇다. 이건 부끄러운 일이다. 왜 내가 자신감을 갖지 못하는 거지? 내가 당당히 사랑을 얻어야 훗날에도 후회가 없을 것이다. 이렇게 해서 결혼해 봐야 미정이는 영원히 나를 경멸할 것이다.'

그렇게 자책하던 그가 말문을 열었다.

"솔직히 처음에는 화가 났었습니다. 사나이 대 사나이로서 한 약속이었는데…… 하지만 곰곰 생각하니 사나이 답지 못했던 건 저였습니다. 솔직히 미정이에게 사랑을 받는데 자신이 없었거든요. 성길용 씨 말씀이 맞습니다. 제가 오히려 부끄럽습니다. 한국 탁구계가 어떻든 그건 저와 관계없는 일입니다. 하지만 제가 이런 비겁한 생각을 한 것은 이해해 주시고 용서해 주십시오. 성 선생님 말씀이 없었다면 전, 깨닫지 못했을 겁니다. 그리고 이 돈은 받지 못하겠습니다. 제 짧은 생각에 대한 보답이라 생각하시고 돌려 드리겠습니다."

"안 됩니다. 이건 받아가셔야 합니다. 처음부터 잘못 끼워진 단추 아닙니까? 이번 문제를 이해해 주시고 현명하게 처리하시는 것에 감사드립니다. 그런 생각만으로도 충분히 보상되었다고 생각합니다. 젊은 나이에 참으로 훌륭하십니다. 전, 물론 광진이를 끔찍이 사랑하지만 당신도 만나 보니 생각 이상으로 훌륭한 남자입니다…… 감사합니다. 강신호 씨가 미정 씨 사랑을 얻어 행복해진다면 저 역시 행복할 겁니다. 광진이가 미정 씨 사랑을 얻어 행복해진다면 그 또한 제게는 행복한 일일 겁니다. 두 분이 페어 플레이해 보십시오. 미정 씨는 참 행복한 여자군요ㅡ."

"제가 아직 인생 경험이 적어 이런 행동을 보여 드린 겁니다. 저 역시 반성하겠습니다. 감사합니다. 한 가지만 더 여쭤 보겠습니다 이 문제 미정 씨가 알고 있는지만 알려주세요."

"그건 말씀 드리지 못합니다. 저도 아는 게 없으니까요. 이건 솔직한 말씀입니다."

"알겠습니다."

성길용은 손을 내밀어 악수를 청하고 자리에서 일어났다.

차를 몰고 부천으로 돌아오며 참으로 많은 생각에 잠기고 있었다.

처음에 돈으로 광진이를 탁구계와 서울에서 몰아낼 때는 저주도 하고 돈 많은 집안 자식의 더러운 행실로 보았지만 오늘 겪어 보니 인격이 제대로 형성된 청년이었다. 자신의 잘못을 인정하고 깨닫는 모습이 오히려 감동적이기까지 했다. 광진이와의 라이벌로는 손색없는 남자라는 생각이 머리에서 떠나지 않고 있었다.

'괜찮은 녀석이군. 근래 보기 드문 사람이야.'

그를 만나기 위해 서울로 올라갈 때의 감정과는 전혀 다른 기분이다. 그가 모욕을 줄 것으로 각오했던 성길용이었다.

성길용을 떠나보낸 뒤 강신호는 깊은 생각에 잠기고 있었다. 그렇다. 자신은 부끄러운 행동을 한 것이다. 질투와 욕심에 돈을 활용하고도 지금까지 부끄러운 줄을 몰랐으니 얼마나 바보란 말인가?

이제부터 새로운 국면에 접어든 셈이다. 누군지는 몰라도 최광진의 후원자가 나타난 것이 분명하다. 그렇다면 그는 서울로 다시 돌아올 것이고 다시 탁구 라켓을 잡을 것이다.

미정이는 그와 다시 운동을 시작할 것이다. 그게 두려운가? 그게 두렵다면 내가 일찍 포기를 해야겠지. 하지만 운동은 운동이고 결혼은 결혼이다. 그 결정을 하는 사람은 어머니 최 여사도 아니고 아버지 송 회장도 아니다. 바로 당사자인 송미정의 선택에 달린 것이다. 그렇다면 쟁취하는 것이다.

'내겐 나의 강점이 있다. 광진이에게 없는 기업 경영의 실력 있고 후에 미정이가 체육계의 국제적 인사 예컨대 IOC위원이라도 하고 싶을 때 밀어줄 배경과 재산이 있지 않은가? 그런 힘을 동원해 사랑을 얻자. 물론 청바지 최광진의 인물 됨됨이가 평범하지 않아 주위 사람들로부터 사랑받는 건 알지만 내겐 나의 장점이 있다.'

그는 자신을 자책하고 있었다. 주머니에 손을 넣었다. 1천만 원을 호가하는 다이아 반지가 손에 잡힌다.

'이걸 어쩌지?

시계를 보니 미정이와의 약속시간이 아직도 4시간이나 남았다. 그는 정말 많은 시간을 생각에 잠기고 있었다.

시계를 들여다보았다. 강신호와의 약속시간이 아직도 4시간이나 남아 있었다. 미정이는 오늘 기분이 최고조에 달하고 있었다. 꿈에도 잊지 못할 오빠를 기어이 찾아냈고 중국 연수에서 엄청난 훈련을 쌓아 자신도 놀랄 만한 기량을 높였다. 오빠가 몸만 풀리면 두려울 것이 없는 실력을 발휘하리라. 그래 사랑이니 결혼이니 따위는 나중 일이다. 빨리 오빠를 회복시켜 왕난과의 일전 앞에 있는 3월 싱가폴대회부터 준비하자. 싱가폴에서 세계 최초의 혼합복식 세계선수권대회가 열린다. 이 대회에 참석하여 오빠의 컨디션을 조절하고 내년 세계선수권대회를 준비하자—.

그녀는 자리에서 일어나 점퍼와 청바지를 꺼내 들었다. 오늘은 운동선수답게 차리고 나갈 것이다.

강신호 씨에게 광진이 오빠 문제는 비밀로 하리라. 지금 중요한 것은 사랑이 아니라 탁구가 아닌가?

3

며칠 전 폭설이 내려서 그런지 겨울 하늘은 눈부시도록 차갑고 맑았다.

'푸드득' 수안보호텔 뒷산에서 장끼 한 마리가 허공을 향해 치솟아 오른다. 조이풍은 아직도 잠에 취해 있고 청바지 광진이는 일찍 일어나 아침의 찬 공기를 맞으며 산책을 시작하고 있었다.

그저께, 그러니까 지난 22일 밤, 서울에서 윤화중 대선배를 만난 이후 지금까지 가슴을 짓누르던 무거운 기운은 어디론가 사라지고 무언가 일이 잘 풀릴 것만 같은 기대 부푼 예감이 그를 감싸고 있었다.

휘파람이라도 불고 싶은 기분이다. 땅을 박차고 하늘로 치솟는 꿩처럼 그렇게 다시 라켓을 잡고 한국과 세계를 휘젓고 다니게 된다면 얼마나 행복할까! 그런 날이 오겠지. 오고 말 거야.

그는 아직 한번도 자신의 운명을 저주하지 않았다. 그에게 덮친 비극적 운명을 묵묵히 견뎌내고 있었다. 그리고 다행스러운 것은 동로 장진성 어른을 만난 것이다. 성길용 선배의 추천으로 수안보에 와 있고 탁구는 못했지만 동로 스승은 정말 훌륭하신 학자였다. 태견에 대한 자료를 위해 충주로 내려와 체계적인 태견 훈련방법을 알아냈고 그 역사를 밝힌 학자풍 어른이다. 동양철학과 한학을 배웠고 사람이 생각하는 방법을 배웠다. 정말 존경스런 어른이다.

성길용 선배나, 자신의 가치를 알아준 윤화중 대선배나 어제 만난 조이풍이라는 생활 탁구인이나 모두 훌륭한 인격을 갖춘 분들이다. 이건 정말 행복한 일이다. 언젠가는 이 은혜들을 갚을 날이 오겠지. 그리고 보니 오늘은 크리스마스이브다. 푸른 겨울 창공에 미정이 얼굴이 어른거린다.

그녀의 목소리가 메아리로 들려온다.

"오빠는 정말 천재인 거 같아. 반드시 유승민 선배님 뒤를 이을 거야. 베이징올림픽에서 함께 금메달 따자구요."

그래. 아직 시간은 남아 있어 내 운명이 여기서 멈추지는 않을 거야. 불행 끝에는 반드시 행복이 따르기 마련이니까!

뒷산을 한 바퀴 돌고 숙소로 돌아왔을 때, 조이풍은 일어나 최광진을 기다리고 있었다.

"산책하고 오셨군요."

그가 반갑게 맞아준다. 전국에서 손꼽히는 수안보 온천물로 목욕을 하고 식사를 한 후 충주로 왔다.

"서울 오시게 되면 꼭 연락주세요. 어제는 너무 즐거웠습니다. 아마추어 탁구인이지만 탁구에는 모든 걸 바치는 사람입니다— ㅎㅎㅎ."

"그럼요. 서울서 만나는 날이 있을 겁니다."

두 사람은 굳은 악수를 나누고 아쉬운 작별을 하였다.

발길을 돌린 청바지는 그러나 수안보로 가지 않았다. 충주에서 가장 큰 병원이며 건국대학에서 직접 운영하는 '충주 건국대병원'을 찾아간 것이다. 눈 검진을 위해서였다. 반드시 다시 라켓을 잡을 것이다. 그렇다면 침침한 눈을 점검해 보아야 한다.

무거운 발걸음이지만 그는 병원의 문을 열었다. 문이 열리듯 그렇게 별일 없이 눈이 열리기를 기원하면서……

크리스마스이브.

윤화중 관장은 침대에 누워 몇몇 사람의 프로필을 훑어보고 있다. 앞으로 창설될 '신화탁구팀'으로 스카우트할 선수들을 물색하고 있는 것이다. 평소에도 이런 자료들을 수집해 별 어려움은 없다.

처음부터 염두에 둔 후배들이 있다.

송미정, 최광진이야 당연히 에이스로 팀을 이끌겠지만 가장 주목하는 젊은 선수들이 바로 세계대학선수권대회에서 금메달을 딴 '정연학'과 2년 전 쿠웨이트에서 열렸던 세계청소년대회에서 아쉽게 은메달을 획득한 '금정완'이 그들이다. 금정완은 파워 넘친 드라이브로 중국 대표를 꺾은 유망주이며 '정연학'은 주세혁 뒤를 이을 많지 않은 수비형 선수다. 만일 두 선수를 복식조로 키운다면 세계 최강까지 바라볼 수 있다.

광진이는 당분간 몸을 만드는데 주력할 것이며 몸이 만들어진다면 한국의 숙적인 왕리친을 목표로 훈련시킬 것이다. 이 외에도 한두 명 정도 고등학교 선수 중심으로 물색할 것이다.

여자 선수는 송미정을 정점으로 하여 부산정보고등학교 3학년 학생으로 국가대표급 선수이며 세계 랭킹 26위의 박미영 선수와 부산시장 기쟁탈 오픈대회에서 대등한 시합을 하여 탁구계를 놀라게 한 '정승미' 선수와 홍콩서 열렸던 세계청소년초청대회에서 동메달을 획득한 수비 전형의 '강은양'을 일찍부터 눈여겨보고 있었다.

이들에게는 송 회장의 약속대로 최고의 대우로 스카우트하고 2년을 목표로 국내 최강팀을 만들 것이다. 어디 내놓아도 손색없을 트레닝 체육관을 갖게 되고 최고의 연봉을 준다면 사기가 올라 죽어라 훈련할 것이다. 국내 최강팀으로 명성을 쌓고 그 힘으로 세계를 제패하리라. 그 원동력은 물론 최광진과 송미정이다. 그들의 역량으로 본다면 절대 낙관적이다.

한국 탁구는 '신화탁구팀' 창설로 중국을 위협하는 탁구의 나라가 될 것이다. 무한한 재정적 지원에 반드시 보답하고 정체된 한국 탁구에 새 바람을 일으킬 것이다.

잠시 눈을 감았다.

얼마나 고대하던 실업팀 감독인가? 얼마나 꿈꾸던 그 자리인가. 이제 꿈으로만 생각하던 자신의 팀을 세계 최강팀으로 만들리라. 기분이 좋았다. 그러면서도 무한한 책임감을 느끼고 있었다.

청바지 최광진을 알게 된 것은 정말 행운 중 행운이다.

"잘 됐습니다."

강신호와 만나기로 약속된 시간이 4시간이 남았다. 그때 이봉섭 고문으로부터 전화가 걸려왔다. 모두 잘 되었다는 보고였다.

"1억을 수표로 만들어 강신호 씨에게 전달되도록 조치했고요.. 역삼동 쪽에 24평 오피스텔 물색해 놓았습니다. 그런데 현금으로 만드시라던 3천만 원은 어떻게 처리할까요."

"정말 수고 많으셨습니다. 그 돈은 수표로 만들어 가지고 계세요. 필요할 때 말씀 드릴 테니까."

"아, 그리고 금년 미정 씨 수입은 주식. 증식 포함 전부 13억이 되었습니다. 이건 송 회장님에게도 보고 드렸구요. 내년 2월 회사 주식 회계 때 배당될 겁니다."

"네, 알았습니다. 수고하셨어요. 그리고 국산차 중 중형으로 좋은 거 알아보세요."

"알겠습니다. 다른 지시사항은 없으신지요."

"네, 정말 수고 많으셨어요. 일이 생기면 다시 연락 드리겠습니다. 감사합니다."

제길 내가 이렇게 돈이 많은가? 이런 돈을 쌓아 두고 오빠를 굶기다니. 내가 미친년이지. 근데 오빠는 언제 만나게 되는 거야. 그 씩씩한 모습, 유지태 같은 서글서글한 얼굴, 호탕한 웃음소리 그리고 눈부신 탁구 실력— 세상에 이만한 남자가 또 있던가?

"룰루랄라— ㅎㅎㅎ."

오빠 생각을 하면 정말 기분부터 좋아진다. 충주에 잘 계시다니 이젠 한숨 놓아도 된다. 아무래도 오빠에게도 차가 있어야 할 것 같다.

4

크리스마스이브, 한때는 전국이 술렁일만큼 떠들썩한 이브를 보냈지만 지금은 그렇지 않다. 먼저 크리스마스카드가 휴대폰 문자 메시지로 바뀌었고 밤거리를 메우던 젊은이들이 현저히 줄었다.

한마디로 축제 분위기가 눈에 보일만큼 현저히 퇴보된 것이다. 그러나 이런 시대 흐름을 전혀 타지 않는 곳이 있다. 명동이다. 이곳은 옛날과 다름없이 홍청이고 젊은 연인 커플들이 거리를 메운다.

송미정과 강신호도 이곳에서 만났다.

강신호와 만나기로 한 장소는 옛 유네스코 건물 앞이었다. 송미정이 도착했을 때 강신호는 먼저 와서 기다리고 있었는데 그를 발견한 송미정은 자신의 눈을 의심했다.

최고급 양복에 이태리제 검은색 외투 차림의 기대와 전혀 딴판이었다. 갈색 가죽 점퍼에 블루진 바지— 그러니까 청바지를 입고 신발은 랜드로바 평범한 신발을 신고 있었다.

'저사람 왜 저래?

오늘 강신호를 골탕 먹이기로 작정하고 나왔다. 그런데 그의 복장이 그 작전을 어긋나게 만든 것이다.

그렇다고 포기할 수는 없다.

"먼저 나오셨네요. 지난 생일 파티 때 장미 고마웠습니다."

그날처럼 말은 감사하다고 했지만 인사를 하는 표정은 역시 건조하기 짝이 없다.

"아, 예. 나오시느라 고생 많으셨죠?"

강신호는 마음이 초조하여 견딜 수 없었다. 되돌려 받은 1억 때문이다. 그 돈이 송미정에게서 나온 것이라면 오늘이 끝장나는 날이다. 눈치 살피기에 급급한 강신호다.

"저, 어머니께서 감사히 받았다고 인사 전해 달라고 하셨어요. 비싼 거 보내셨데요?"

운전기사를 시켜 보낸 모피코트를 말하는 것이다.

"대단한 것도 아닌데요, 뭐—."

"저녁은 제가 사라고 엄마가 특별히 부탁하셨어요. 가시죠, 아주 특별한 거 사드릴게요."

송미정은 그를 데리고 명동 뒷골목 포장마차 집으로 들어갔다.

호텔 레스토랑이나 명품 식당 아니면 손가락도 대지 않는 귀족형 스타일이다. 그런 그를 포장마차로 데려갔다. 젊은이들로 꽉차 있는데 엉덩이 걸칠 자리도 없어 보였다. 겨우 비집고 들어가 자리를 잡았다.

역겨운 냄새가 코를 찌른다. 강신호는 미간을 찌푸리며 자리에 앉았다. 꼼장어 타는 냄새가 역겨웠다. 그러나 그는 참았다. 이런 걸 이기지 못한다면 미정이를 잃을 수도 있다. 그래서 오늘 점퍼에 청바지를 입고 나온 것이다. 애써 얼굴에 미소까지 띠웠다.

"재미있는 곳이네요?"

"예, 여기 안주는 맛도 기가 막히죠. 아저씨, 여기 꼼장어 한 접시 하고요 소주 두 병 주세요."

육류 태우는 연기, 냄새, 시끄러운 분위기, 불결해 보이기 짝이 없는 그릇— 전혀 경험해 보지 못한 자리다. 미정이만 아니었다면 이런 더러운 곳에 들어올 이유도 없겠지만 진작에 자리를 박차고 뛰쳐나갔을 강신호다. 그러나 그는 잘 참아냈다. 송미정 공략 전략을 바꾼 것이다. 청바지 광진이와 눈높이를 맞추기로 작정하고 나온 그다.

'정말 희한하네. 이 사람이 돌았나?'

표정을 훔쳐보며 오히려 미정이가 당황해했다. 틀림없이 견디지 못하고 자리를 옮기자고 할 것이라 믿었다. 그런데 전혀 그런 얼굴이 아니다.

송미정이 먼저 소주를 잔에 채워주었다.

잔을 받기는 했지만 어떤 놈이 마시던 잔인지도 알 수 없는 불결한 잔이다. 그러나 지금 그걸 따질 때가 아니다. 그는 소주를 입에 털어넣었다. 그리고 꼼장어 구이 한 토막을 집어 입에 넣고 씹어댔다.

'어라? 이 남자 정말 오늘 왜 이래?'

골탕 먹이기 전략이 전혀 먹히지 않는다. 이런 모습은 강신호를 알고 오늘이 처음이다.

'어라?'

꼼장어를 씹던 그가 동작을 잠시 멈추었다. 소주에 꼼장어 구이가 의외로 맛이 괜찮았다. 아니 소주에 아주 딱 맞는 맛이다.

'이거 괜찮은데?'

그는 잔을 들어 다시 손을 내밀었다.

"미정 씨 한잔 더 주세요. 이거 맛이 죽이네요―."

'뭐야 이거― 난, 어쩌라는 거야?'

골탕 먹이기 작전은 오히려 역효과만 나타냈다. 이 친구가 미친 게 분명하거나 강신호의 진면목을 몰랐던 게 아닌가 자신을 의심하기까지 하는 미정이다. 그녀가 놀란 눈으로 다시 잔을 채워주었다.

그건 사실이었다. 서민이나 먹는 이런 것들이 정작 입 안에 쩍쩍 붙는다. 강신호! 그도 어쩔 수 없는 엽전이었다.

완전히 죽을 상이 된 송미정은 소주 두 병과 안주 접시들을 비우고 밖으로 나섰다. 지난 폭설이 끝나고 날씨는 오히려 포근해졌다. 약간의 취기도 돈다.

"저, 입가심하게 커피나 한잔하죠."

헤게모니를 완전히 틀어쥔 강신호가 송미정을 간이 커피숍으로 끌고 들어갔다. 난처해진 송미정은 그를 따를 수밖에 없었다.

좁은 테이블에 앉아 커피를 마시기 시작했다.

강신호는 이제 1억의 압박감에서 완전히 벗어났다. 송미정의 태도로 보아 그 돈은 미정이에게서 나온 것이 아니라 주위 사람들이 모금을 한 것이거나 독지가가 지원한 것이라 믿은 것이다. 송미정도 내색하지 않았다. 두 집안 문제도 있고 오빠의 자존심도 지켜줘야 하기 때문이었다.

자신감을 획득한 강신호는 주머니에서 선물 곽을 꺼내 내밀었다.

"이거 크리스마스 선물입니다. 받아 두세요."

뭐야? 엄마에게 그런 비싼 모피코트를 보내고 또 선물을? 이거 보석 같은데?

포장은 했지만 모양이나 크기로 보아 보석이 분명해 보였다.

"이게 뭐예요?"

"직접 뜯어 보세요. 마음에 드셨으면 좋겠네요."

'제길 난, 선물은 생각하지도 않았는데— 어디 구경이나 하자.'

그녀가 포장지를 뜯고 뚜껑을 열었다. 이런 간이 커피숍과는 전혀 어울리지 않는 찬란한 다이아가 눈부시게 빛나고 있었다. 보석에 잠시 흥분했지만 송미정은 다르다. 이내 냉정을 회복하며 강신호 앞으로 다시 내밀었다.

"이거 내년 5월에 다시 주세요."

"네? 내년 5월?"

"예, 내년 5월 우리 체육관 개관기념으로 중국의 왕난과 맞대결이 있어요. 그때 제가 승리하면 그 기념으로 주세요."

"아, 그렇세요? 그럼 꼭 승리하세요. 승전기념으로 드릴 테니까?"

겨우 체면을 살려주고 선물을 거절하는 재치를 부린 것이다. 물론 왕난과의 시합에서 승리를 목표로 하고 있지만 지금은 상대가 불편하지 않게 거절하는 것이 급선무다.

시간을 벌자는 것이다. 하루 앞도 모르는 게 인생인데 내년 5월을 어찌 알겠는가? 그리고 그때쯤이면 청바지 오빠는 우리 탁구단 에이스로 함께 운동하게 될 것이다. 그럼 스스로 물러나겠지.

이런 속셈을 모르는 강신호는 기쁜 마음으로 보석함을 주머니에 우겨 넣었다.

"흐흐흐흐흐."

최영심 여사는 기쁨을 참지 못하고 있었다.

"강서방이 이런 걸 다 보내고…… 어린 게 아주 된 아이란 말이야. 강서방을 사위로 삼지 못하면 내 발가락에 장을 지지지."

기분이 날아갈 것 같다. 모피코트를 입고 거울 앞을 떠나지 못하고 있다. 털의 부드러운 촉감이 죽여주는 코트다. 이번 크리스마스는 정말 신나는 날이다.

그날 오후! 광진이는 충주 건국대병원 문을 나서고 있었다. 눈 검진을 마치고 나선 것이다.

5

시력 저하로 눈 검진을 마치고 나오려는 순간 휴대폰으로 한 통의 전화가 걸려왔다. 동로 장진성 스승의 목소리다. 매우 밝고 경쾌한데 그런 목소리는 별로 들은 기억이 없는 광진이다.

"서울서 오신 손님은 잘 가셨냐?"

"네, 스승님! 스승님께 감사하다는 인사 남기고 갔습니다."

"그래? 그건 그렇고 너, 지금 어디 있는 거야?"

"충주에 잠시 머물고 있습니다."

"그럼말야 지금 빨리 택시 타고 집으로 내려와. 급히 할 얘기가 있으니까."

"택시를 타고요? 뭣 때문에 돈을 씁니까? 버스로 급히 올라가죠."

"지금 택시비 아낄 때가 아냐. 그럼 끊는다!"

최광진은 머리를 갸우뚱일 수밖에 없었다. 좀처럼 보기 드문 일이다. 그런데다 다급하기는 해도 무척 밝은 목소리다.

'무슨 일이야? 암튼 빨리 올라가야겠군.'

그는 지나는 택시를 타고 수안보를 향해 달리기 시작했다.

기분이 좋기는 광진이도 마찬가지다. 눈에 대한 정밀검사가 있었지만 별 이상은 없다는 것이다.

"신경을 많이 쓰신 모양입니다. 눈 자체는 이상이 없습니다. 영양섭취 잘 하시고 비타민을 드세요. 신경 쓸 일이 살면서 없지는 않겠지만 가급적 마음 편히 가지고요. 괜찮아질 겁니다."

이것이 진단 내용이다.

미정이 생일을 앞두고 신경이 곤두섰고 밤잠을 이루지 못한 게 시력에 이상이 온 이유였을 것이다. 그런데다 서울에서 있었던 갑작스럽고 과격했던 운동도 영향을 미쳤으리라. 그러나 그건 문제가 아니었다. 마음 편히 먹고 잠 잘자고— 비타민을 복용하면 금세 호전될 것이라 했다.

서울서 윤화중 선생님을 만나고 나서부터 자신감을 찾게 되었고 모든 생각이 긍정적으로 바뀌게 되었다. 그 후 기분이 무척 밝아진 게 그 증거다.

택시는 금세 수안보를 지나 스승의 도장에 도착했다. 동로 스승이 마음이 바쁜지 문 앞에서 기다리고 있었다.

"아니 추우실 텐데—."

"어서 들어가자. 좋은 소식이 왔다."

"좋은— 소식요?"

좋은 소식이 있을 게 없는 광진이다. 의아한 마음으로 뒤를 따라 안채로 들어섰다. 사모님이 따듯한 녹차를 끓여왔고 두 사람은 마주앉아 이야기를 시작했다.

"길용이 한테서 전화가 왔었어……."

"성 선배님이요? 무슨 일로……."

"음, 마음 가라앉히고 잘 들어…… 네가 여기까지 흘러오게 된 것은 돈 때문이었잖니. 누군가로부터 도움받고 그 조건으로 탁구 접는다는 거 말야."

"네, 그랬죠."

돈 얘기가 나오자 가슴이 무거워지는 광진이다.

"그게 해결되었다는 것이다."

"네! 무슨 말씀이신지."

"1억의 돈을 준 자에게 되돌려 주었다는 거였어. 넌, 이제 서울로 올라가도 되고, 다시 운동할 수도 있게 되었어. 길용이가 부천에 네가 머물 수 있는 방을 구해 놓겠다니 올라가서 다시 운동해. 넌, 여기서 썩기에는 너무 아까운 아이야."

"돈은 누가…… 작은 돈도 아닌데……."

"그건 묻지 말라고 하더라. 어떤 남자가 어떻게 알았는지. 찾아와 돈을 주고 갔다는 거야. 조건도 없었고…… 그저 열심히 운동해서 국가 대표되는 게 희망일 뿐이라면서 말야……."

믿을 수 없는 말이다. 그 쇠사슬처럼 자신을 옭죄던 돈으로부터 해방되었다는 것이다. 정말 믿을 수 없는 말이다. 하지만 전화를 걸어준 사람은 동로 스승을 소개한 성길용 선배이고 이 말을 전해 주는 사람은 바로 동로 스승 당사자가 아닌가? 스승의 말씀이 꿈결처럼 들려온다. 그러나 설마 꿈은 아니겠지!

그는 할 말도 잊은 채 넋 빠진 사람처럼 천정을 멍─ 하니 바라보고 있었다.

"그리고 윤화중이란 분이 널, 책임져 준댄다고도 했어. 내용은 잘 모르겠지만 후원자가 나타난 거 같아. 오늘이라도 당장 올라가. 가서 길용이도 만나 보고 윤화중이란 분도 만나 봐."

윤화중? 그 형님이 날 돕겠다고? 그저 하루를 같이 보낸 거 뿐인데…… 내가 뭐라고, 나 같은 게 뭐라고…… 눈물이 핑 돈다. 마침내 눈물이 글썽이기 시작했다. 세상에 태어나 정말 너무도 고마운 은인을 만난 것이다. 그렇게 나한테 자상하게 해 주시더니…… 그러나 1억은 결코 적은 돈이 아니다. 성길용 선배도 윤화중 형님도 1억씩 턱턱 내놓을 경제력은 없지 않은가? 그 문제는 서울 가서 알아보자.

"자, 빨리 서둘러 떠나. 오늘이 크리스마스이브이니 가서 만나 한잔하며 회포라도 풀라고.'

"……."

한동안 침묵하던 그가 머리를 들며 동로 스승을 바라보았다.

"저, 내일 올라가겠습니다."

"자네 가방 하나밖에 더 있나. 지금이라도 올라가."

"아닙니다. 내일 올라가겠습니다. 그리고 스승님 은혜 죽어도 잊지 않을 겁니다. 반드시 세계적인 탁구선수가 되어 돌아오겠습니다. 그리고 오늘 하루 더 스승님과 함께하고 싶어 그럽니다……."

동로 스승이 머리를 끄덕이며 자랑스러운 얼굴로 광진이를 바라보았다.

"넌, 틀림없이 훌륭한 선수가 될 거야…… 그래 그럼 가서 쉬도록 해. 내일 일찍 떠나기로 하고…… 충주까지 내가 데려다 주지."

방을 나온 청바지 광진이는 작업복으로 갈아입었다. 그리고 지금까지 자신이 심신을 수련하던 도장을 청소하기 시작했다. 이거라도 하고 올라가야 마음이 편할 것 같았다. 구석구석 먼지를 털고 바닥을 닦았다. 탁구인으로 대성공하여 다시 찾아온다면 그날도 오늘처럼 대청소부터 하리라. 베이징올림픽까지 시간은 충분하다. 목숨을 걸고 운동하여 반드시 메달리스트가 되리라. 그 메달을 목에 걸고 이 도장을 청소하리라. 온몸에 전율이 흐른다. 그는 눈물을 닦으며 걸레질을 하고 있었다.

강신호와 헤어진 송미정은 다른 스케줄 없이 집으로 돌아왔다. 거실로 들어서던 그가 걸음을 멈춰 세웠다. 뭔가 아빠와 엄마가 심한 의견 충돌을 빚고 있었다. 그 목소리가 거실까지 들려온 것이다.

"그건 안 돼요! 절대 있을 수 없는 일이예요. 무조건!"

"안 되다니. 이건 내 사업이야. 사업에는 간섭하지마!"

엄마는 뭔지 안 된다며 불고집을 피우고 있고, 아버지는 이를 받아들이지 않고 있었다.

"탁구팀 만드는 걸 가지고 내가 뭐라는 게 아니잖아요…… 최광진이라는 거지 같은 애를…… 더구나 우리 미정이한테 흑심을 품고 있는 애를 굳이 데려올 게 뭐냐구요."

"광진이가 거지인지는 몰라도 지금 그만한 선수감이 대한민국에는 없어. 미정이는 미정이고 탁구팀은 탁구팀이야. 이미 내가 마음으로 결정한 거니 더 이상 왈가왈부하지마. 미정이와 같이 운동한다고 둘이 결혼하지는 않을 테니까. 그리고 그 문제는 전적으로 미정이 몫이지 우리 권리는 아니잖아."

"아니, 그럼 미정이가 그 거지애 하고 어울려도 좋다는 거예요?"

"운동하면서 어울리지 않을 수는 없지. 하지만 그건 운동이지 연애가 아니잖아. "

이때 문이 벌컥 열렸다.

그리고 이들 부부는 사색이 되었다. 미정이가 뛰어들었기 때문이다. 지금쯤 강신호와 데이트하고 있을 미정이가…….

"엄마!

미정이가 엄마를 향해 고함을 질러댔다.

6

미정이의 갑작스러운 출현에 대한 놀라움은 아버지보다 엄마가 더 컸다. 아버지와의 말다툼을 들었다는 판단 때문이다. 그중에서도 광진이를 거지라고 한 것이 더 걱정스러웠다.

그 생각은 옳았다. 미정이는 엄마를 향해 거침없이 공격했다.

"엄마, 광진이 선배가 거지라고요? 그래요 돈 한푼 없는 거지예요. 그런데 난, 그 거지 오빠 덕에 오늘의 탁구선수 송미정이 된 거예요. 생각해 보세요. 잘 아시잖아요? 나 같은 풋병아리가 지난 왕난과의 시합에서 대등한 경기를 펼칠 수 있었던 게 누구 덕이었는지. 광진이 선배는 자신의 모든 걸 걸고 절 지도해 주었어요. 그 시합 이후로 나는 스타가 되었구요. 탁구장 가 보세요. 유명한 탁구장엔 모두 제 사진이 걸려 있어요. 제가 매스컴에 화려하게 등장한 것이 바로 그 시합 때문이었어요. 내가 혼자 잘나 미정이가 된 줄 아세요? 그래요. 그 거지 덕이었어요. 그런데 아버지나 엄마는 그 선배한테 해 준 게 뭐 있었어요. 아무 보답도 해 주지 않았어요. 광진이 오빠도 아무것도 바라지도 않았고요. 그런데 은혜를 원수로 갚을 작정이세요?"

"예 미정아, 흥분하지 말고—."

엄마가 뭔가 변명하려 했지만 미정이는 들은 척도 하지 않았다.

아버지는 이때다 싶어 슬그머니 빠져나와 서재로 도망쳐 버렸다. 이런 문제에서는 36계 줄행랑이 최고다.

"내가 지금 흥분하지 않게 되었어요? 아버지도 공부할 때 돈이 없어 신문배달에 가정교사까지 해가며 공부했고— 돈 있는 엄마와 결혼하여 그 밑천으로 오늘의 신화그룹을 이루셨잖아요? 아버지!"

이번에는 밖으로 도망친 아버지를 불러들였다. 누구 명령이라고 버티랴. 송 회장이 어색한 얼굴로 다시 들어왔다.

"저, 분명히 말하는데요. 결혼을 하더라도 앞으로 6, 7년은 걸려요. 엄마나 아빠는 강신호 씨를 생각하고 계신 모양인데 전, 제 인생이 있어요. 그 험한 운동 세계에 뛰어든 이상 최고의 자리까지는 올라가야겠어요. 광진이 선배는 제 탁구 파트너지 결혼 상대로 생각한 일은 없었어요.(속으로 약간 뜨끔, 이건 조금은 거짓말이지만) 앞으로 광진이 선배와 제 문제에는 더 이상 터치하지 마세요. 전, 결혼이 목표가 아니라 당장 내년 초에 열리는 세계혼합복식이 있고, 바로 왕난과의 리턴 매치 성격의 시합이 있어요. 두 시합 모두 광진이 선배가 필요해요. 그런데다 2008년에는 올림픽이 있고요. 제게 그 선배보다 더 호흡이 맞는 선수가 없고요. 왕난에 대해서는 그 선배보다 더 잘 아는 사람이 없어요. 이건 단순히 저 개인의 시합이 아네요. 한국 여자탁구의 사활이 걸린 시합이에요. 절대 불미스런 일이 일어나지 않을 테니 절 믿고 제가 하는 대로 따라주세요. 강신호 씨와 결혼을 하던 광진이 선배와 하던 그건 훗날 이야기예요. 아셨죠?'

그리고는 대답도 듣지 않고 2층 자신의 방으로 올라가 버렸다.

'ㅎㅎㅎ, 그렇다니까?'

송 회장은 회심의 미소를 짓고 있었다. 자신의 생각을 미정이가 그대로 대변해 주었기 때문이다.

"당신은 뭐가 좋아서 웃어요."

최영심 여사는 엉뚱하게 남편에게 화풀이를 해댔다.

"첨부터 운동시키지 말라고 했잖아요!"

"왜, 탁구선수가 어때서. 난, 자랑스럽기만 하구먼. 미스 코리아보다 낫잖아ㅡ."

"거기 미스코리아는 왜 갖다 붙여요ㅡ."

말싸움이 다시 시작되었다.

사실 송 회장은 오늘 대단히 기분이 좋았다.

윤화중 감독으로부터 그가 구상하고 있는 팀의 주요 스카우트 대상 명단을 받았다.

송 회장은 아주 꼼꼼한 성격의 경영인이다. 그가 신화그룹 탁구단을 구상할 때부터 여러 감독과 선수들을 주도면밀히 검토하고 있었다. 정현숙 감독이 윤화중 탁구인을 추천할 때도 이미 그의 메모에는 그가 포함되어 있었고 윤 감독이 보낸 명단에도 그가 찍어 놓았던 선수들이 대부분 포함되어 있었다.

그래서 일사천리로 진행되었던 것이다.

세계대학선수권대회 금메달리스트 '정연학', 그리고 세계청소년대회 은메달리스트 '금정완', 그리고 여탁의 '강은양', '정승미'는 송 회장이 일찍 눈여겨본 유망주다. 이들을 최고의 대우로 스카우트하여 팀을 만들면 머지않아 국내의 각종대회에서 뚜렷한 성과를 올릴 것이다.

여기에 중국에서 한 명만 스카우트해 온다면 비록 후발이긴 하지만 어느 팀도 겁낼 이유가 없다.

그 중심은 물론 딸 미정이와 최광진이다.

그런데 그가 양심에 걸리는 게 있다. 광진이에 대한 대접이 소홀했던 것이다. 그건 미정이 말이 옳았다.

그 아이가 가난하다는 건 너무나 잘 아는 사실 아닌가?

'음, 내가 미정이만도 못하구만…… 그래 이번에 그 답례까지 해야겠어. 축구의 박주영 같은 대우로 스카우트하면 다들 놀라겠지만 그만한 대우는 해 줘야 이 신화그룹의 체면이 서겠지?'

아내의 악쓰는 소리에 대꾸도 하지 않고 나와버렸다.

최영심 여사는 분을 참지 못하고 있었다.

'그 거지새끼가 틀림없이 미정이를 꼬시고 있는 게 분명해. 내 눈에 흙이 들어가기 전에는 어림없어! 내 사윗감은 강서방뿐이야.'

씩씩대며 가쁜 숨을 몰아쉬는 최영심 여사다.

두 시간에 걸친 대청소가 끝이 났다.

이날 저녁은 사모님이 특별요리를 만들어 주었다. 크리스마스이브 인데다 광진이의 마지막 밤이다.

푸짐한 저녁상에 식구들이 둘러앉았다. 몇몇 훈련생들은 특별휴가로 집을 찾아 뿔뿔이 흩어졌고 조촐히 식구들만 남게 되었다.

밥상 앞에 앉아 있던 광진이가 갑자기 벌떡 일어섰다. 그리고 동료 스승을 향해 큰절을 올렸다.

"아니, 자네 왜 이러나— 자, 일어나게."

"스승님, 부탁이 있어 큰 절을 올리는 겁니다. 물론 당분간 헤어지는 인사도 되겠지만요."

"부탁이라고? 그래 말해 봐."

"제 아버님이 되어주십시오. 물론 지금까지 절 아들처럼 생각해 주셨지만. 정식으로 아들이 되고 싶습니다. 제 일생에 다시 만날 수 없는 어른이십니다."

"……."

"간절한 소원입니다."

"음. 그건 내가 하고 싶은 말이었는데 청소하는 걸 보며 정말 아들로 착각했으니까. 좋아 이제부터 아버지라고 불러도 좋아."

따듯한 크리스마스이브는 그렇게 깊어가고 있었다.

7

강변 시외버스 터미널.

크리스마스 휴무일이라 그런지 터미널은 비교적 한산한 편이다. 이 터미널에 한 대의 버스가 도착했고, 거기서 훤칠한 키에 균형이 잘 잡힌 얼굴을 한 사내가, 가방과 제법 큰 액자 하나를 들고 내려 대합실을 향해 걸어간다. 그는 몹시 바쁜 걸음이다. 그도 그럴 것이 자신을 절망으로부터 건져낸 은인이 기다리고 있기 때문이다.

청바지다. 그리고 그를 기다리고 있는 사람은 바로 3일 전에 만나 형님으로 모시겠다고 했던 윤화중이다.

윤화중을 발견한 청바지가 한 걸음에 달려가 액자를 내려놓고 덥석 끌어앉았다.

"행님!"

목이 메어 말이 한마디도 나오지 않았다. 충주를 출발하기 전에 형님께 전화를 걸었고. 그때서야 비로소 청바지는 자신도 알지 못했던 여러 가지 이야기를 들을 수 있었다.

"미정이에게는 말하지 않았네. 자, 내 차로 가자고. 성길용 씨는 부천으로 데려가겠다고 했지만 그럴 필요는 없어. 앞으로는 계속 서울서 생활해야 하니까?"

그는 청바지가 내려놓은 액자를 바라보며 미소 지었다. 저것이 바로 엊그제 자신의 탁구장에서 얻은 미정이 사진이다.

'미정이와 광진이가 비극적으로 끝나지 말아야 하는데……'

재벌 딸과 가난뱅이, 그리고 막강한 라이벌 강신호. 3류 멜로 드라마 같은 설정이지만 그러나 광진이에게는 누구도 넘볼 수 없는 탁구에의 열정과 실력이 있다. 그리고 그는 세계 제패의 희망이 있다. 또 그럴 충분한 여지가 있다. 문제는 사랑이다. 미정이와 청바지의 사랑을 윤화중 감독은 누구보다 잘 알게 되었다.

'광진이가 미정이와 잘 되려면 탁구에서 일인자가 되는 길밖에 없어. 죽어라 훈련하여 명예와 돈과 미정이를 차지해라. 그것이 지금까지 겪어야 했던 네 아픔의 보상이 될 테니까.'

"눈 검사에서 이상이 없었다고?"

"네. 너무 신경을 과로하게 써 생긴 일시적 현상이랍니다."

"잘 됐어. 그거 때문에 무지 신경 썼는데ㅡ."

이제 모든 건 다 잘 해결되었다. 신화탁구팀 창설, 그리고 광진이의 부활, 미정이의 급성장한 실력, 여기에 충분한 재정적 지원, 아무것도 부러울 것이 없다.

마포 탁구장은 자기 집처럼 생각하는 회원 이현주가 인수하여 운영하겠다고 했고 모든 회원들이 힘을 합쳐 도와주겠다고 약속했다.

신화탁구팀은 윤곽이 잡혀갔다.

단장에는 '이봉섭' 고문이 결정적이다. 송 회장이 가장 신뢰하는 인물이며 미정이의 모든 뒷바라지를 해 주고 있었기 때문이다. 그리고 그는 본사와 탁구팀의 가교 역할을 해 줄 것이다.

총감독에는 '윤화중', 트리이너에 평택에 가 있는 전 국가대표 '이종순' 과 역시 전 국가대표 '허지현' 이 유력하다. 이들이 남녀 선수를 각각 맡아 훈련시킬 것이다.

선수로는 현재 에이스 송미정과 최광진이 있으며 스카우트 대상으로 이미 구두 약속이 된 '정연학' 과 '금정완', 여자선수로 '강은양' 과 '정승미' 가 있다. 이를 주축으로 몇 명 더 섭외하여 팀을 구성하고 중국에서 한 명 귀화시켜 식구로 만들 것이다. 이 정도면 충분하다.

내년 5월 전용체육관이 완공될 때까지는 신화그룹 본사 5층에 탁구 훈련장을 만들어 사용하라는 송 회장 언급이 있었다.

광진이는 마포 탁구장에서 며칠 보낼 것이다. 그 후에는 송미정이 알아서 할 것이라고 전해 왔다.

전용체육관은 지금 장선홍 사장이 혼신의 힘을 기울여 최고 전용체육관을 만들 준비를 하고 있다. 내년 3, 4월이면 내장 공사가 끝나 대망의 그랜드 오픈기념식을 가질 예정이다.

윤화중 감독은 지난 밤새 훈련 스케줄을 구상했다. 가장 급한 시합은 국제혼합복식대회다. 광진이는 한 달만 운동하면 예전의 실력을 회복할 것이고 미정이와 손을 맞추는 일은 아무 문제도 아니다. 그들은 이미 한 몸처럼 움직이는 훌륭한 복식조이기 때문이다. 그래도 머리는 복잡했다. 이제 자신은 확실한 성과를 보여주어야 할 책임자이기 때문이다.

송미정은 집에서 안타까운 마음으로 시간을 보내고 있었다.

지금쯤 광진이 오빠는 지난 아픔을 털고 서울을 향해 달려올 것이다. 그러나 그녀는 오빠를 마중 나가지 않기로 했다. 윤화중 선생님에게 나가지 않겠다고 했다. 2, 3일 안으로 오빠가 머물 오피스텔이 마련되고 생활할 살림을 집어넣고 급한대로 중고차라도 사서 보내 드리고 만날 생각이다.

이렇게 오빠를 맞이할 준비에 바쁘지만 휴무일이라 아무것도 할 수 없었다.

그녀는 장농에서 가방 하나를 꺼냈다. 거기엔 중국 선수들이 사용하는 중펜 몇 개가 있었는데 여기에 붙어 있는 러버가 왕리친, 왕하오가 새로 개발했다는 비밀 병기다. 오상은 선배나 유승민 선배가 아니더라도 멀리 현정화 선생님이 덩야핑에게 고전한 이유도 이 이질 러버 때문이었다. 아직 공개되지 않은 중국 비밀 병기를 용케도 입수하여 가져온 것이다.

이 러버를 붙여 중국 선수들에 대한 대비를 할 것이다. 이건 정말 귀중한 용품이며 중국을 깰 비책이다. 청바지 오빠도 이 러버를 연구하여 중국 선수들을 깰 준비를 하게 될 것이다.

그들의 훈련 모습을 담은 비디오를 구했는데 그들의 습관, 약점이 모조리 파악될 것이다. 머리 좋은 오빠는 몇 번만 보면 충분한 대비를 할 것이다.

그리고 이 신형 러버에 맞설 더 새로운 러버가 어떤 게 좋을지는 용품의 일인자인 '홍성혁 박사'에게 의뢰할 것이다. 이런 사전 준비와 피나는 훈련이면 중국이라고 영원한 정상만은 아닐 것이다.

중국 선수들이 이 사실을 알면 기절해 버릴 것이다.

그녀는 라켓을 잡고 스윙을 하며 결의를 다졌다. 내 꿈은 현정화 선생님 뒤를 잇는 것이다. 한국 여자탁구의 옛 명성을 되찾아 선배님들을 기쁘게 해 드릴 것이다.

휙―휙.

방 안의 공기를 가르는 소리가 날카롭게 들린다.

운명의 대결

연습 랠리가 끝나자 송미정이 라켓을 든 손을 번쩍 들어 올리더니
관중을 향해 웃으며 제자리에서 한 바퀴 돌았다.
"와—아—."
체육관이 고막을 찢는 함성과 열기로 금방이라도 터져버릴 것만 같았다.
그녀의 모습은 너무나 당당했고
여기에 그 아름다운 얼굴이 앙상블을 이뤄
마치 한 편의 영화 장면을 연상하게 만들었다.
'히야 정말 멋있다.'

운명의 대결

1

2006년 5월 10일.

아침 신문을 받아든 사람들은 모두 눈이 휘둥그레졌다. 중앙지 전 신문은 물론 스포츠지, 경제전문지, 각 지방지까지 1개면 전면 광고가 실렸는데 재계의 실력자이며 50대 그룹 중 하나인 신화그룹에서 '신화(神話)탁구단' 을 창단하였다는 광고였다.

그룹 홍보차원에서 이런 광고를 하는 예는 종종 있어왔지만 별 인기도 없는 탁구단을 창단하며 이런 대대적인 홍보를 하는 기업은 없기 때문이다. 그러나 젊은이들의 반응은 전혀 달랐다. 최고 인기 연예인 못지 않는 인기 탁구인 미인 송미정과 지난 2월 인도네시아에서 개최된 세계혼합복식대회에서 무패로 송미정과 함께 출전하여 우승한 새로운 강자 최광진의 사진을 중심으로 뉴 히어로 '정연학', '금정완', '강은양', '정승미' 그리고 아직은 그리 알려지지 않은 젊은 탁구인들이 그 광고를 화려하게 장식하고 있었기 때문이었다.

그들은 신화탁구단에 열정적인 지지를 보냈고 생활 탁구인들까지 탁구에 대한 새로운 스포트에 들떠 있었다.

"이제야 탁구가 빛을 보게 되는군."

"이에리사, 정현숙, 현정화 이래 이런 붐 조성은 첨이야."

"이제 동네마다 탁구장이 들어서겠군."

이런 광고를 뒷받침하듯 사회 면과 스포츠 면에는 신화그룹의 탁구 팀 창단을 상세히 보도하고 있었다.

재벌의 딸로 운동선수가 된다는 것도 희귀한 일인데다, 이미 국제무대에 이름을 알려 명실상부한 스타가 된 것도 화젯거리가 아닐 수 없었다. 더구나 뛰어난 그녀의 미모를 생각한다면 기자들이 몰려들기에 충분한 이유가 된다.

창단기념식은 13일 열리는데 장소는 세계 최고이며 최초인 초현대식 탁구 전용체육관 개관기념식과 함께 갖는다고 언론은 보도하고 있었다.

공중파 방송 3사는 물론 스포츠 전문 유선채널에서 체육관 개관기념식과 개관기념 대축제로 인기 연예인 출연, 대미를 장식할 '왕난과 송미정'의 재대결이 있다는 기사와 방송을 전면 광고 만큼이나 크게 보도하고 있었다.

같은 날 오후 신화탁구 체육관에 송 회장이 모습을 나타냈다.

그 주위에 옆으로 윤화중 총감독과 이 체육관 내부시설을 설치한 장선홍 사장이 따르고 있었다.

체육관은 그야말로 세계적인 체육관이다. 외형은 호주 오페라 하우스를 닮은 곡선이 아주 아름다운 건물이며 내장 자재는 최고급으로 되어 있다.

시합장 내부는 선수들 숨소리도 들릴 수 있게 설계되어 있고 방송

중계석이 별도로 마련되어 있다.

장충체육관 축소판처럼 외곽은 원형으로 되어 있고 시합장은 어디서나 불편 없이 관전할 수 있도록 직사각형으로 만들어졌다. 관중석은 자동으로 좁혀지기도 하고 넓어지기도 하여 게임 테이블 숫자에 따라 넓이가 달라진다. 관중석 2000석이 마련되어 있고, 선수들 헬스장, 탈의실, 휴게실, 식당, 사우나실이 마련되어 있어 그야말로 꿈의 구장이라 할만 했다.

"정말 고맙습니다. 장 사장님."

그가 장선홍 사장을 돌아보며 흡족해했다.

"회장님 의지가 반영된 거 뿐입니다. 하지만 이 정도면 세계 최고의 탁구 전용체육관일 겁니다."

"물론이지요—."

"제가 오히려 어깨가 무겁습니다."

윤 감독의 정직한 말이다. 이만한 후원이면 성적도 그에 버금가야 한다.

"너무 조급하게 생각하지 마십시오. 지난 세계혼합복식전에서 금, 은메달 수확만으로도 스타트는 잘 끊은 셈입니다. 미정이나 광진이는 첨부터 유력한 우승 후보였지만 국제 무대에 그리 알려지지 않은 정연학, 정승미조는 중국에서도 꽤 충격이었던 모양입디다. 허허허."

"예, 저도 생각 이상의 성과였습니다."

"금정완과 강은양 스케줄은 어떻게 되죠?"

"금년 9월 독일 오픈대회 참가합니다. 둘 다 중국만 꺾으면 금메달 문제없습니다."

"서포터즈 모집은 그룹홍보실에서 잘 진행하고 있지요?"

"네. 이번 혼복 우승을 기점으로 전국 탁구장을 돌며 우리 선수들과 친선시합, 원 포인트 지도로 인기를 얻어 다수 확보하고 있는 데다 미정 씨 팬이 많아 아주 순조롭게 모집되고 있습니다."

"시합 못지 않게 중요한 게 서포터즈 분들이란 걸 명심해 주세요."

"예, 알겠습니다."

"지역별로 선정한 생활체육 1부 고수들에게 선물과 개관기념 초청장 다 보냈지요?

"예, 그쪽은 제가 잘 알기 때문에 차질없이 준비했습니다."

"엘리트도 중요하지만 생활체육도 그에 못지않게 중요합니다. 그쪽 발전을 위한 연구를 심근하 교수께서 마련 중이니까 잘 지원해 주세요."

"알겠습니다."

잠시 머뭇대던 송 회장이 미소를 지으며 윤 감독을 바라보았다.

"근데 말이오. 개관일 미정이하고 왕난하고 시합은 누가 이길 것 같습니까? 이런 걸 감독님께 물으면 실례인 줄은 알지만…… 딸녀석이 되어 놓으니— ㅎㅎㅎ."

"왕난이야 워낙 세계적인 선수라 모르지만 미정이도 결코 만만치는 않습니다. 박빙의 승부가 될 겁니다. 기대해 보십시오."

그건 윤화중 총감독도 마찬가지다. 기대되는 대결이 될 것이다. 지난 친선시합 때야 아직 송미정이 덜 영근 때였지만 지금은 아니다. 지금 그녀는 철의 선수가 되어가고 있으며 지금 그 담금질을 하고 있는 중이다. 왕난이 얕보았다가는 큰 망신을 당할 수도 있으리라.

"뭐야, 이건 쇼트로 받아야지. 그걸 공격하려 하면 걸리잖아—."

"알겠어요. 다시 한번 더—."

"이 러버 성격 완전히 파악됐어. 어떤 돌출 러버보다 더 까다롭지만 대처 방법을 알아냈단 말이야ㅡ."

'역시 오빠는 천재야ㅡ.'

청바지 오빠와 미정이는 이 시간에도 왕난과의 대결을 위해 훈련하고 있었다. 윤 감독님이 집중으로 훈련할 포인트를 지시하고 아버지 송 회장을 만나러 갔고 옆 신화그룹에 마련된 임시 훈련장에서 벌써 5시간째 강훈하고 있었다.

'근데 말이야. 왕난이를 꺾으면 강신호 씨 다이아 반지를 받아야 되는데 이를 어쩌지?'

"미정이, 뭐 생각하고 있어! 이건 공이 멈춰 섰을 때 포어 핸드 스트로크로 갈겨대야지!"

"아! 예, 알겠습니다."

두 사람 모두 이마에서 땀이 비 오듯 흐르고 있다.

"자네 지금 걱정하고 있는 거 아니지?"

최영심 여사다. 광진이가 탁구팀 에이스로 확정될 때까지 남편 송 회장과 무지 싸웠지만 남편의 의지를 꺾지는 못했다. 그런데다 외국까지 같이 가서 시합까지 하고 오니 초조할 수밖에 없다.

그건 강신호도 마찬가지다. 아무리 마음 편히 가지려 해도 펀치가 못하고, 이러다 정말 그 청바지에게 빼앗기는 건 아닌지 걱정이 되어 잠도 이루지 못하고 있었다.

"너무 걱정하지마. 이번 개관기념식 끝나면 확 약혼이라도 해 버릴 테니까. 난, 자네 외에는 사윗감 없어. 알았지?"

"네, 어머님. 어머님만 믿고 있겠습니다."

"운동은 운동이고 결혼은 결혼이야. 다 양보해도 자네하고 미정이 결혼은 절대 양보 못해. 그럼 개관기념식장에서 보자구ㅡ."

전화를 끊고도 한동안 흥분을 이기지 못해 씩씩대고 있는 최영심 여사다.

2

왕난과의 시합을 앞두고 송미정과 최광진이 비지땀을 흘리고 있을 때, 송 회장 수행을 마친 윤 총감독이 들어왔다. 그는 훈련장으로 들어오자 마자 옷을 탁구복으로 갈아입었다. 윤 감독이 들어오자 훈련 파트너였던 청바지가 자리를 내준다. 윤 감독이 직접 지도하게 되는데 거기엔 그럴 이유가 있다.

왕난을 위한 훈련은 대부분 윤 감독이 직접 지도해 주었는데 그건 윤 감독이 국내에서는 보기 드문 왼손잡이였기 때문이다.

송미정은 아직 왼손잡이에 익숙해 있지 않았고, 왕난은 왼손 셰이크 전형이다.

지난 첫 친선게임 때 대등한 경기를 했다고 하지만 그건 내용적인 면에서이고 사실은 완패나 다름 없었다. 그 후 송미정은 자신이 왼손잡이에 약하다는 것을 알게 되었는데 다행이도 윤 감독이 왼손 전형이다.

한때 '탁구의 천재'라 불리우던 전 국가대표 출신 이재철 관장이 왼손잡이이고 생활 탁구의 고수 김연우가 역시 왼손 전형이다.

그러나 그리 흔하지 않은 것이 왼손 전형이다.

"미정이 정신 똑바로 차려! 왕난 특기는 내리찍는 듯한 서비스와 간결하면서도 위력적인 드라이브야. 하지만 더 무서운 건 역회전 드라이브야. 왼손으로 좌우 코너를 깊숙이 질러 넣는 역회전 드라이브는 발이 빠르지 못하면 걷어내지 못해. 한 발 더 뛰어야 받을 수 있어. 자, 다시 서비스부터 시작하자구. 날 왕난이라 생각하고 말야."

훈련 파트너도 미정이도 라켓에 붙어 있는 러버는 중국에서 극비에 입수한 소위 신형 이질 러버다. 왕난이 이 러버를 사용한다는 정보도 입수했다.

지난 성탄 이후 이 러버로 훈련을 계속하여 이제 제법 손에 익숙해졌다.

탁구공은 네트를 중심으로 정신없이 오고 갔다. 광진이는 옆에서 역시 정신없이 눈동자를 굴리며 공의 흐름을 쫓고 있었다.

광진이 청바지는 이제 완전히 슬럼프에서 벗어났는데 그건 경제 문제의 해결 덕이었다.

송 회장은 계약금 2억에 연봉 1억 5천, 여기에 출전수당과 승리할 경우 승리수당도 지급된다. 그러나 그보다 더 큰 것은 그룹 홍보모델비다. 세계혼합복식 우승 후 이를 대대적으로 홍보했는데 여기서 얻은 수입 또한 만만치 않았다.

당년 탁구인 수입으로는 세계적 스타 유승민을 상회하는 수입이다.

하지만 그는 검소하기 이를 데 없다. 자동차는 송미정이 선물한 중고 소나타를 몰고 있고 숙소 역시 비좁은 오피스텔을 그냥 사용하고 있다.

청바지는 어머님을 모시고 있는 동생에게도 거액을 주어 효도했다.

돈이 조금 더 모이면 충주 동로 양 아버지의 집도 현대식으로 개조해 드릴 작정이었다. 그러자면 좀 더 많은 훈련으로 팀을 우승으로 이끌어야 하며 국제대회에서 빛나는 성과를 얻어야 한다.

그러나 이 모든 것보다 더 중요하고 다급한 것은 모레 미정이의 왕난에의 승리다.

그의 눈동자가 불꽃처럼 타오르는 이유는 이 때문이다.

'이번에는 멋있게 설욕해야 하는데……'

하지만 천하의 왕난이다. 정말 겁나는 선수다.

밤이 되면 왕난의 시합 동영상을 보다 더 면밀히 검토하여 지금까지 파악된 그녀의 습관, 약점을 한번 더 점검할 것이다.

이렇게 주변 모두는 미정이의 승리를 위해 총력을 기울이고 있었다.

미정이의 개인적 영광과 '신화탁구팀'의 명예를 위해서다.

'다이아 반지야 어떻게 됐든, 왕난은 잡아야겠어.'

미정이 각오도 대단했다. 우선 이기고 보자는 심산이었다.

"무릎을 더 숙이고 공을 끝까지 따라 붙어. 공을 놓치면 지는 거야!"

윤 감독의 찌렁찌렁한 목소리가 훈련장을 메아리 친다.

다음날 오전 10시, 인천국제공항에 윤화중 감독이 모습을 나타냈다.

이제 잠시 후, 중국의 왕난(王楠) 일행이 도착한다. 이들을 영접하기 위해 회장이 빌려준 벤츠로 영접나온 것이다.

일행은 모두 여섯 명이지만 이미 중국에서는 이를 중계하기 위해 CCTV 중계팀이 와 있었다.

중국에서 이번 시합에 열을 올리는 이유는 작년 중국을 떠날 때 일갈한 송미정의 발언에 자극받았기 때문이다. 그 후 수없는 설전이 오고갔는데 그것이 국제 탁구계에 큰 파장을 일으켰고 각 탁구 강국 기자들도 이미 몰려와 있었다.

이번 시합은 어쩌면 베이징올림픽 탁구 시합의 전초전이 될 수 있다며 보도에 열을 올리기도 했다.

그리고 신예 송미정에 대한 각국의 호기심이 그 열기에 기름을 부은 듯했다.

마침내 그들이 도착했다.

그들 일행 중 팀원이 아닌 낯익은 얼굴이 보였는데, 그가 바로 세계적인 탁구 해설가이며 이론가인 '경송' CCTV 해설자이다. 그가 자청하여 따라왔는데 그가 바로 송미정 중국 탁구 유학을 주선한 인물이다. 한국어에도 능통한 인물이다.

중국편도 한국편도 아닌 공정한 중계 해설을 하겠다고 이미 선언한 터였다.

왕난 외에도 오픈게임으로 한국 정연학과 맞붙을 왕지친, 강은양과 대결할 세계 랭킹 32위의 장첸첸 모습도 보였다.

송 회장은 이들을 최고로 예우했다. 숙소는 쉐라톤 워커힐로 정했고, 개런티도 역대 최고 액수로 책정해 주었다.

시합은 바로 내일이고 적지이긴 하지만 왕난은 아무 걱정도 하지 않았다. 송미정이 강해졌다는 것은 알고 있지만 자신의 적수는 아니라는 판단이다. 애송이한테 진다는 건 상상도 할 수 없는 일이다.

장이닝은 겨룰 수 없겠느냐 했지만 그건 스포츠가 아니다. 더구나 신성한 탁구 시합을 그렇게 할 수는 없다.

'승리 메달을 목에 걸고 가야지. 왕지친, 장첸첸도 승리해서 퍼펙트 게임을 해야지. 한국은 아직은 적수가 아니거든―.'

그러나 그녀의 핑크빛 꿈은 새로 건축한 탁구 전용체육관에 도착해서야 극심한 혼란으로 바뀌었다.

세상에 태어나 국제무대를 주름잡았던 그녀지만, 이토록 아름답고 우아한 탁구 전용체육관은 일찍이 본 일이 없었다.

그녀는 한마디로 기가 죽어버린 것이다.

'한국에 이런 체육관이? 전에 보았던 장충체육관과는 비교도 안 되는군. 이 정도 시설을 만들 정도라면 한국 탁구는 예전 한국 탁구가 아

니라는 얘기야.'

　윤화중 감독의 설명을 듣는 왕난 일행은 벌린 입을 다물지 못하고 있었다. 건물에 먼저 압도된 것이다.

　신화탁구팀 서포터즈 회장 '전인숙' 여사는 '손태련'을 비롯한 간부들과 응원 마지막 점검을 하고 있었다.

　이 두 분은 이미 생활 탁구인으로 전국이 다 아는 유명 인사들이다.

　태극기 1천여 개, 비닐 응원 막대기 500개, 그리고 화교 중국팀 응원단을 위해 오성기 100개와 비닐 막대기 100개를 준비하는 철저함도 보여주었다. 내일은 중국대사도 참관하겠다는 통보를 받아 의전상 마련한 것이다.

　시합이 열리는 체육관 정문 앞에는 엄청나게 큰 경축 현수막이 걸려 있고 그 양 옆에는 왕난과 송미정 얼굴 그림이 현수막만큼이나 크게 확대되어 붙어 있었다.

　국민들은 시합장에 갈 사람은 물론 TV로 시청할 사람들까지 흥분을 감추지 못해 내일이 오기를 손꼽아 기다리고 있었다.

　긴장과 호기심으로 가득한 전야는 워커힐호텔에서 디너파티를 여는 관계자들도 마찬가지였다.

　송 회장은 접대를 하면서도 입 안이 버쩍버쩍 말라가고 있었다.

　'미정이가 승리해야 하는데…… 미정이가.'

　'미정이가 승리할까? 정말 왕난을 이길 수 있을까?

　이건 강신호와 최영심 여사의 생각이다. 시합에서 지고 은퇴를 발표한다면 얼마나 좋을까?

　개포동 신화 체육관 일대는 혼잡을 이루고 있었다. 오늘 한국 신예 송미정과 중국의 최강자 중 하나인 왕난과의 대결을 보기 위한 탁구인들과 애호가들이 몰려들었기 때문이다.

　체육관을 책임지고 있는 조용일 관장은 잔뜩 긴장한 채 직원들과 아르바이트생들을 지휘하며 고함을 질러대고 있다. 몰려들 차량들을 대비하기 위해 자체 주차장과 인근 초등학교 운동장을 섭외했으니 다행이지 그렇지 못했다면 아수라장이 되었을 것이다.

　오늘은 특별한 귀빈들도 참석한다. 차질이 있어서는 안 된다. 조용일 관장의 목청은 높아만 간다.

　이미 3대 공중파 방송과 탁구 전용 케이블 방송국, 그리고 오늘 게임을 중계하기 위해 중국에서 날아온 CCTV 중계팀이 자리잡고 있다. 경송 해설가와 아나운서가 알아들을 수 없는 중국어로 뭔가 열띤 대화를 나누고 있다.

　내용은 대충 이랬다.

　"정말 엄청난 탁구 전용체육관입니다. 자, 보십시오ー."

　카메라가 체육관 내부를 훑고 있고, 제2 카메라는 밖에서 몰려드는 관중과 건물을 보여주고 있다.

　"네, 정말 대단합니다. 베이징올림픽을 주관하는 우리로서는 걱정과 부러움이 교차되는 순간이군요. 자, 그건 그렇고. 오늘 시합을 어떻게 보십니까?"

　"왕지친 선수와 장첸첸 오픈 시합도 제게는 흥밋거리가 아닐 수 없습니다. 이들과 대결할 한국의 정연학, 강은양 선수가 바로 한국의 내일의 주전 선수이기 때문입니다. 그리고 메인 게임인 왕난과 송미정

대결은 정말 운명의 대결이 아닐 수 없습니다. 지난 친선게임 때는 송미정 선수가 파이팅은 했지만 역부족이었던 건 사실이었구요. 그러나 지금은 전의 송미정이 아닙니다. 정말 기대되는 시합입니다."

경송 해설자가 머리를 끄덕이며 열심히 오늘 분위기를 전하고 있다.

"그런데 한국 남자 신예 최광진 선수는 오늘 나오지 않네요? 여기 신화탁구팀 에이스인데—."

"예. 사실은 왕하오나 왕리친과의 대결을 원했지만 이들이 다른 일정이 잡혀 있어 부득이 포기했습니다만 아마도 베이징올림픽 때는 한국대표로 출전할 것이 분명해 보입니다."

"남자 금메달 후보로는 누구 누구를 찍고 계십니까?"

"제 견해로는 왕리친은 좀 사양길에 있다고 보고요. 우리 중국의 왕하오, 마린, 독일의 티모볼, 그리고 삼소노프, 한국의 유승민, 오상은, 최광진 정도가 각축을 벌이지 않을까 봅니다."

'한국의 최광진은 아직 낯선 이름 아닙니까?'

"지난 세계혼합복식에서 제가 직접 보았는데요. 강자입니다. 아마 베이징올림픽이 끝나면 그는 세계 1류 선수로 탁구 팬들을 사로잡을 겁니다. 전, 최광진 같은 스타일을 첨 보는데요. 아주 유연한 동작, 부드러운 타법, 마치 물결 흐르듯 하는 그런 모습이었습니다. 금메달 자격이 충분한 선수로 꼽는데 이의를 달지 않겠습니다."

"아, 그렇군요. 언제나 그랬지만 한국 탁구는 언제나 중국을 위협하고 있지 않습니까? 특히 남자 선수들이—."

"지금까지는 그랬죠. 하지만 오늘을 기점으로 중국 여자탁구의 불패 신화는 깨질지도 모른다는 예감입니다. 송미정 선수 때문이죠. 올림픽 때 장이닝과 선수 생명을 걸자고 한 게 그냥 한 말이 아니라고 봅니다. 아, 저기 지금 신화그룹 송 회장이 귀빈들과 입장하는군요—."

카메라가 귀빈 입장을 좇는 영상을 잡아준다.

"아, 저기 우리 중국대사님도 보이는군요. 감격스러운 장면입니다."

장내에서 박수 소리가 들려오는데 고막이 찢어질 정도다.

"아, 윤철수 문화체육부 장관, 정미자 한국경제인연합회 회장도 보이는데요. 이분도 아마 탁구인이죠. 대한탁구연합회 회장도 보이네요—."

한국통인 경송이 일일이 설명해 준다.

"아, 저 뒤에 따라오는 귀부인이 송 회장 부인이신 최영심 여사고요. 그 옆의 미남은 누군지 잘 모르겠네요."

강신호가 나온 것이다.

탁구장은 원형으로 되어 있다. 사람들은 모두 의아하게 생각했다. 내부가 직사각형으로 되어 관전하기 좋을 거라 했기 때문이다.

원형 실내에는 패티김이 나와 〈서울의 찬가〉를 열창하고 있다.

요란한 박수 소리와 함께 귀빈들이 귀빈석에 자리 잡고 앉았다. 귀빈석에는 한국 탁구의 산 증인 이경호 씨를 비롯하여 한국 탁구를 빛낸 이에리사, 정현숙, 김완, 자오즈민, 안재형 씨는 물론 유남규, 현정화, 김택수 등 기라성 같은 스타들과 유승민, 오상은, 주세혁, 김경아, 박미영, 이은실 등 세계 랭킹의 현역 선수들도 보인다.

그 좌측으로는 현역 실업, 대학 선수들이, 우측으로는 생활 탁구 1부 선수들이 앉았는데 이건 모두 송 회장의 배려로 초대된 탁구인들이다. 그 속에는 조이풍을 비롯한 심근하, 홍성혁, 정동조, 김연우, 김재삼, 김상범 등 당대 선수들과 오써모 동호인 간부들 그리고 이재철, 전 국가대표를 비롯하여 서석하, 이소영, 이현주(윤화중 감독의 마포 탁구장 인수인), 강성준 등 유명 스타 탁구교실 관장 얼굴들도 보인다.

사회는 탁구 애호가이며 연예인인 임성훈 씨가 맡고 있었다.

패티김의 노래가 끝나자 〈텔미〉로 유명세를 떨치고 있는 원더걸스가 등장하여 당대 최고의 히트곡 〈텔미〉를 율동과 함께 부른다.

잠시 여흥이 끝나자 원형 바닥은 아무것도 없는 마루판뿐이다.

그러자 믿을 수 없는 현상이 나타났다. 마루판이 옆으로 스르르 밀려 나가더니 직사각형의 새로운 마루판이 지하에서 올라온다. 원형의 나머지 여백은 밀려나가던 마루판이 멈춰 메워주었다.

이것이 신화 탁구장이 자랑하는 특수 실내장식이다. 장선홍 사장의 역작이다. 그는 앞으로 세계 각국의 탁구장 디자인과 설계를 맡게 될 것이다.

박수 소리가 또다시 고막을 찌른다.

전인숙 서포터즈 회장은 회원들을 독려하며 비닐 막대를 두드리고 있다.

마침내 체육관 개관기념 및 송미정 대 왕난의 친선시합을 알리는 개막사가 있고 윤철수 문화체육부 장관의 흥분한 모습이 역력한 축사가 있었다.

이어 송 회장의 인사가 있는데 인사 대신 탁구팀 선수들을 일일이 거명하며 소개해 주었다.

"먼저 이봉섭 단장, 그리고 여러분이 잘 아시는 전 국가대표 윤화중 총감독을 소개합니다.

다시 터지는 박수 소리.

"여기 오늘의 스타 제 딸 송미정 선수를 소개합니다. 자랑스럽습니다."

"와—아!"

정말 고막을 찢는 박수 소리와 비닐 막대봉 두드리는 소리가 우레처럼 터져나왔다.

"다음, 제가 모든 걸 걸고 스카우트한 최광진 선수를 소개합니다."

그러면서 옆으로 고개를 돌려 유승민 선수를 바라본다.

"우리의 국민적 스타 유승민 선수도 긴장 좀 하셔야겠네요?"

"하하하—."

장내가 웃음바다가 되었다.

유승민이 허리를 굽히며 일어나 귀빈석과 장내를 향해 꾸벅 절을 한다. 다시 터지는 박수 소리.

잠시 소란이 멈추고 이어 감사패 전달이 있다.

"딱 세 분께만 감사패를 전달합니다. 먼저 이 탁구장을 만들어 주신 설계인이며 아마 탁구 2부이신 최옥진 여사님. 그리고 이 멋진 실내 장식을 맡아주신 역시 생활 탁구 1부이신 장선홍 사장님."

박수 소리와 함께 두 분이 감사패를 받았다.

"부상으로 금 30돈의 탁구 라켓을 드립니다."

"와—아."

연이어 터지는 함성 소리.

"끝으로 우리 서포터즈 전인숙 회장님께 감사패를 드립니다. 정말 아무 댓가 없이 수고하신 분입니다. 역시 금 30돈의 라켓을 감사 선물로 드립니다."

열기가 가득한 가운데 개관기념식이 간단히 끝났다.

'제길, 저걸 꼭 넣었어야 해?'

여전히 투덜대는 최영심 여사다. 그녀는 아직도 광진이 청바지가 못마땅하여 투덜대고 있다. 그리고 옆에 앉아 있는 강신호에게 속삭인다.

"오늘은 네 마누라 감이 탁구치지만 담엔 네 옆에 붙여서 결혼식 올려. 네 마누라가 될 거야."

"네, 어머님 고맙습니다."

"고맙긴 아이구. 내 저 지지배 때문에 오래 못살 거여."

눈이 고양이 눈으로 찢어진다. 그녀가 강신호의 손을 꼬옥 잡아준다

"아이구 내 사위가 최고지—."

신화 로고가 인쇄된 날렵한 탁구복을 입은 송미정이 스윙을 하며 몸을 푼다.

웬지 오늘 컨디션이 아주 좋다. 몸이 가뿐한 게 오늘 같으면 왕난 아니라 궈예, 장이닝과 맞붙어도 깨버릴 것 같다.

"긴장 풀고 힘 빼고, 그리고 첨부터 그 스텝 밟으며 시작해. 알았지 미정이?"

청바지가 미정이 눈동자를 들여다보며 결의를 다진다. 태껸 스텝을 말하는 것이다.

"오늘 만리장성 무너지는 날이다. 알았지."

"네, 오빠 걱정하지 마세요."

윤화중이 옆에서 씨익 웃어 보인다.

'정말 잘 어울리는 커플이야. 담엔 예식장에서 이런 모습 봐야 하는데.'

옆에서는 왕난이 자신의 코치와 뭐라 말하며 웃는다. 그녀는 지금도 자신이 깨지리라고는 눈꼽만큼도 생각하고 있지 않다.

두 사람은 안내원을 따라 천천히 시합장으로 걸어 들어가기 시작했다. 천둥치듯 함성이 들려온다.

송미정이 걸어나오다가 누군가를 보고 반색을 한다.

"꼭 승리할게요—."

"네, 꼭 이기셔야 합니다."

월간탁구 한인수 기자와 일간스포츠 윤경구 기자였다.

밖에는 정연학과 왕지친의 결사적인 시합이 진행 중에 있었다.

4

정연학과 왕지친의 시합도 불꽃 튀는 대접전이다.

왕지친은 정연학처럼 중국의 신예로 베이징올림픽을 기점으로 세계 랭킹을 바닥에서 한 단계 높이기 위해 혼신의 힘을 기울이고 있는 선수다. 그리고 정연학은 이미 세계 혼복에서 같은 한국조 청바지 최광진과 송미정 팀에 패해 은메달을 거머쥔 여세를 몰아 왕지친을 꺾으려는 야심으로 가득차 있다.

타이틀이 걸린 시합은 아니지만 언론의 보도대로 이 시합은 한국 대 중국의 베이징올림픽 전초전 성격을 띠고 있어 그 누구도 방심하는 선수가 없다.

정연학은 코치 세인트 허지현의 지시에 따라 차분하고도 충실히 게임하고 있었다.

짧고도 강력한 중펜의 백 드라이브를 놓치지 않고 받아내고 있고 탁구대에 붙었다 떨어졌다 하며 부지런히 드나들어 왕지친을 괴롭혔다.

현재 스코어는 3:3에 7:10 정연학이 한 점을 더 딴다면 그대로 4선승 승리를 거머쥔다.

그렇다고 왕지친이 실력이 현저히 달리는 것도 아니다. 다만 적지라는 점과 대단한 응원 열기, 그리고 해외 원정의 부족한 경험이 그를 힘들게 하는 것뿐이다. 두 선수의 기량은 그러니까 막상막하인 셈이다.

만일 여기가 중국이었다면 정연학이 고전할 것이다.

이때 허 코치가 작전타임을 요구했다. 허 코치 역시 풍부한 경험이 있는 지도자다. 여기서 아차하면 왕지친에게 물릴 수도 있다. 중국 선수들을 한국 선수들이 두려워하는 건 그들의 끈질김 때문이다. 2:8의 절망적 상황에서도 역전승시키는 게 중국 선수들의 특징 아닌가?

정연학을 불러들인 허 코치는 별말 하지는 않았다.

"마지막 서브 하나 남았어. 어렵게 넣지 말고 제일 자신 있는 걸로 넣고 공이 넘어오거든 강한 스매싱으로 우측 코너를 노려. 저 친구 그쪽이 약점이니까. 알았지, 이번에 끝내는 거야!"

정연학이 머리를 끄덕이며 다시 나섰다.

관중석에서 응원의 함성이 터져나온다.

"정연학 파이팅—."

"마지막 한 방— 아싸—."

"정연학, 멋쩌부러—."

개그프로의 유행어까지 체육관을 진동시킨다.

심호흡을 가다듬은 정연학이 공을 짧게 들어 올린다. 그리고 떨어지는 공을 회전 없이 너클로 강하게 밀어붙였다. 상대는 분명히 짧은 회전 드리이브로 맞받아칠 것이다.

그리고 공은 그렇게 넘어왔다. 공을 넘긴 왕지친이 쓰—윽 뒤로 물러난다.

그가 잔발 스텝으로 물러서는 것을 보며 정연학은 우측 코너를 향해 강타를 때렸고 공은 코너 구석 모서리를 마치 엣지가 되는 것처럼 아슬아슬하게 맞아 엉뚱한 곳으로 튀어나갔다.

당황한 왕지친이 달려갔지만 공은 이미 바닥을 구르고 있었다.

왕지친도 정연학도 모두 바닥에 주저 물러앉았다. 그러나 표정은 다르다. 정연학은 앉은 자세에서 주먹을 불끈 쥐고 두 손을 허공을 향해 뻗어 올렸고 왕지친은 머리를 떨구며 두 손으로 바닥을 짚었다.

승자와 패자들의 전형적인 모습이다.

광중들의 함성이 터져나왔다. 귀빈석의 송 회장, 윤철수 문화체육부 장관, 최영심 여사는 물론 탁구의 문외한인 강신호까지 손바닥이 터져라 박수를 쳐댔다. 바로 앞서 열렸던 시합에서 강은양이 전력의 열세를 극복하지 못하고 장첸첸에게 아깝게 패한 분풀이를 정연학이 멋지게 복수한 것이다.

이 시합을 잠시 지켜보던 송미정도 두 주먹을 불끈 쥐며 기쁨을 같이했다.

이 승리를 내가 이어가야지. 그는 선 채 마치 줄넘기를 하듯 뛰며 발의 긴장을 풀었다. 그리고 펜스를 넘어 시합장으로 들어섰다.

체육관은 아직 들어 본 경험이 없는 엄청난 함성이 터져나왔고 전인숙 서포터즈 회장의 진두지휘로 비닐 방망이를 우렁차게 두드리고 있었다.

저쪽 중국 벤치에는 왕난이 그쪽 코치의 지시를 받으며 머리를 끄덕이고 있다.

윤화중 총감독, 여자 코치 이종순, 청바지 광진이가 나란히 서서 송미정을 바라보고 있다. 특별히 주문할 것도 없고 주문할 필요도 없다. 이미 만반의 준비를 마쳤기 때문이다.

다만 심리적으로 위축될 것이 걱정이지만 송미정은 한번 패한데 대한 심리적 부담은 갖지 않을 것이다.

그때의 송미정과 지금의 송미정은 전혀 다르다. 그리고 지금 뒤에 광진이 오빠가 있고, 윤화중 감독이 지켜보고 있다.

이때 송미정을 지켜보고 있던 광진이가 미정이에게 다가가 귀엣말로 속삭였다.

"첫 서브를 넣을 때 왕난이를 호랑이 눈으로 쏘아 봐. 그리고 씨익 웃어줘. 이건 심리전이야. 알았지?"

"네, 오빠!"

그리고 다시 경중경중 뛰기 시작한다.

이 중계는 세계 30개국에서 생중계한다. 친선 시합으로는 이례적인 일이지만 한국 신예와 중국의 에이스의 대결은 그만큼 세계 탁구인과 스포츠 팬들을 매료시킬 만한 시합이란 증거였다.

한국 중계방송단은 물론 CCTV 중국 중계팀들도 긴장이 고조된 상태에서 멘트를 나누고 있다.

"송미정 선수가 이번엔 복수할 수 있을까요?"

아나운서가 묻자 경송이 대답한다.

"어떤 경우라도 왕난이 지지는 않을 겁니다. 방심하지만 않는다면요. 워낙 빅게임 경험이 많고 노련해서요. 그보다는 송미정 선수가 얼마나 접전을 펼치느냐가 관건입니다. 송미정이 초반부터 밀어붙여 사기를 올린다면 왕난도 고전하게 될 겁니다. 그런데 참 아름답긴 하군요!"

"네, 이미 세계 탁구 마니아는 물론 탁구를 모르는 사람들도 송미정의 미모만큼은 알아주지 않습니까?"

한국 여자탁구 선수들은 언제나 아름다웠죠. 깔끔한 미인 정현숙 씨, 늘씬하고 다부진 현정화 씨, 아, 현정화 씨 하고 덩야핑은 언제나 라이벌이었지만 미모에서는 차이가 많았죠. ㅎㅎㅎ. 좀 부럽기까지 하네요. 연예인이 되었어도 대스타가 될 미모입니다. 우리 중국에서 크게 활동하던 장나라 씨와 많이 닮지 않았습니까?"

"아, 그러네요. 어디선가 익은 얼굴 같다 했더니 좀 더 큰 장나라네요. 당찬 표정이 좀 다르다 할까요? ㅎㅎㅎ. 아, 정말 아름다운 선수입니다."

"아, 지금 한국 제2의 유승민이라는 최광진이 송미정에게 다가와 뭐라 이야기를 나누는데 무슨 말을 할까요?"

"아직 경험이 일천하니 긴장하지 말라는 선배 주문이겠죠."

"한국 감독이 윤화중 씨이죠? 왕년에 중국 좀 괴롭혔던―."

"한국 탁구인 중에는 중국을 가장 잘 아는 사람이죠. 신화그룹이 중국을 깨려고 단단히 벼른 모양입니다. ㅎㅎㅎ."

강신호는 시합이 시작도 되지 않았는데 움켜 쥔 주먹에서 땀이 촉촉이 배어나고 있었다.

"지다니, 져서 은퇴하라니, 그건 말도 안 되지. 세계 랭킹 1위 하고 은퇴해서 나와 결혼하는 거야. 미정 씨 힘내. 알았지."

주머니에 지난 크리스마스 때 산 다이아 반지가 있다. 승리하면 먼저 달려가 손가락에 끼워주리라. 모두가 보는 앞에서―.

'광진이가 보는 앞에서 확실한 도장을 찍을 필요가 있어!'

아버지 송 회장도 긴장되기는 마찬가지다.

오늘은 탁구단이 정식으로 탄생되는 날이며 탁구 전용체육관이 개관 되는 날이다. 오늘 미정이가 반드시 승리해야 한다.

나와서 경중경중 뛰는 모습을 보니 대견스럽기도 하고 자랑스럽기까지 하다. 집에서 어리광 부리고 철부지 노릇하는 미정이가 오늘은 마치 태백산 산중에 우뚝 서 있는 거목처럼 보인다.

'미정아 중국 대스타 한번 꼭 꺾어라. 왕난 꺾고 올림픽 메달 따면 네가 원하는 대로 다 해 줄게. 광진이 좋으면 같이 살아도 좋아.'

흘깃 아내 최영심을 바라본다. 아직도 뭐가 불만인지 입을 이죽이고
있다.

'저 예편네 고집하고는―.'

오늘 주심은 미리내 카페 경영자이며 국제심판자격증 소유자 김문
희 여사가 맡고 있고, 부심에는 인천 출신의 박연숙 씨가 맡았다. 모두
깔끔한 심판 복장을 하여 멋있게 보인다.

"와―아."

또 터질 듯한 함성이 들린다.

심판이 두 사람을 앞으로 불러들였다. 그리고 주의사항을 말한 뒤
두 사람의 라켓을 받아 바꿔주었다.

상대 라켓이 어떤 종류인지를 확인하는 절차다.

경송의 해설이 곁들여진다.

"왕난 라켓이 이번에 개발한 신무기 아닙니까?"

"예, 맞습니다. 새 이질 러버입니다. 송미정이 익숙하기까지는 좀 고
전하겠네요."

"에, 이것도 흥밋거리입니다."

중국의 장이닝, 궈예, 홍콩의 티에야나, 싱가포르의 리자웨이, 왕유
에구 등 베이징올림픽 금메달을 노리는 세계 랭킹 상위권 선수들도 마
른침을 삼키며 중계하는 TV를 지켜보고 있다.

심판이 두 선수를 부르는 모습이 보인다.

'어차피 결승에서 만나게 되면 송미정이나 나나 하나는 사라지게
될 거야. 제발 부탁인데 송미정 결승까지 꼭 올라와, 널, 은퇴시키고
말 테니까?'

5

왕난과 송미정은 서로 상대의 라켓을 확인하기 시작했다.

중펜의 앞면은 중국 선수들이 흔히 사용하는 좀 더 끝이 날카로운 빨간색 돌출 러버지만 뒷면 검은색은 중국이 야심차게 개발했다는 이질 러버였다.

송미정은 표정없는 얼굴로 심판에게 되돌려 주었지만 왕난은 경직된 얼굴로 건네주었다.

그도 그럴 것이 송미정의 라켓 앞면 붉은색은 그냥 평면 러버인데 이건 처음 보는 러버였다.

독일 티바(TIBHAR)에서, 최고의 인기 제품 하이텐션으로 꼽는 모리스토 2000의 약점을 보완한 시누스(SINUS) 러버인데 이 제품의 성격을 전혀 알 수 없기 때문이다. 그런데다 송미정의 돌출 러버가 왕난을 기절하게 만들었다. 비밀 병기로 극비 개발했다던 태풍—템페스트라는 이름의 러버를 송미정이 가지고 나온 것이다.

이제 한국은 탁구에 대한 정보를 군사전략만큼이나 비밀리 가동하고 있다는 뜻이다.

왕난은 당황스러웠다. 역시 중펜(중국식 펜 홀더 라켓)의 송미정이 이 러버를 들고 나왔다는 것은 이미 이 러버로 충분히 훈련했다는 뜻이다. 그런데다 시누스 러버는 왕난으로서는 전혀 정보가 없는 제품이다.

왕난은 라켓으로 공을 툭툭 쳐 보았다. 경쾌한 음향이 들린다.

시누스(SINUS)는 모리스토의 약점을 최대한 보완하고 있었다. 공을 치면 경쾌한 소리가 들리는데 이건 스매싱에 강력한 힘을 더해 준다는 뜻이다.

그리고 손가락으로 시누스 표면의 감촉을 느껴 보았다. 탄력이 있으면서도 모리스토보다 강질이다. 이건 드라이브를 걸 때 회전이 탄력 있으면서도 엄청 먹는다는 뜻이다. 그리고 약하게 부서지는 모리스토보다 수명이 훨씬 강할 것이다.

또 아무리 세계적인 선수라 해도, 상대도 한국의 신예 강자이며, 얼마 전 지난 12월까지 중국에서 8개월이나 강훈한 선수다.

오늘 송미정을 통해 이 신병기 이질 러버를 테스트해 보려던 왕난이 당황할 수밖에 없는 형편이다.

하지만 노련한 왕난은 당황스러운 표정을 전혀 짓지 않았다. 그녀는 태연한 표정으로 라켓을 건네주었다.

그러나 송미정은 안다. 왕난이 지금 얼마나 당황스러운지를…… 지난 친선시합 때 왕난이 보도 듣도 못한 생소한 러버를 붙여 나와 자신이 얼마나 당황스러웠는지. 그 경험이 기억 속에 고스란히 남아 있는 미정이 아닌가?

'아무리 태연한 척해도 난 알지— ㅎㅎㅎ. 지난 시합에서는 내가 그랬으니까!'

왕난은 여전히 머리를 뒤로 묶은 말총머리를 하고 그녀가 좋아하는 붉은색 유니폼에 노란선 무늬가 있는 유니폼을 입고 있었고, 송미정은 홍익대 미술팀이 수차례나 바꿔가며 결정한 날렵한 디자인의 오렌지빛 유니폼을 입고 있었다.

시합이 시작되기 전 두 사람은 투닥 투닥 랠리를 주고받아 보았다.

송미정은 익숙한 감각으로 받는데 왕난은 계속 머리를 갸우뚱이며 받았다. 이런 감각은 그녀로서도 처음 경험이다. 특히 시누스의 탄력은 모리스토와는 전혀 다른 탄력을 가지고 있어 어느 정도 손의 힘을 주어야 맞을지 걱정이었다.

연습 랠리가 끝나자 송미정이 라켓을 든 손을 번쩍 들어 올리더니 관중을 향해 웃으며 제자리에서 한 바퀴 돌았다.

"와―아―."

체육관이 고막을 찢는 함성과 열기로 금방이라도 터져버릴 것만 같았다.

그녀의 모습은 너무나 당당했고 여기에 그 아름다운 얼굴이 앙상블을 이뤄 마치 한 편의 영화 장면을 연상하게 만들었다.

'히야 정말 멋있다.'

순간적으로 스쳐가는 감정은 강신호만이 아니다. 2천 명 관중은 물론 아버지 송 회장, 어머니 최영심 여사 역시 마찬가지였다.

'내 딸이긴 하지만 우리 미정이 정말 멋있구나―.'

이 아름다움을 느끼지 못하고 있는 사람은 청바지 광진이 뿐이었다.

그의 가슴엔 오직 승리의 투지만이 가득 차 있어 미정이의 아름다움이 눈과 가슴에 들어올 여지가 없었다. 당당하고 자신감에 넘치는 관중에 대한 인사가 끝나자 마침내 두 여걸은 탁구대를 중심으로 마주섰다. 갑자기 물을 뿌린 듯 장내가 일순에 긴장과 적막으로 쥐죽은 듯 조용해졌다. 기침 소리 하나 들려오지 않았다.

일순에 모두 숨을 멈춘 듯했다. 숨만이 아니라 시간조차 멈춰버린 듯 손끝 하나 미동하지 못했다.

주심이 손을 들어 게임 시작의 신호를 보냈다.

두 사람이 허리를 잔뜩 굽힌 채 서로를 노려보기 시작했다.

첫 서비스는 미정이로부터 시작된다.

손바닥 위에 하얀 공을 올려놓고 그 공을 노려보던 송미정의 시선이 왕난에게로 향했다. 왕난이 그의 불꽃 시선을 바라보며 역시 무표정한 상태에서 같이 바라본다. 기 싸움의 시작이다.

이때였다. 갑자기 미정이의 입에서 씨—익 미소가 흘러나왔다.

'뭐야!'

왕난은 기분이 나빴다. 아마도 러버에 대한 자신감과 자신의 불안감을 꿰뚫는 경멸의 미소라 생각했기 때문이다.

왕난의 얼굴이 일그러진다.

"무슨 일이죠?"

CCTV 해설자 경송과 아나운서가 전례 없는 왕난의 태도에 의아해한다.

러버를 확인하는 순간 이후 그 대담한 왕난에게 심적 동요가 발생했다는 것을 놓칠 경송이 아니다. 그런데다 송미정의 비웃는 듯한 미소, 왕난의 일그러지는 얼굴, 그로서는 도저히 예측할 수 없는 사태가 벌어진 것이다.

그러나 곧 더 큰 경악이 그를 기다리고 있다는 것을 경송이나 중국 벤치는 눈치 채지 못하고 있었다.

"왕난이 당황스러워하는데 이유가 뭘까요?"

"글쎄요. 전에 볼 수 없었던 표정인데 이유를 모르겠네요—."

"아! 첫 서비스를 넣는군요. 아니! 저건 뭡니까?"

깜짝 놀란 경송이 마이크에 대고 소리쳤다.

왕난을 바라보던 송미정이 흐느적 흐느적 스텝을 밟기 시작했다. 청바지 최광진이 개발한 태껸 스텝이다. 중국인들로서는 낯설기 짝이 없는 스텝이다.

청바지가 두 손으로 펜스를 잔뜩 움켜쥐며 이 모습을 지켜보고 있었고, 윤화중 총감독은 뒷짐을 진 채 어슬렁이고 있다.

이번 시합에서 송미정의 완승을 자신하는 사람은 윤화중 총감독뿐이다.

'ㅎㅎㅎ, 미정이가 패하면 내 발가락에 장을 지지지.'

송 회장도, 강신호도, 윤철수 장관도, 최영심 여사도, 조이풍도 심근하, 홍성혁, 남궁은희 탁구단 자문위원들도 이 처음 보는 스텝에 머리를 갸우뚱했다.

"저거 뭐하는 거야?"

강경운 의원, 그러니까 강신호 아버지 되는 이 정치인은 지금 중국에 머물고 있다. 중국의 한 대기업체가 신화그룹과 손잡고 호텔사업을 합작하자는 제의를 받아들여 정부차원에서 현지 행정지원을 위해 중국에 머물고 있기 때문이다.

그가 중국 유력 인사들과 이 시합 중계를 보고 있는데 갑자기 며느리감 미정이가 흐늘흐늘 스텝을 밟는 것이다.

"저게 뭡니까?"

중국 인사들이 강 의원에게 물었다.

"예, 저건 한국 전통 무예 '태껸' 이라는 무술 기본 동작인데…… 왜 미정이가 저걸―."

그가 청바지 최광진이 개발한 태껸 스텝과 이동 서비스를 알 리 없다. 더 당황스러운 건 왕난이다.

'쟤, 오늘 왜 저래?'

전에 볼 수 없던 동작이다.

'이제 저 동작을 멈추면 두 발을 버티고 서서 서비스를 넣겠지.'

가뜩이나 불쾌한 왕난이 송미정의 스텝이 멈추기를 기다리며 넘어올 공의 방향과 구질을 머릿속으로 그리고 있다.

그런데 송미정이 갑자기 허리를 펴더니 어깨를 으쓱한다.

기다리던 왕난은 한 박자 호흡을 놓치고 있었다.

'이거 기 싸움에서 밀리면 안 되는데…….'

기 싸움이란 걸 눈치 챈 왕난이 같이 허리를 펴며 다시 심호흡을 한다.

송미정이 다시 흐느적 흐느적 스텝을 밟는다. 왕난은 다시 이 동작이 멈춰지기를 기다린다.

그렇게 흐느적이던 송미정이 예측할 수 없는 상태에서 동작을 멈추더니 전광석화 같은 무회전 강타 서비스를 넣었다.

"탱—."

공은 빨랫줄처럼 상대 탁구대 위로 뻗어나갔다.

불의의 일격이었다.

6

한국의 유승민에게 치욕적인 패배를 당한 경험이 중국에 있다. 아무도 왕하오가 유승민에게 패하리라고는 생각하지 않았다. 아테네올림픽에서 왕리친, 왕하오가 결승전에 맞붙으리라 예상했다. 그러나 왕하오는 유승민에게 손 한번 제대로 써보지 못하고 패했다. 금메달이 한국으로 넘어가는 순간 중국 탁구계 인사들은 땅을 치며 분한 마음을 달래지 못했고, 예상을 뒤엎는 승리에 한국은 열광하며 승리에 도취했다.

그러나 중국은 다르다. 그들은 다시 재정비하며 베이징올림픽을 겨냥해 비밀리, 그리고 차분히 준비해 왔다. 중국은 언제나 그렇다. 만만디라 우리는 웃지만 그들만큼 치밀하고 복수심에 불타는 나라는 없다.

그런데 우리는 겨우 한 사업가에 의해 중국을 대비하고 있었다.

유승민이나 오상은, 주세혁 같은 불출세의 대스타들을 뒷바라지하고 새 기술을 개발하고 중국에 대한 정보를 적극적으로 입수하여 한국이 올림픽 금메달 연속 2관왕을 만들려는 의욕도, 야망도 한국 탁구 지도자들에게는 없었다.

이런 안타까움 때문에 노심초사하는 사람들은 유남규, 현정화 같은 일선현장 지도자들밖에 없다. 그러나 그들 힘으로는 아무것도 할 수 없다.

그들에게는 탁구 발전을 책임질 수 있는 권한이 없기 때문이다.

그런데 오늘, 신화그룹의 신예스타 송미정을 바라보며 탁구인도 아닌 한 사업가가 그 역할을 맡아준 것에 대단히 죄송스럽게 생각하고 있었다.

그리고 신화그룹이 야심차게 스카우트한 송미정이나 최광진, 정연학이나 금정완, 그리고 강은양, 정승미를 바라보며 그 혜안에 놀라고 있었다. 그들을 스카우트하는데 일조한 존경받는 탁구계 대선배 윤화중 총감독의 혜안에도 혀를 내두르고 있었다.

이들 신예들이 괜찮은 신인이라는 것은 알고 있었지만 이렇게 과감히 투자하여 재목으로 키워 가리라고는 그 누구도 생각하지 않았기 때문이다.

언젠가 현정화 감독이 차라리 송 회장 같은 분이 한국 탁구계를 이끌어 가는 게 좋을 것 같다는 뜻을 송 회장에게 비친 일이 있었지만 그는 자신의 사업이 너무 바쁘고 신화탁구단 창단만으로도 만족해한다며 겸손해하는 말을 들은 일이 있었다.

이 엄청난 시설, 그리고 선수에 대한 과감한 투자. 왕년의 금메달리스트들은 부럽고 존경스러운 마음으로 송 회장과 이 시합을 지켜보고 있다.

"딱!"

중국이 새로 개발했다던 이질 러버에 얻어맞은 너클성 볼이 빨랫줄처럼 넘어와 왕난의 오른쪽 네트 바로 넘어에 깊숙이 박혔다가 튀어나갔다.

왼손 전형인 왕난은 오른쪽 네트 바로 앞에서 튀어나가는 공을 그냥 바라볼 수밖에 없었다.

마치 축구에서 골문 코너에 깊숙이 박히는 프리킥 한 방에 우두커니 서서 멍 하니 바라볼 수밖에 없는 골키퍼의 상황과 같아 보였다.

자신들이 개발한 러버에 자신들이 당한 것이다.

쥐죽은 듯하던 장내가 다시 열광으로 뒤덮혔다.

1:0

"와—아—."

함성과 비닐 막대 두드리는 소리에 고막이 멍멍해진다.

송미정은 주먹을 불끈 쥐며 있는 힘을 다해 고함을 질러댔다.

"앗—싸."

왕난은 공을 주으러 가며 서비스 한 방에 무너진 이유를 파악하지 못하고 있었다. 허를 찌르는 서비스였다. 언제 공이 튀어올지 모르는 이상한 스텝. 그리고 상상을 초월하는 직선의 강속구 서비스. 그것도 자신의 가장 취약점인 오른쪽 네트 코너. 마치 자신과 몇 달 합숙훈련이라도 한 듯 약점을 파고든 것이다.

첫 리시브에 실패한 왕난의 마음이 흔들렸다. 하지만 산전수전 다 겪은 왕난이다. 그녀는 그럴 수도 있다는 듯 공을 주워 다시 태연한 모습으로 앞에 섰다.

'한번은 속지만 두 번은 안 속지. 스텝을 볼 게 아니라 라켓을 봐야

했었는데.'

두 번째 서비스를 준비하며 송미정은 다시 왕난을 무서운 눈초리로 바라보았다.

심리전에 대한 준비를 철저히 해 놓았다. 총감독님과 청바지 오빠가 누누히 강조하는 것이 먼저 기를 꺾어놓으라는 것인데 이게 첫 서비스에서 성공했다. 그렇다면 왕난은 다소 흔들리리라. 그리고 태견 스텝보다 공 자체에 신경을 집중시키리라. 그렇다면 다시 한번 호흡을 흐트려야지.

손바닥에 공을 올려놓고 노려보던 그녀가 서비스를 포기하고 허리를 펴며 손바닥으로 나지도 않은 땀을 닦았다.

'제길 저 지지배 뭘 어쩌자는 거야?

왕난은 이번에는 따라 일어나지 않고 허리를 굽힌 채 리듬을 유지한다.

'저 지지배가 이번에도 오른쪽으로 서브를 넣을 거야. 어디 지켜보자.'

왕난은 송미정의 라켓 끝을 주시하고 있다.

'이번에는 공이 날아올 방향을 놓치지 않으리라.'

다시 장내는 물 끼얹은 듯 조용하다. 이제 응원 문화가 자리잡아 가고 있는 것이다. 산만하게 돌아다니는 사람도 없고 긴장하는 서비스 타임에 소리쳐 응원하는 사람도 없다.

함성을 지를 때와 정적을 유지할 때를 아는 관중들이다.

송미정이 공을 살짝 들어 올린다. 올라가는 공을 노려보던 그녀가 짧은 회전으로 서브를 질러 넣었다.

시누스(SINUS) 러버의 엄청난 위력이 공을 회전시키며 넘긴다.

이 서비스는 잘 받으면 공이 튀어 오르고 잘못 받으면 하늘로 치솟아 멀리 탁구대 밖으로 튀어 나간다.

이때 결정타는 튀어 오르는 공을 때리는 스매싱이 쥐약이다.

서비스를 넣은 송미정은 몸을 왼쪽으로 돌려 강타 한 방을 준비한다.

"아, 위험합니다."

경송 해설자가 자신도 모르게 소리쳤다.

송미정이 제3구를 때리기 위해 몸을 비트는 순간에 나온 비명이다.

그가 송미정의 구질을 파악한데다 라켓의 성격을 알아냈기 때문이다.

'어?'

라켓 끝을 보면 분명히 공은 오른쪽으로 날아와야 한다. 그런데 공은 무서운 속도로 회전하며 왼쪽으로 가볍게 날아온다. 왕난은 빠른 스텝으로 겨우 공을 잡아 넘겼다. 오른쪽으로 넘어오면 깊이 떨어지는 공을 기다렸다가 그녀의 장기인 역회전 드라이브를 걸어 결정 지을 생각이었다. 그런데 공이 엉뚱한 방향으로 넘어와 가까스로 받아친 것이다. 그러니 위력이 없을 수밖에.

경송의 우려대로 공은 별 회전도 없이 상대 탁구대 위로 튀어 올라왔다.

송미정이 기다리던 바로 그 공이다.

송미정은 큰 모션으로 스윙하여 튀어 오르는 공을 강타로 때렸다. 공은 낮게 날아가 네트 넘어 상대 탁구대를 스쳐 뻗어갔다. 이를 받기 위해 뒤로 물러섰지만 이미 공은 바닥을 구르고 있었다.

이 장면이 대형 전광판에 정확히 보여진다.

"와—아!"

천지를 진동하는 함성이 또 터진다.

랠리를 할 겨를도 없이 속전속결로 2:0이 되었다.

"아— 아, 왕난에 대해 엄청 연구했군요. 속수무책입니다."

"믿을 수가 없네요. 저 정도 공은 충분히 받을 왕난인데 말입니다."

경송이 머리를 좌우로 흔든다.

"새로 개발했다는 이질 러버가 문제인 거 같습니다."

"네?"

"한국이 저 러버의 성격을 파악하고 있는 거 같습니다."

믿을 수 없지만 그건 분명해 보였다.

역시 경송의 눈은 피해 갈 수 없었다.

"언니, 이거 또 떨어졌잖아. 가방에 넣으라니까?"

서포터즈 총무 손태련이 회장 전인숙 주머니에서 떨어져 나온 황금 라켓을 주워 건네준다. 응원에 정신이 팔려 바닥에 떨어진 것도 모르고 있었다.

"아이쿠. 큰일날 뻔했네—."

회장이 금 라켓을 핸드백 깊숙이 넣었다. 그리고 악을 쓰며 다시 응원하기 시작한다.

모두가 긴장에서 벗어나지 못하고 있지만 윤화중 총감독은 마치 남의 일이라는 듯 여전히 뒷짐을 진 채 어슬렁인다.

'왕난이 오늘 고생 좀 할껴.'

그는 자기 자신과 송미정을 믿어 의심치 않고 있었다.

최광진은 이마에 땀을 흘리고 있었다.

시합하는 미정이보다 더 힘들었던 것이다.

'아니 쟤가? 오늘은 나르네 날라—.'

흐뭇한 송 회장이다.

강신호는 관전은 하고 있지만 어떻게 점수를 따는지 전혀 파악할 수 없다.

2:0이니 그냥 좋다.

이제 서비스권이 왕난에게 넘어갔다.

긴장은 이제부터였다.

송미정은 라켓을 얼굴에 대고 공의 방향과 타점을 찾기 위해 잔뜩 허리를 굽혔다.

갸날픈 어깨와 허리의 곡선, 그리고 쭉 뻗은 각선미가 너무나 아름다운 송미정이다.

"미치겠네."

한 젊은 관중이 송미정을 바라보며 투덜댄다.

7

체육관에 또다시 무서운 적막감이 감돌고 있다. 왕난의 첫 서비스를 받을 송미정도 왕난의 넘어올 공의 구질과 타점을 찾기 위해 라켓을 노려본다.

왕난의 서비스 기술은 사실 그리 화려하지는 않다. 공을 띄었다가 떨어지는 공을 깎아내려 많은 회전을 주는 것과 또 하나는 팔을 쭉 내밀어 짧게 역회전시키는 것이 그녀의 타법 대부분이다. 그런데도 세계 여탁들이 그녀의 서비스를 두려워하는 것은 제3구 때문이다.

이미 알았다시피 그녀는 왼손 전형이다.

그리고 그녀는 탁구대 왼쪽에서 서비스를 넣지 않고 오른쪽에 바짝 붙어 서비스를 넣는다.

바로 상대와 일직선상에 서서 넣는다. 그리고 공을 넘기며 그 공이 왼쪽으로 넘어오게 넣는다.

공이 왼쪽으로 넘어오면 왼손으로 드라이브를 걸거나 강타로 상대를 곤혹스럽게 만든다.

아니면 그대로 오른쪽으로 서비스를 넣어 오른쪽으로 오게 하여 그 자리서 역회전 드라이브를 건다.

좌, 우 어디든 관계하지 않는데 대개는 상대 공을 왼쪽으로 몰아붙이는 게 그녀의 장기다.

그리고 많은 여탁들이 이 타법을 견디지 못하고 점수를 내준다.

그런데 송미정은 윤화중 총감독이 파악한 왕난을 깨는 비법을 전수받았다. 바로 장이닝의 왕난 깨기 타법이다.

왕난이 제일 두려워하는 선수가 바로 장이닝이다. 어떤 서비스도 장이닝에게는 잘 통하지 않는다.

"미정아 이걸 잘 봐!"

윤 감독은 '핑퐁조아'의 느림보가 올려놓은 두 선수 동영상을 지겹도록 보고 또 보며 전략을 짰다. 장이닝과 왕난의 시합을 보며 윤 총감독이 설명한다.

"왕난은 회전이 강하고 타점이 정확하기는 하지만 분명한 약점이 있어. 바로 좀 느리다는 거야. 여기에 장이닝은 스피드가 있어. 서비스를 받는 장이닝을 봐. 한 박자 빠르게 공을 쳐. 그럼 왕난은 이 스피드에 속수무책이야. 그런데다 서비스를 받는 장이닝 공이 부드러워. 공에 힘이 들어가면 공은 밖으로 튀어나가. 워낙 깎는 회전이 강하기 때문에 알았지? 왕난의 느림을 공략하라고. 그렇지 않으면 먼저 한 점 먹게 되니까. 알겠지?"

수없이 동영상을 보고 또 수없이 한 박자 빠른 공격을 하는 훈련을 해 왔다.

이제 그 훈련의 땀과 노력이 송미정을 빛나게 해 줄 시간이다.

이번에도 역시 왕난은 오른쪽에 서서 송미정과 일직선을 유지한다. 그리고 허리를 굽힌 채 공을 높이 들어 올렸다. 내려오는 공을 깎아 칠 자세다.

라켓을 움켜잡은 송미정 팔뚝 근육이 갑자기 유연해진다. 저 강력한 깎아 내리기 서비스는 부드럽고 유연한 기술로 가볍게 받아야 한다. 그 대신 코너 깊숙이 질러 넣되 한 박자 빠르게 받아야 한다. 그래야 공이 자연스럽게 넘어간다.

한 박자 빠르게, 그리고 유연하고 정확하게, 오른쪽으로 오면 길게, 왼쪽으로 오면 짧게!

이 전술을 수없이 연습한 송미정이다.

왕난은 하늘로 솟았다가 떨어지는 공을 힘껏 깎아 내렸다. 공은 마치 팽이처럼 회전하며 탁구대에 떨어진다. 송미정이 팔을 내밀었다. 그 팔은 마치 연체동물처럼 흐느적이는 것처럼 보이는데, 마치 봄바람 살랑이듯, 낙엽이 지듯, 아니면 이름 없는 골짜기 물결 흐르듯 그렇게 유연하면서도 빠르게 움직였다.

태어나서 처음 보는 타법에 놀란 왕난이 빠른 공을 가까스로 쳐냈지만 공은 송미정의 오른쪽 코너를 살짝 스치며 흘러가 버렸다.

"와—아."

또다시 함성이 터져나왔다.

관중들은 송미정의 일방적 승리를 점치며 환호했다.

이때였다.

김문희 주심이 경기를 중단시켰다. 공이 송미정의 탁구대를 스쳐 엣지가 되었다고 판단한 것이다.

그녀는 부심 박연숙에게 걸어가 이를 확인했다.

"엣지가 된 거 같은데요?"

"예, 그냥 흘러가는 거 같았지만 탁구대를 스친 건 사실입니다."

주심은 왕난에게 점수를 확인해 주었다.

"에—이."

실망한 관중들과 숨죽이고 있던 중국 응원단의 희비가 엇갈린다.

"와—아!"

이제 2:1이 되었다. 역시 왕난은 서비스 기회를 놓치지 않았다. 그러나 그녀도 등골이 오싹해졌다. 이건 완승이 아니라 행운의 점수였기 때문이다. 그리고 그 유연하면서도 강력한 타법을 이해하지 못하고 있었다. 그렇게 유연한 동작이라면 공에 힘이 없어야 하는데, 이건 부드러운 자세에서 말할 수 없는 강력한 힘이 뿜어져 나왔기 때문이다.

그녀는 머리를 가로 저었다.

하기야 송미정이 청바지 오빠로부터 전수받은 충주 월악산에서 흐르는 물결을 상대로, 떨어지는 낙엽을 상대로 훈련한 그 부드럽고도 강력한 힘을 알 수는 없는 일이다.

송미정은 머리를 끄덕였다.

한 점 먹기는 했지만 자신이 무엇을 잘못했는지를 알았기 때문이며 다시는 이런 실수를 하지 않겠다는 의지의 표현이다.

송미정이 머리를 돌려 오빠를 바라보았다.

최광진이 팔을 쑤욱 내밀어 보였다. 그리고 손가락 다섯 개를 펴 보였다. 팔을 뻗을 때 팔의 길이가 짧았다는 표시다. 그리고 이번에는 랠리를 좀 더 많이 하라는 표시다.

송미정이 미소를 지으며 엄지손가락을 들어 올렸다. 알았다는 표현이지만 무서운 자신감이다.

랠리를 많이 하라는 것은 지금처럼 부드럽고 유연한 동작으로 왕난을 지겹게 하여 겁을 주라는 암호다.

왕난의 두 번째 서비스가 시작되었다.

장내에 다시 무서운 적막이 흐른다. 아무도 입을 열지 못했고 아무도 움직이지 않았다. 응원문화가 정착되었다는 뜻도 되지만 이 긴장에 움직이거나 말을 할 사람은 아무도 없다.

그녀의 서비스 기술은 바뀌지 않았다. 높이 들어 올렸다가 다시 힘껏 깎아내린다.

송미정은 이번에는 팔에 힘을 주지 않고 다시 유연하게 받아 넘겼다. 공은 왕난이 좋아하는 왼쪽으로 깊숙이 떨어졌다.

왕난은 공이 밑으로 더 가라앉기를 기다렸다가 강력한 회전 드라이브를 걸었다. 공이 빠르고 탄력 있게 휘어져 들어온다.

송미정이 좀 더 부드럽게 받아쳐 다시 왼쪽으로 보낸다. 왼손 전형에게는 다시 없는 기회지만 아무리 스매싱으로 때려도 아무리 강력한 드라이브를 걸어도 상대는 힘들이지 않고 부드럽게 받아 올린다.

마침내 왕난의 이마에 땀이 흐르기 시작했다. 힘이 든다는 표시다. 그러나 송미정은 여유만만이다. 부드럽게 받아내는 게 여간 재미있지 않다.

'내가 이걸 다 받아내다니. 적당한 때에 결정을 져야지.'

어느새 열다섯 번의 랠리가 이어졌고 참다 못한 관중은 누구랄 것도 없이 한마음이 되어 탄성을 질러댔다.

"와—아!"

경송 해설자와 CCTV 아나운서도 말을 잃고 있었다.

"도저히 이해할 수 없습니다. 왕난의 저 공을 다 받아내다니요. 벌써

열여덟 번째 랠리입니다. 지금까지 누가 저 공을 이렇게 많이 받아냈습니까? 아—아—."

경송의 입에서 다시 경악의 비명이 또 터져나왔다.

그렇게 부드럽게 랠리를 하던 송미정이 갑자기 전광석화같이 빠른 역회전 드라이브로 공을 오른쪽으로 질러 넣었던 것이다. 이것은 왕난의 제일 힘들어하는 취약점의 코스이기 때문이다. 수없는 공격으로 지쳐버린 왕난은 이 한 방에 다시 무너지고 말았다.

3:1, 그리고 송미정의 서비스권!

아무도 그냥 앉아 있지 못했다. 윤철수 문화체육부 장관도, 송 회장도, 초대된 조이풍 대표도, 심근하 교수도, 홍성혁 박사도, 김연우 생체코치도, 서석하 관장도, 강성준 관장도, 이현주 관장도, 김애경도, 이현숙도, 서포터즈 전인숙 회장도 광주에서 올라온 송미정 팬 김상경도, 중국 응원단 300명을 제외한 1700여 명의 응원단 모두 자리를 박차고 일어나 함성을 질러댔다.

아니, 중계를 보던 국민 모두가 뛰쳐 일어났다.

2002 월드컵 이후 세 번째 일이다. 아테네올림픽 핸드볼 시합과 유승민의 금메달 시합 이후로는 처음이다.

무표정한 사람은 윤화중 감독이며 못마땅한 사람은 최영심 여사와 주한 중국대사뿐이다.

허지현 코치도, 이종순 코치도, 청바지 최광진도, 정연학, 금정완, 강은양, 정승미 후배 선수들도, 모두 방방 뛰고 있었다.

중계를 숨죽이며 보던 장이닝도 마침내 머리를 떨구었다.

8

스포츠 시합에서 가장 중요한 요소는 리듬과 그날의 컨디션이다. 컨디션이 난조를 일으키거나 그날 리듬을 잘못 타면 게임은 꼬이게 마련이고 한번 꼬이기 시작하면 걷잡을 수 없는 난조에 빠진다.

축구나 야구 같은 시합에서 아무리 스타급 선수라 하더라도 컨디션이 나쁘거나 리듬을 잃으면 감독이 아예 빼버리거나 다른 선수로 교체시킨다.

그리고 하부팀이 상위권 팀을 잡기도 하고 최상위권이 하위권에 잡히기도 한다.

이런 예는 세계 곳곳에서 발생한다. 월드컵 4강인 대한민국 축구팀이 축구 변방국 베트남에 잡힌 예를 우리는 잘 안다.

그런데 지금 이곳에서 정말 미스터리 같은 사건이 벌어지고 있다.

왕난은 컨디션도 좋았고 리듬도 잘 타고 있었다. 그러나 계속 점수를 잃고 있다. 점수를 잃으면서 난조에 빠지기 시작했다.

점수를 얻어야 할 시점에 오히려 역공을 당하고 분명 한 방 들어가야 할 시점에 엉뚱하게 튀어나간다.

첫 세트를 11:5로 내준 왕난 벤치는 전술보다 왕난의 컨디션 점검에 더 신경을 쓰고 있다.

"왜 그래, 몸이 나빠?"

"아뇨? 저도 이해를 못하겠어요. 제 마음대로 되지가 않아요. 특별히 컨디션이 나쁘거나 리듬을 잃은 것도 아닌데."

고개를 갸웃거리는 왕난의 얼굴은 자기 자신에 대한 실망감으로 가득 차 있다.

왜일까? 천하의 왕난이 왜 난조에 빠지고 있을까? 멀쩡한 리듬을 왜 잃고 허둥대는 것일까?

이런 예를 일찍이 경험해 보지 못한 왕난이다.

그러나 그것은 세밀히 분석하면 왕난이 잘못하고 있는 것이 아니다.

송미정의 완벽한 준비와 파이팅이 그 근원이다. 치밀한 준비와 정보 입수, 그리고 그에 대응하는 피나는 훈련과 적절한 전술, 그리고 불타는 복수 심리, 이런 여러 복합적인 요소가 한데 어울려 이룬 결과다.

물론 홈에서의 대결이라는 이점도 있겠지만 이 정도 응원은 적지에서 수없이 겪은 왕난 아닌가?

지금 왕난은 송미정의 이런 철저한 준비를 파악하지 못하고 있는 것이다.

왼손 전형에 대응하기 위해 윤화중 총감독이 직접 훈련 파트너가 되어주었고, 부드럽고도 강력한 타법을 익히기 위해 청바지가 깊고 깊은 계곡에서 훈련한 비법을 전수해 주었다.

중국 선수들에 대한 공포증을 없애기 위해 송 회장이 딸 미정이를 중국에 장기 탁구 유학시켰고 오늘 사기를 끌어올리기 위해 체육관 개관기념 행사까지 치뤘다.

이렇한 철두철미한 준비가 없었다면 오늘도 왕난은 거침없이 승리의 축배를 들리라!

만일 오늘 송미정이 승리한다면 이건 송미정 하나의 승리가 아니라 한구 탁구의 승리이며 이를 기점으로 한국 여자탁구는 중국에 겁없이 도전할 것이다.

한국 여자탁구가 중국 여자탁구에 대한 거센 도전의 서막이 될 것이다. 이걸 알기 때문에 중국 벤치는 초조할 수밖에 없고 한국 송미정은 젖 먹던 힘까지 다해 천하의 왕난을 괴롭히고 있는 것이다.

지금 송미정의 목표는 그러나 왕난이 아니다. 그녀의 최종 목표는 1

차 장이닝이며 마지막 목표는 귀예이다.

현재 스코어 첫 세트 1:0이지만 송미정은 윤화중 총감독처럼 승리를 자신하고 있었다.

왕난을 철저히 부숴버리면 귀예는 한결 쉬워질 것이다. 왜냐하면 귀예는 왕난과 같은 왼손 전형이며 스타일이 비슷하다. 몇 가지 그녀의 장점만 파악된다면 그에 대응하는 전술이 나올 것이다.

장이닝? 그녀에 대한 준비는 이미 시작되고 있었다.

'기다려라. 오늘은 중국 여자탁구 비극의 첫날이다.'

수건으로 땀을 닦으며 뒤를 돌아보았다. 중국 벤치가 왕난에게 뭔가 열심히 코치하고 있지만 이미 왕난은 자신감도 리듬도 잃은 상태다.

이제 제2세트로 들어간다.

편한 마음으로 CCTV 중계를 보던 장이닝과 그 일행은 첫 세트가 끝나자 사색이 되어 있었다.

11:5, 도저히 믿기지 않는 스코어다.

그러나 문제는 스코어가 아니라 내용이다. 엄밀히 따지자면 실력으로 얻은 점수는 4점밖에 안 된다. 한 점은 엣지의 행운의 점수다.

그런데다 왕난이 송미정의 약점을 전혀 파고들지 못하고 있는데 그건 장이닝이 보아도 송미정의 타법이나 파이팅에서 도저히 약점을 발견할 수 없기 때문이다.

그런데다 왕난의 단조로운 서비스가 왕난 자신을 괴롭히고 있으니 한마디로 속수무책인 것이다.

더 놀라운 것은 장이닝 자신이 왕난을 격파할 때 쓰던 한 박자 빠른 공격을 송미정이 쓰고 있다는 점이다.

'정말 철저히 연구하고 덤빈 거야. 왕난 약점만 파고들고 있거든? 이럴 때는 오히려 더 느린 공격으로 송미정의 공격 타임을 빼앗아야

하는데…….'

"왕난, 제2세트에선 공격 템포를 더 늦춰 봐. 이번에는 송미정 리듬을 깨자고. 한번 리듬을 잃으면 경험이 적어 당황할 거야. 그럼 이길 수 있어. 애송이한테 말려들지 말고. 알았지? 반 박자만 더 느린 타법을 써 봐―."

왕난의 코치가 아직은 포기할 시점이 아니라는 듯 웃으며 등을 두드려 준다. 송미정의 리듬을 깨기 위해서는 다른 방법이 없다. 첫 세트에서 약간의 변화가 필요한데 그것이 장이닝의 판단처럼 타점의 시간을 빼앗는 것이다.

"예, 알겠어요―."

뒷짐을 지고 어슬렁이던 윤화중 총감독이 시합을 하러 들어가는 송미정을 다시 불러들였다.

"미정아, 아무래도 말이야 왕난은 더 이상 빠르게는 치지 못해. 그런데 첫 세트에서 당했으니 틀림없이 반 박자 늦추어 공격할 거야. 그러니 지금까지는 한 박자 빠르게 공격했지만 이번에는 평소 훈련한 것처럼 정상으로 공격해 그럼 타점이 맞을 테니까. 첫 서비스와 공격은 그냥 둬 봐. 그럼 알게 될 테니!'

'ㅎㅎㅎ, 왕난은 오늘 미정이한테 혼 좀 난다니까?'

또 뒷짐을 지고 어슬렁이는 윤 총감독이다.

"정말 놀라운 일이 벌어졌군요. 11:5라면 이 중계를 보는 세계 탁구 팬 어느 누구도 믿을 수 없는 스코어 아닙니까? 어떻게 분석하십니까?"

CCTV 아나운서가 경송 해설자에게 묻는다.

"예, 정말 송미정의 놀라운 파이팅이고 벤치의 전술입니다. 오늘 왕난을 깨기 위해 오래 준비한 결과라고 봅니다."

"방법은 없을까요?"

"지금으로서는 별다른 방법이 없을 겁니다. 굳이 한번 더 파이팅하 겠다면 송미정의 리듬을 깨 보는 일이고 그러자면 공격 템포를 한 박 자 늦춰 보는 게 방법일지 모르겠습니다. 하지만 그 전략이 오래야 가 겠습니까? 아무튼 2세트를 기다려 봅시다."

왕난이 다시 송미정과 일직선상에 섰다. 왼손 전형의 어쩔 수 없는 한계다. 이건 귀예도 마찬가지다.

'음, 왕난이 아니라 귀예로 생각하고 싸우자.'

송미정의 불타는 듯한 눈동자가 왕난을 노려본다. 허리와 무릎을 잔 뜩 숙이니 녹색 테이블과 눈동자가 수평이 된다. 마치 얼룩말을 노리 는 사자 같은 표정이다.

눈동자에 불꽃이 이글거린다.

김문희 심판이 손을 들어 게임 시작을 알린다.

체육관은 다시 깊은 정적에 파묻힌다.

청바지가 마른침을 삼키고, 윤화중 총감독은 그 와중에 유니폼에 무 엇이 묻었는지 손가락으로 턴다.

송 회장이 반쯤 엉덩이를 들었고, 김애경은 정신없이 씹어대던 껌을 두고 반쯤 입을 벌린다.

심근하 교수는 움켜쥔 주먹으로 자신의 무릎을 비벼대고 있다.

홍성혁 박사는 그 큰 키의 허리를 반으로 굽혀 왕난의 손을 뚫어지 게 바라본다.

송미정 열혈 팬 김상경은 아랫 이빨로 윗입술을 깨문다.

왕난이 공을 허공으로 얕게 띄운다.

9

첫 세트가 끝나고 다음 세트를 위해 준비하던 시간, 이봉섭 단장의 정중한 안내를 받으며 한 귀부인이 나타났다. 그녀가 나타나자 귀빈석의 주요 인사들이 놀라 자리에서 일어나 맞아준다.

"드디어 등장하셨군요. 중계만으로는 양이 차지 못하시겠나 보죠?"

윤철수 장관이 손을 내밀어 악수를 청하고 송 회장이 일어나 반갑게 맞아준다. 의자 하나를 급하게 가져와 강신호와 최영심 여사 사이에 끼워 넣었다.

누구보다도 반갑게 맞이해 주는 사람은 최영심 여사다.

"아이구 김 여사님. 그렇지 않아도 옆자리가 허전했었는데…… 어때요 내 딸 멋있죠?"

"그렇고 말고요. 너무 예쁘고 훌륭하고, 사실은 개막식 때 참가하려 했는데 급한 일이 있어서 늦었어요. 강 의원님은 중국에 계시고…… 이거 어쩌죠?"

"아, 여기 강서방 있으면 된 거죠―."

강신호 어머니. 그러니까 강경운 의원 부인 김정희 여사가 남편을 대신하여 찾아온 것이다.

"오면서 차에서 내내 중계 봤는데요. 정말 대단해요. 탁구는 여중고 시절 교회에서 좀 쳐봤죠. 그러다 미정이 때문에 관심 갖기 시작했고요……."

대구 출신의 김정희 여사다. 강경운 의원과 결혼하여 낳은 게 바로 강신호다. 그녀도 내심 미정이를 신호의 아내 감으로 욕심을 내고 있다. 대구 자신의 빌딩에 탁구장 하나를 차릴 정도로 탁구광이기도 하다. 그런데다 아들 신호가 죽어라 좋아하니 그렇고, 강 의원이 대통령으로 출마한다는 원대한 욕심을 생각한다면 송 회장의 재력이나 스타 머느리가 엄청난 힘이 되어줄 것이기 때문이다.

강경운 의원의 가장 강력한 라이벌은 현재 정동영, 정몽준 의원과 박근혜 전 대표 정도가 될 것이다.

그런데다 오늘을 기점으로 탁구는 한국 사회에서 축구, 야구에 결코 뒤지지 않는 인기 종목이 될 것이며 차후 송 회장은 IOC위원이 될 수도 있다. 그 뒷바라지는 강 의원이 해 줄 것이다.

송 회장과 강 의원 가정은 이렇게 얽혀 있다.

강신호도 싱글벙글이다. 비록 1세트가 끝났지만 지금 상황으로 보아 송미정의 원 사이드 게임은 불을 보듯 뻔하다.

게임이 끝나면 누구보다 먼저 달려가 저 멋진 미정이의 손가락에 다이아 반지를 끼워주리라.

마침내 2세트가 시작되고 왕난이 첫 서비스를 위해 공을 띄운다. 이들도 숨을 죽이며 시합을 지켜보기 시작한다.

공을 띄운 왕난이 이번에는 짧고도 강력한 하회전 서비스를 넣었다.

이 서비스는 정확한 타임과 끌어올리기에 실패하면 리시브하는 선수의 네트에 걸리게 마련인 기술적으로 받기 어려운 기술의 하나다.

송미정이 이 공을 받는 연습을 위해 엄청난 시간을 투자했다. 왕난의 하회전 실력을 알고 있기 때문이다. 그녀가 라켓을 반쯤 눕혔다가 살짝 들어 올려 가볍게 넘겼다.

해설을 하는 경송이 입에 침을 튀긴다.

"아, 송 선수가 하회전 공을 가볍게 받아 넘기네요. 아, 저거 보세요. 역시 전략을 바꾼 모양입니다. 공의 속도가 느려집니다."

하회전 서비스를 리시브하여 넘어오는 공을 왕난은 큰 스윙으로 드라이브를 걸어 넘긴다.

송미정은 첫 볼을 변화 없는 속도로 받았다. 역시 같은 드라이브를 구사하기 위해 밑에서 받아 힘껏 끌어올렸다.

하지만 송미정의 라켓은 허공에서 반월을 그리며 공을 흘려버렸다.

"와―아!"

마침내 왕난이 완전히 리듬을 회복한 것이라 믿은 중국 응원단 300여 명이 오성기를 휘두르며 함성을 질러대고 있고 귀빈석을 비롯한 한국 응원단 입에서는 안타까운 탄성이 터졌다.

"아이구―."

"저런―."

두려운 왕난이란 걸 잘 알기 때문에 여기서부터 그녀에게 말려 점수를 주기 시작하면 안 된다.

그런데 송미정이 다시 미소를 지으며 흘긋 뒤를 돌아본다.

광진이 오빠는 사색이 되었고 윤화중 총감독은 마주 웃어주며 엄지손가락을 들어 올려주었다.

'잘했다'라는 표시며 한 점 더 잃어주라는 암호다.

경송이 흥분을 감추지 못한다. 처음 중계를 시작할 때는 중국편도 한국편도 아닌 중립을 지키겠다고 했지만 피를 속이지는 못하는 법이다.

"역시 송미정이 경험이 부족하군요. 두 번째 내리깎기 서비스는 잘 받았는데 또 허공을 치는군요. 이제 2:0 처음 앞서가기 시작합니다. 한번 오르면 무서운 게 왕난이니 송미정의 서비스를 어떻게 잡나 봅시다."

그러나 그것은 그것으로 끝이었다.

송미정은 자신의 서비스부터 한 박자 빠른 공격에서 템포를 1초 정도 느리게 잡아 정상으로 전환시켰다. 이제 윤 총감독의 예상대로 타점은 정상으로 올 테고 강타나 강력한 회전 드라이브로 점수를 올릴 것이다.

CCTV 아나운서의 중계가 계속된다.

"송미정이 하회전 서비스를 다시 넣습니다.

왕난이 가볍게 받습니다. 송미정 이번에는 프리핸드(공을 갖지 않는 손) 쪽으로 강력하게 밀어 넣습니다. 타점이 다시 정확해졌습니다.

아, 한 점을 잃는군요. 다시 또 한 점을 잃습니다.

왕난이 다시 당황하기 시작합니다."

체육관은 터져버린 화산 같았다.

두 점을 잃은 후 연이어 터진 강속구. 드라이브가 왕난의 오른쪽 코너를 파고들어 괴롭히며 한 점 한 점 점수를 쌓아가기 시작한 것이다.

두 점을 연거푸 잃을 때만 해도 윤 감독과 송미정 외에는 모두가 역전패의 악몽을 떠올렸지만 서브권을 가져오고부터는 6:2가 되도록 단한 점도 내주지 않았다. 타점이 정확해졌고 강력한 공은 왕난이 제일 힘들어 하는 오른쪽 프리핸드로 계속 파고들어 리시브가 제대로 되지 않았다.

중국 벤치는 발을 동동 구른다.

"왕난이 고전을 면치 못하고 있군요."

"서비스 넣고 뒤로 더 물러서서 받아. 공이 완전히 가라앉을 때까지 침착하게 기다렸다가 역회전으로 우측 코너 깊숙이 질러 넣으란 말야."

중국 코치 역시 침을 튀기며 설명해 주지만 뒤로 물러서면 아주 짧은 회전 서비스를 넣고 긴 무회전 서비스를 넣으면 같은 강타로 네트 뒤 오른쪽 코너를 향해 갈겨댄다. 공은 네트를 스칠 듯 스칠 듯 낮게 낮게 파고들었다.

11:4, 2세트는 1세트보다 더 무참히 깨졌다.

왕난이라는 이름을 걸고 하는 국제 시합에서 처음 가져 보는 치욕적인 점수다.

말총머리의 왕난은 머리를 절레절레 흔들었다.

송미정은 이미 지난 친선 시합 때의 그녀가 아니었다. 때로는 폭풍처럼 강력하게, 또 때로는 물결처럼 부드럽고 유연하게, 자신이 힘들어 하는 코너로 깊숙이 파고드는 공을 정말 감당하기 어려웠다.

강신호는 기분이 너무 좋았다. 지난 크리스마스 때 준비한 다이아반지를 오늘 왕난을 깬 후 받겠다는 이유를 오늘 알았다고 생각했다. 왕난을 깰 자신이 있어 오늘을 선택한 것이라고 믿고 있었다.

그런데 강신호는 지금 저쪽 초청석의 한 여인이 자신을 계속 훔쳐보는 것을 의식하기 시작했다. 운동복을 입고 비닐 막대로 응원하는 여성인데, 얼굴이 아주 아름다우면서도 다부져 보이고, 앉아 있지만 몸매의 곡선도 운동으로 다졌는지 깔끔하게 다듬어져 보인다. 앉아 있어 그렇지 키도 170센티 이상은 되어 보이는 늘씬한 여성이다.

그녀는 응원 반, 훔쳐보기 반이다.

강신호는 이제 청바지 캠프에서 모르는 사람이 없다. 윤화중 총감독이 이현주 제자에게 탁구장을 물려주며 들려준 말이 퍼진 것이다.

말로만 들었던 그 강신호가 드디어 오늘 이 시합에 모습을 나타냈다. 귀공자 타입에 키도 훌쩍 크고 입은 양복차림이 너무 멋있어 보였다. 눈에서 뗄 수 없는 얼굴이다.

최광진과는 다른 타입의 매력을 지닌 남자다. 송미정이 최광진 타입을 좋아하지만 윤 감독 주변 사람들은 오히려 오늘 강신호 매력에 푹 빠져버렸다.

강신호는 저쪽 아래 대기하고 있는 자신의 개인 비서를 불러 올렸다. 그리고 계속 자신을 훔쳐보는 저 멋진 여성의 신분을 알아보라고 했다. 초청석이니 이봉섭 단장이나 조용일 관장은 알 것이라 믿은 것이다.

그녀에 대한 정보는 쉽게 얻어졌다. 바로 신화탁구단 총감독 윤화중이 경영하던 탁구장을 인수한 윤 감독의 애제자 이현주라는 것이다.

10

마침내 3세트가 시작되었다.

실타래는 한번 엉키면 그 실마리를 찾기가 정말 어렵다. 그래서 무슨 일이든 일이 뒤엉켜 버리면 실마리 찾기가 힘들다고 한다.

지금 왕난이 그렇다. 왕난은 송미정과의 게임에서 이미 실마리를 잃고 말았다. 게임이 뒤엉켜 버린 것이다. 그 숱한 국제게임, 풍부한 경험과 거기서 쌓은 실력들이 한 수 가르쳐 주던 애송이에게는 무용지물이었다. 물론 고수가 하수에게 지는 법도 있다. 하지만 이날 당일, 컨디션도 좋았고 준비도 열심히 한 편이다. 그런데 왜 게임이 뒤엉키는지 그녀는 감을 잡을 수 없었다. 송미정은 오늘 왕난에게는 한마디로 '벽'이었다. 아무리 기술을 발휘해도 기술이 먹혀들지 않았고 아무리 전략을 짜도 먹히지 않았다.

왕난은 모르고 있었다. 한국 정상급 탁구인들과, 아버지 송 회장이 오늘을 위해 또 미래를 위해 얼마나 철저히 준비했는지를…… 또 송미정이 자신의 모든 것을 걸고 준비했는지를…….

이 게임은 여기서 그치는 것이 아니라 곧바로 장이닝과 궈예로 이어지며 이 준비를 얼마나 치밀히 했는지를 왕난이 알 수는 없으리라!

3:1.

정말 무섭고도 집요하게 파고드는 오른쪽 낮고 강렬한 스매싱과 파워 넘치는 드라이브에 손쓸 틈도 없었다. 여기서 한번 더 지면 총 3:0 패, 그렇게 되면 이 게임은 포기하는 것이 낫다. 그래서 혼신의 힘을 다해 반격하고 역공을 펴지만 송미정의 라켓은 아직 실수라는 것을 모르고 있다.

공 나는 소리가 핑— 핑— 고막을 스친다.

마음이 흔들리면 손도 흔들리게 마련이고 손이 흔들리면 공은 빗맞기 마련이다. 그래도 왕난의 경험은 자신도 모르게 막아내기도 한다.

5:3까지 따라오면서 조금씩 자신감을 찾기도 한다.

하지만 억울하게도 이번에는 송미정이 엣지 한 방으로 점수를 얻는다. 기를 꺾는 쐐기가 될지도 모른다.

경송 해설자가 입에 침을 튀긴다.

"아! 엣지가 나네요. 이번에 한 점 얻어야 역전의 발판이 마련되었을 텐데요. 아쉽습니다."

"송미정이 선전하는 이유가 뭘까요."

"송미정의 준비가 철저했던 거 같습니다. 약점 파악도 정확히 했고요. 훈련도 엄청했을 겁니다. 중국에 장기 유학한 것도 큰 힘이 되었을 거구요."

"아니, 이번에는 무회전 강타 서브를 놓치는군요. 전의를 상실한 겁니까?"

7:3, 절망적인 스코어다.

윤화중 총감독은 이번에 첫 선을 보인 신화그룹 탁구단 유니폼인 '템페스트'가 맘에 드는지 내려다보고 돌아다보며 여유를 부리고, 이에 중국 벤치가 자극을 받아 신경이 날카로워진다.

여유도 있지만 중국 벤치에 대한 심리적 압박을 주는 노련한 윤 총감독이다.

이종순 코치가 점수를 얻을 때마다 벅벅 고함을 질러주었다.

"왕난이 갔어. 한 방 더 먹여―."

"잘했어. 그렇지, 아싸!'

응원도 특유의 파이팅이다.

송미정의 엔진은 이미 시동이 걸린 지 오래 되었다. 처음부터 그랬듯 진다는 생각은 눈꼽만큼도 한 일이 없다.

'왕난은 흔들리고 있어. 강자도 지는 법을 배우는 게 좋고 오늘이 바로 그날이야.'

컨디션이 얼마나 좋은지 원하지 않아도 공은 알아서 점수를 얻어준다.

제3세트가 시작될 무렵, 송 회장에게 낭보가 하나 날아 들어왔다. 짧고도 간결한 보고서가 비서진을 통해 급하게 올라왔는데 보고서를 보낸 곳은 신화그룹이 총력을 기울이고 있는 대전 대덕단지의 IT연구소다.

"성공입니다. 시뮬레이션 훈련을 충분히 할 수 있게 되었습니다. 자신감 가지시고 장이닝에의 도전을 발표하십시오."

성공을 오늘에 맞춰 한 것이다.

무엇일까?

장이닝의 시합장면을 수없이 녹화하여 그녀의 장점, 약점을 파악하고 시뮬레이션 영상을 입체화하여 마치 장이닝과 직접 시합을 하는 것과 같은 효과의 훈련을 가능하게 한 것이다. 이 입체 영상은 한국이 세계에서 가장 발달했고 마침내 스포츠계의 혁신적인 성공을 한 것이다.

이 게임에 가장 큰 공로자는 오늘 초대석에 앉아 있는 심근하 교수와 홍성혁 박사다.

'아이구 실수했네. 귀빈석으로 모셔야 했는데? 장선홍 사장 옆자리가 제격인데 말야.'

그가 시선을 초대석으로 돌린다.

한 여인이 귀빈석으로 머리를 돌려 누군가를 바라본다. 그의 시선을 쫓는다. 강신호다.

그리고 곧 잊는다.

'흠, 쪼아— 고맙군. 담에는 장이닝이다.'

송 회장의 입에서 만족스러운 미소가 흐른다.

그가 머리를 들었다.

미정이의 악쓰는 듯한 기합 소리와 함께 8:3이 되었다.

손바닥이 터지게 박수를 치던 강신호가 흘깃 이현주를 바라보았다.

그녀 역시 비닐 방망이를 두드리다 흘깃 강신호를 바라보아 눈이 마주쳤다. 강신호가 엄지와 검지손가락으로 원을 그려주자 놀란 듯 휘딱 머리를 돌린다.

그러나 채 3초도 견디지 못하고 다시 머리를 되돌려 강신호를 바라본다.

'저 사람이 왜 저래. 날, 알지도 못하는데…… 혹 바람둥이 아녀?'

머리를 갸웃거렸다. 소문에 의하면 아주 젠틀하다고 했는데…….

이 작은 사건을 아는 사람이 당사자 두 명 뿐일까?

김정희 여사가 최영심 여사 손을 잡는다.

"정말 자랑스럽겠습니다. 왕난이 누군데 저렇게 누르다니요."

"아이, 뭘요."

하지만 자랑스럽기 이를 데 없다. 그리고 장래 시어머니가 될 김 여사 앞에서 보여주는 실력이니 얼마나 좋은가? 그녀는 곧 자신의 사돈이 될 사람이 아닌가? 좀 더 먼 훗날에는 대통령 영부인이 될 것이고.

"이번 시합 끝나면 우리 미정이하고 강서방 약혼이라도 시킵시다."

최영심 여사가 먼저 제의했고 김정희 여사가 맞장구친다.

"당연히 그래야죠. 약혼이라도 해 두었다가 베이징에서 금메달 딴 후 바로 결혼시켜 버립시다."

두 여인이 잡고 있는 두 손에 힘이 주어진다.

제3세트도 11:5로 끝을 맺었다. 7전 4선승제니 이제 한 세트만 더 이기면 이 시합은 종료된다.

수건으로 땀을 닦으며 왕난은 계속 송미정을 바라보고 있다. 오늘은 전의 송미정이 아니라 괴물 같아 보였다. 그리고 자신의 한계를 느끼고 있었다.

'내가 너무 쉽게 생각하고 덤볐어. 개런티가 문제가 아니라 우리 중국 여자탁구가 저 애송이 때문에 무너지게 생겼으니—.'

가끔 생각지도 않은 강적이 나타난다.

80년대 현정화의 강력한 라이벌이던 덩야핑이 혜성처럼 나타나 세계 여자탁구를 뒤흔들었을 때 세계 각국 여자탁구인들이 얼마나 놀라고 당황스러워했던가? 얼마나 오랜 동안 1인자 자리를 지키고 있었던가? 이제 그 영광을 저 애송이 송미정이 가져갈지도 모른다는 위기감을 오늘 왕난이 겪고 있는 것이다.

오늘 게임을 이긴다는 것은 신이 도와준다고 해도 불가능할 것이다.

'송미정, 참 높은 벽이 되어 있어!'

벤치도 이제 더 할 주문이 없다. 스스로 파이팅하여 승리하기만 바랄 뿐이다. 그러나 이미 드리운 검은 그림자를 걷어내기에는 너무 어두워 있었다.

토탈 3:0, 그것도 무참히ㅡ.

중국 감독도 코치도 펜스를 잡고 믿을 수 없다는 듯 머리를 떨구고 있었다.

이제 4세트 돌입이다.

끝까지 여유를 부리던 윤 총감독이 비로소 미정이를 불러 마지막 다짐을 한다.

"쟤들(중국 선수들) 역전시키는 데는 명수들이야. 여기서 끝장내지 못하면 말릴 수도 있으니 각별히 신경 쓰고 다 이겼다 생각 말고 첫 세트라고 생각해. 알았지?"

"예, 알겠습니다."

"난, 너만 믿어!"

이종순 코치가 등을 두드려 준다.

"알겠습니다. 이번에 끝장내겠습니다."

지난 패배의 굴욕을 갚을 절호의 기회며 이미 몸도 마음도 최고조에 올라와 있다.

송미정은 귀빈석의 아버지를 향해 손을 번쩍 들어 올려 보인다.

옆의 어머니는 김 여사와 소근거리고 있고 그 옆의 강신호 시선은 초대석에 가 있다.

청바지는 입술을 악물며 마지막 파이팅을 외치고 있다.

"미정이 파이팅ㅡ 이게 마지막 게임이야ㅡ."

이번에 지고 5세트로 갈 수는 없다. 오늘 목표는 완승이고 이 완승을 장이닝에게 보여줘 겁을 먹게 하리라. 애송이 송미정이 아니라 세계 1인자가 될 나 미정이 아닌가?

'오빠가 뒤에 있으니 겁나는 게 없군 그래ㅡ ㅎㅎㅎ.'

뒤에서 오빠의 터질 듯한 고함이 들려온다.

"미정이 파이팅— 이게 마지막 게임이야—."

미정이가 머리를 돌려 주먹을 쥐어 올렸다. 입에는 미소가 햇살처럼 가득 넘치고 있다.

오늘은 그녀에게 가장 행복한 날이 될 것이다.

왕난과 송미정은 다시 마주섰다. 그리고 동시에 허리를 굽힌다.

김문희 심판이 손을 들어 게임 시작을 알렸고, 왕난은 어서 이 긴 시간이 빨리 흐르기를 기원하고 있었다.

오늘 왕난에게는 너무나 고통스러운 게임이고 길고 긴 하루다.

11

지금 의자에 편히 앉아 있는 사람은 아무도 없다.

2천 관전자들은 반쯤 엉덩이를 든 채 최후의 결전을 지켜보고 있다.

제4세트!

왕난은 죽을힘을 다해 격전을 치루며 여기서 승리하여 대역전의 발판을 마련하려 했지만, 오늘 송미정을 이긴다는 것은 불가능하다는 것이 이미 그녀의 심리를 지배하고 있었다.

7:10.

송미정의 서비스다.

오랜만에 횡회전 짧은 서비스를 넣고 공이 오기만을 기다린다. 왕난이 손에 힘을 빼고 쇼트로 살짝 넘긴다. 공이 역시 짧고도 깊은 회전을 먹으며 들어온다.

관중 모두는 꿀깍 침을 삼키며 제3구를 주시한다. 그러나 결정타를 먹일 타임이 아니다. 이제 마지막 하이라이트다. 멋진, 아주 멋진 공격으로 이 게임에 종지부를 찍으리라. 제3구 역시 짧은 드라이브로 공을 넘긴다. 이 경우 왕난은 반사적으로 떨어지는 공을 밑에서부터 강력하게 끌어올려 긴 드라이브로 맞받아친다. 이걸 대비하며 뒤로 물러서는 척하며 오히려 앞으로 몸을 내밀었다.

왕난은 분명히 송미정이 뒤로 물러서며 롱 드라이브를 받으리라 믿고 거꾸로 짧은 회전을 먹이며 미정이의 취약지인 왼쪽 프리핸드 쪽으로 강력하게 밀어 넣었다.

송미정은 고양이처럼 낮게 몸을 굽혔다가 뜨는 공을 백핸드로 강타를 먹였고 이 공은 왕난의 오른쪽으로 빨려들 듯 낮게 스쳐 들어갔다.

미처 생각 못한 역공이다. 공은 탁구대를 때리고 그대로 미끄러져 바닥을 갈겨댔다.

"와아—."

관중들은 자리를 박차고 일어섰고 목이 터져라 괴성을 질러댔다.

왕난은 정신을 잃은 듯 한동안 허공을 바라보더니 그대로 주저 물러앉고 말았다.

4:0, 그야말로 완승이다.

이때였다.

송미정이 라켓을 탁구 테이블 위에 올려놓더니 갑자기 몸을 돌린다.

그녀가 저쪽 펜스를 향해 달려간다.

TV 카메라가 송미정 뒤를 추적하여 따라간다.

펜스를 향해 달려간 송미정이 한 사내를 덥석 끌어안는다. 그 남자의 품에 몸을 안기고 머리를 파묻는다. 머리를 파묻으며 뭐라 고함을 지르지만 들리지는 않는다.

"오빠, 돌아와줘서 고마워."

이 말을 알아들은 사람은 미정이가 끌어안은 사내뿐이다.

남자가 얼떨결에 끌어안는다. 그리고 등을 토닥여 준다.

윤화중 총감독도 아니고 이봉섭 단장도 아니다. 바로 청바지 광진이 오빠다.

이 모습이 대형 전광판에 그대로 보여진다. 1억 가까운 세계 탁구인과 탁구 애호가들도 이 모습을 본다.

박수가 터져라 쏟아져 나온다.

중국에서 중계를 시청하던 강경운 의원이 놀라 입을 벌린다.

카메라가 다시 장내를 훑다가 귀빈석에 잠시 멈춘다. 송 회장이 벌떡 일어나 주먹을 휘두르고 모두가 일어나 만세를 부른다.

두 여인은 의자에 앉은 채 넋 잃은 사람처럼 대형 화면을 바라본다.

최영심 여사와 김정희 여사다.

강신호는 꿈쩍도 하지 않은 채 이 영상을 바라본다.

잠시지만, 아주 잠시지만, 강신호는 엄청난 생각을 하고 있었다.

'내가 과연 미정이를 진심으로 사랑했던가? 청바지에 대한 오기와 질투가 사랑이라고 오해하고 있던 것은 아닌가? 왜 이제와서 저 장면에 질투하지 못하는가? 미정이가 이 행복한 순간에 가장 안아 보고 싶었던 사람이 광진이 아닌가? 그렇다면 나는 그녀에게 무엇인가? 그녀는 나에게 무엇인가? 집안의 정략적인 결혼이 과연 행복을 보장할 수 있는 건가? 저 모습에 나는 왜 차가워지는 거지? 미정이를 소유하고자 했던 건 내 사랑이 아니라 독선과 오만이었어. 난, 내 여인을 찾아갈 거야. 한눈에 필이 꽂히는 사람, 갑자기 좋아하게 된 여인.'

이때 갑자기 장내 불이 꺼지고 소란은 일시에 정적으로 바뀌었다. 그리고 한 줄기 밝은 빛이 귀빈석을 향한다. 송 회장이다.

그의 손에 마이크가 들려져 있다.

"여러분 정말 감사합니다. 내 딸이며 한국 탁구의 딸인 미정이가 오늘 쾌거를 이뤄냈습니다. 자랑스럽습니다. 이 자리를 빌어 다시 한번 도전장을 냅니다. 중국의 장이닝은 올림픽 이전이라도 도전해 오면 받아들이겠습니다. 누구라도 오늘 빚을 갚겠다면 기꺼이 도전을 받겠습니다. 그리고 우리 남자 에이스 최광진은 머지않아 세계 랭킹 10위의 싱가포르 가오닝과의 한판 승부가 기획되어 있습니다. 그때도 변함 없는 응원 부탁 드립니다. 정말 감사합니다."

연설이 끝나자 방송 카메라가 이번에는 송미정에게 몰린다.

정식 인터뷰가 시작된 것이다.

"축하합니다. 오늘 정말 기적 같은 승리를 하였습니다. 소감 한마디만―."

미정이는 움켜잡은 청바지 오빠 손을 놓지 않았다.

"제게 힘과 안정을 주신 선배 최광진 오빠에게 먼저 감사 드립니다. 지난 왕난과의 친선시합 때부터 오늘까지 저를 위해 정말 많은 희생을 해 주셨습니다. 그리고 우리 윤화중 총감독님의 전략이 맞아떨어진 결과이고요. 아버지, 어머님에게 감사 드립니다. 저는 이 자리에서 다시 한번 장이닝에게 도전을 신청합니다. 한국 여자탁구, 그리고 탁구를 좋아하는 70만 생활 탁구인 여러분에게 오늘부터 한국 탁구는 새로운 모습으로 태어날 것이라 확신합니다. 여러분에게 꿈이 되고 희망이 되는 탁구 세계를 펼쳐 나가겠습니다. 이 체육관도 생활 탁구인 여러분에게 개방될 것입니다. 필요하시면 언제든 사용하셔도 좋습니다. 그리고 저는 존경하는 이에리사, 현정화, 양영자 그리고 유승민, 오상은 대선생님의 뒤를 이어갈 것입니다. 베이징올림픽에서 반드시 금메달을 목에 걸고 돌아오겠습니다. 감사합니다. 정말 감사합니다."

"어? 어디 갔지?"

최영심 여사 눈이 휘둥그레졌다.

강신호도 보이지 않고 김 여사도 보이지 않았다.

"가버렸나? 이를 어쩌지. 미친년 여기가 어딘데 저 녀석을 끌어안고 난리야 난리가— ㅉㅉ."

그녀는 가슴을 조리며 두리번거린다.

관중들은 신화그룹의 탁구단 '템페스트'가 선물한 오렌지 색깔의 상큼한 유니폼 상의와 탁구인 서석하 씨가 집필한 탁구소설 '삼손이 블루스' 한 권씩을 받아 돌아갔다.

태어나서 불행하게 세 손가락만 갖게 된 한 소년이 세 손가락만으로 탁구인이 된 인간 승리의 감동 소설이다.

에필로그

오후 2시경, 마포구 공덕동로터리.
언제나 붐비던 거리는 한산하기 짝이 없는데,
외제 고급 승용차 한대가 로터리를 돌아
가든호텔 맞은편에서 멈춰 선다.

에필로그

부처님 오신 날을 경축하는 오색 연등이 거리마다 걸려 있고, 연휴를 맞은 사람들은 들뜬 분위기다. 야외나 여행을 떠난 사람들로 거리는 한산한데 아파트 광장에는 목련꽃이 화사하게 피어 있어 5월의 홍취를 한껏 고조시키고 있다.

오후 2시경, 마포구 공덕동로터리.

언제나 붐비던 거리는 한산하기 짝이 없는데, 외제 고급 승용차 한 대가 로터리를 돌아 가든호텔 맞은편에서 멈춰 선다.

차에서 한 사내가 내린다. 츄리닝을 입은 키도 크고 몸매가 잘 발달한 귀공자 타입의 사내다. 20대 후반 정도 되어 보이는데 그가 차에서 내려 건물들을 훑어본다. 그리고 차에서 운동 가방 하나를 꺼내 어깨에 둘러메고 한 빌딩 건물로 들어선다.

그는 엘리베이터도 타지 않은 채 성큼 성큼 걸어 3층으로 올라간다.

3층 절반을 차지한 탁구장이 보인다.

'아카향기탁구교실' 간판을 보던 그가 문을 열고 들어섰다.

200여 평의 널찍한 탁구장엔 여행을 떠나지 않은 30여 명의 회원들이 날렵한 자세로 탁구를 치고 있다.

"얏호— 엣지야 엣지! 한 점 벌었다."

"점수 지저분하게 내지마—."

"졌으면 커피라도 한잔 사야지. 안 뽑아올겨?"

어디서나 흔히 볼 수 있는 탁구장 풍경이다.

모두들 화려한 유니폼들을 입고 있어 보기에 한결 좋다.

벽에는 탁구 스타들 대형 사진이 걸려 있다. 김택수, 유승민, 곽방방 등의 얼굴이다. 그런데 그 사진들 가운데 마치 이빨 빠진 것처럼 휑덩하니 비어 있는 자리가 보인다.

사내가 들어서서 운동하는 모습을 보고 있는데 한 탁구인이 걸어와 말을 건넨다.

"혼자 오셨나요?"

"네!"

"몇 부나 치시는지 알려주시면 맞는 분을 소개시켜 드리죠. 전, 여기 동호회 총무입니다."

"아, 그렇습니까?"

총무는 여간 조심스럽지 않다. 지난 성탄 무렵 청바지를 입은 어설퍼 보이는 사내가 찾아와 시합을 했고 탁구장을 초토화시킨 일이 있었다. 그가 그 유명한 최광진이었기 때문이다. 그 후, 총무는 처음 보는 얼굴에 공포증을 느끼는 희한한 버릇이 생겼다.

"옷은 저기서 갈아입으시면 되고요……."

"사실 저는 탁구를 배우고 싶어 온 사람입니다. 관장님을 좀 뵈올까 해서요."

"어? 방금 여기 계셨는데…… 아, 저기 오십니다."

관장 이현주는 물컵을 닦아 쟁반에 담아 나오고 있었다. 총무의 얼굴이 보이고 한 키 큰 사내의 등이 보인다.

"관장님, 레슨받겠다는 분이 오셨는데요?"

"아, 그러세요?"

사내가 등을 돌려 관장을 바라보았다.

"째그렁."

이현주 관장이 놀라 사색이 된 얼굴로 쟁반을 떨어뜨렸다.

"아이쿠. 이걸 어쩌나―."

사내가 허리를 굽혀 떨어진 물컵을 주워담는다. 이 관장은 너무나 놀라 말도 못하고 서 있고, 영문을 모르는 총무는 두 사람 얼굴을 번갈아 바라보고 있다.

컵을 주워담은 사내가 쟁반을 총무에게 넘겨준다.

"이현주 관장님, 저도 탁구를 좀 배우려고요―."

"여긴… 어떻게… 그리고 제… 이름은… 어떻게 알았고요?"

이현주는 덜덜 떨며 물었다.

강신호였다. 송미정과 왕난의 대결 때 초대석에 앉아 있던 이현주를 찾아온 것이다.

이현주로서는 기절초풍할 일이다.

"강―박사님―."

"네? 절 아시나요?"

이번에는 강신호가 놀라 바라본다.

이현주는 휴게실로 안내했다. 그리고 커피를 뽑아 마주앉았다.

"정말 탁구를 배우시려고요?"

"예, 하지만 먼저 배울 게 있어서 찾아왔습니다."

"먼저라뇨……."

"현주 씨에 대해 알고 배우고 싶어서요. 시합장에서 너무나 인상적이어서 무례를 무릅쓰고 찾아온 겁니다. 절 이해해 주십시오."

이현주는 가슴이 두근거리고 얼굴에 열이 올라 벌겋게 상기되고 있었다.

"절… 절… 배우다뇨. 제가… 뭘 안다고요……."

강신호는 운동 가방을 열더니 거기서 타오르는 듯한 붉은 장미 한 송이를 꺼내 불쑥 내밀었다.

그리고 이현주는 그만 털썩 의자에서 떨어지고 말았다.

강신호가 그녀를 부축하여 일으켜 의자에 앉혀주었다.

"그날 이후 한시도 잊지 않고 있었습니다. 잊을 수가 없었습니다."

"저…저…저……."

이현주는 말을 이어가지 못하고 있었다.

"아니…아니… 라켓을 더 눕히고— 손목에 힘을 더 빼!"

"알았어요, 오빠!"

"나나 미정이나 이번에 금메달 못 따면 둘 다 라켓 버리는 거야? 알았지?"

"일주일에 한번은 대전으로 가서 장이닝과 시뮬레이션 훈련도 해야돼!"

"네—."

"근데, 이거 정말 죽인다?"

그가 라켓 러버를 들여다본다. 왕난을 혼 빠지게 한 시누스 러버다.

"잠깐 오빠—."

창가를 바라보던 미정이가 갑자기 밖으로 뛰어 나갔다.

"무슨 일이야?"

"잠깐만 기다려 봐요."

밖으로 뛰어나간 미정이가 손에 무언가를 들고 들어왔다.

방금 떨어진 목련 꽃잎이다.

미정이가 그 꽃잎을 오빠 손에 쥐어준다.

너무나 행복한 모습이다.

5월 오후 햇살이 창가에 걸터앉아 이들 두 연인을 황홀한 듯 지켜보고 있다.

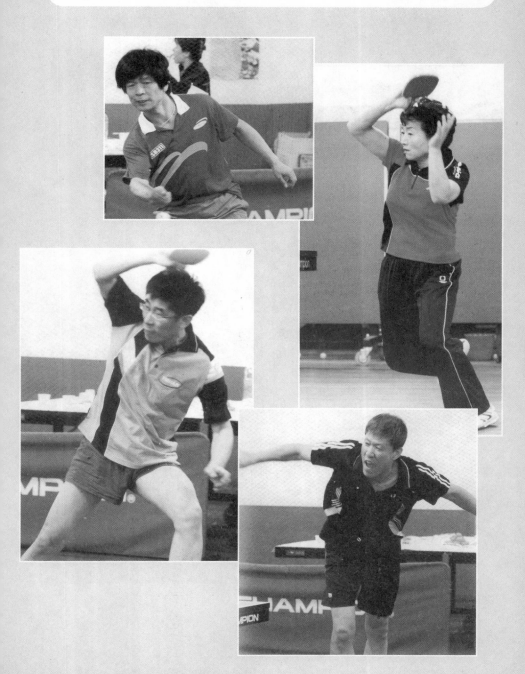

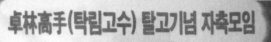
卓林高手(탁림고수) 탈고기념 자축모임
- 2008년 05월 18일 (일) -

卓林高手(탁구고수) 탈고기념 자축모임
─ 05월 18일 (일) ─

卓林高手(탁림고수) 탈고기념 자축모임

— 2008년 05월 18일 (일) —

탁구용어

*그립 : 라켓의 손잡이. 또는 라켓을 잡는 방식.

*너클 볼 : 회전이 걸려 있지 않은 볼.

*네트 인 : 볼이 네트에 부딪친 후 상대 코트로 들어간 경우. 서브 때에는 네트지만 그 이외에는 유효.

*포어 핸드 : 자신이 주로 쓰는 팔 쪽으로 오는 볼을 치는 것.

*백 핸드 : 자신이 주로 쓰는 팔의 반대쪽으로 오는 볼을 치는 것.

*드라이브(drive) : 볼의 회전이 전진적인 모든 스트로크를 말한다. 포어 핸드와 백 핸드가 있어 타구에 있어서 배트를 후방에서 전-상방으로 휘둘러 볼에 톱 스핀을 가한다. 볼을 깎아서 세게 치는 타법.

*랠리(rally) : 볼이 경기 중에 있는 기간, 볼을 서로 받아치고 있는 것이 계속되고 있는 것을 말한다.

*렛(let) : 득점하지 못한 랠리.

*루프 : 강한 전진 회전이 걸린 드라이브 볼을 말한다.

*매치(match): 탁구 경기에서는 보통 3게임, 5게임 등으로 이루어진다. 세계선수권대회에서는 단체전의 1매치가 3게임, 개인전의 1매치는 5게임으로 되어 있다. 1게임 대전을 말함, 시합.

*매치 포인트 : 그 시합의 승패를 가늠하게 되는 마지막 1포인트.

*서버(server) : 랠리에서 볼을 먼저 치게 되어 있는 선수.

*서브 : 인플레이로 들어가기 위한 첫 타구.

*스매시 : 볼을 높은 위치에서 아래로 내리치듯 수직 또는 수평으로 강타하는 타법.

*스핀 : 볼에 건 회전을 말한다.

*엔드라인(endline) : 양방향으로 무한정 확대되는 것으로 간주한다. 코트의 바깥 둘레에서 네트와 평행하는 선.

*엣지 : 코트의 표면과 측면이 교차되는 곳, 커버라고도 한다. 여기에 맞은 볼은 유효하다.

*오더 : 단체전에서의 선수의 출장 순서를 말한다.

*이질 러버 : 라켓의 양면에 종류가 다른 러버를 사용한 것.

*인 플레이 : 서브가 보내진 후 그 리턴이 중단할 때까지의 시간.

*임팩트 : 라켓에 볼이 부딪치는 순간.

*커트 : 볼에 역회전 혹은 횡회전을 주는 것.

*페인트 : 상대를 속이기 위한 견제 동작. 즉 공격하는 시늉.

*포인트(point) : 득점이 이루어진 랠리, 득점.

*푸시 : 앞으로 내밀 듯 받아치는 것.

*프리 핸드(free hand) : 라켓을 잡지 않은 손, 라켓을 쥐고 있지 않은 손.

라켓 종류

*펜 홀더

펜 홀더는 쉐이크에 비해 각도가 많이 나와 다양한 타구를 구사할 수 있다. 여러 각도로 자유로운 타법을 구사하고 싶으면 펜 홀더를 잡을 때 세게 잡지 않도록 주의해야 한다. 라켓을 세게 잡게 되면 손목의 움직임이 자유롭지 못하게 되거나 또는 어깨나 팔꿈치에 쓸데없이 힘이 들어가 마이너스적인 측면이 많으므로 주의해서 연습해야 한다.

그립을 너무 깊숙이 잡지 않도록 주의해야 한다. 만약 깊숙하게 잡게 된다면 안정성은 있을지 몰라도 움직임이 자유롭지 못하다. 펜 홀더 그립은 손바닥에 달걀을 쥐듯이 부드러운 그립을 염두에 두고 하는 것이 좋다.

*쉐이크 핸드

쉐이크 핸드의 장점은 양면을 모두 사용할 수 있다는 것, 또 백 사이드로 들어오는 깊은 볼의 처리가 펜 홀더에 비해 쉽다고 할 수 있다. 그러나 미들 볼에 대해서는 펜 홀더보다 처리가 어렵다. 단점을 극복하기 위해서는 다리 움직임이 빨라야 한다.